복수초

복수초

2025년 11월 6일 초판 1쇄 인쇄
2025년 11월 17일 초판 1쇄 발행

지은이 | 전정희
펴낸이 | 孫貞順

펴낸곳 | 도서출판 작가
        (03756) 서울 서대문구 북아현로6길 50
        전화 | 02)365-8111~2 팩스 | 02)365-8110
        이메일 | cultura@cultura.co.kr
        홈페이지 | www.cultura.co.kr
        등록번호 | 제13-630호(2000. 2. 9.)

편집 | 손희 김치성 설재원
디자인 | 오경은 이동홍
영업 | 박영민
관리 | 이용승

ⓒ전정희, 2025. Printed in Seoul, Korea.
ISBN 979-11-94366-94-2 03810

* 이 책의 판권은 지은이와 도서출판 작가에 있습니다.
  양측의 서면 동의 없는 무단 전재 및 복제를 금합니다.
* 잘못된 책은 구입하신 서점에서 바꾸어 드립니다.

값 17,000원

문경시 광부의 이야기

복수초

전정희 장편소설

작가

▶ 프롤로그

검은 땅에서 피어난 희망의 빛, 문경의 이야기

탄광촌의 하루를 떠올리면
지친 광부들의 얼굴이 차례차례 흘러간다.
그들의 수고와 땀은 탄광촌 곳곳에 새겨져 있고,
그들이 받아들인 고난은 온몸의 상흔으로 남아있다.
각 탄층에는 하나의 이야기가 아득한 전설처럼 전해져온다.
삶의 굽이마다 새로운 이야기가 시작되듯, 문경은 그 자체로 오랜 시간과 깊은 이야기가 응축된 땅이다.
1960년대 한때 검은 탄가루를 흩뿌리며 산업의 심장이었던 이곳은, 이제 또 다른 숨결로 새로운 문화를 피워내고 있다.
미지의 땅, 문경으로 향했던 주인공 이태열과 그의 아내 지연,

이 소설은 새로운 삶의 터전에서 피어나는 우정, 막장의 사투, 그리고 사과 농장의 꿈을 넘어 문경이라는 공간이 가진 무한한 가능성을 탐험한다.

어둠이 내린 저녁, 왁자지껄한 막걸릿집에서는 술 냄새가 짙게 피어오른다. 인생의 희로애락을 담아낸 탁주는 때로는 쓰디쓴 위로가 되고, 때로는 뜨거운 희망이 되어 목구멍을 타고 넘어갔다. 취기와 함께 터져 나오는 구성진 문경 아리랑 가락에는 이 땅을 지켜온 이들의 고단한 삶과 꺼지지 않는 생명력이 담겨 있다.

전통과 과학화의 갈등 속에서 변화의 씨앗을 심고 마침내 화해의 장을 만들어갈 이들의 이야기는 문경의 과거와 현재, 그리고 미래를 엮어내며 독자들에게 진정한 삶의 의미와 희망의 메시지를 전달하려고 노력했다. 검은 땅에서 피어난 희망의 빛, 그것이 바로 문경의 이야기이다.

이 소설은 지친 광부들의 땀방울이 스며든 탄광의 흙먼지 속에서 시작된다. 그리고 그 땅 위에서 천 년의 시간을 견뎌 온 한지의 고고한 숨결, 빛바랜 고서에 생명을 불어넣는 장인의 손길을 따라 깊어진다.

그 옆에는 흙과 불, 그리고 혼이 빚어낸 도자기의 아름다움이 자리한다. 장인의 손끝에서 피어나는 유려한 곡선과 고유의 색감은, 문경의 자연과 혼연일체 된 예술의 정수를 보여줄 것이다.

그리고 붉은 햇살 아래 탐스러운 열매를 맺는 사과 농장과 100년이 넘는 장독대가 즐비한 술도가로 독자들을 이끈다. 끊임없는 연구와 노력으로 새롭게 탄생한 여러 종류의 사과와, 전 세계로 수출되는 오미자 와인에는 문경의 미래가 담겨 있다.

문경을 대표하는 키워드는 과거에는 '탄광'이었고 현재는 '사과'와 '문경새재'이다. 문경새재도립공원에는 한양을 향하는 중요한 관문이었던 문경새재 제1관문(주흘관), 제2관문(조곡관), 제3관문(조령관)을 비롯해 옛길, 문경새재 오픈세트장까지 다양한 문화를 만나는 재미가 있다.

철로를 달리는 진남역 레일바이크와 굵직한 사극의 촬영지였던 가은 오픈세트장도 아이들과 함께 가보면 좋다. 또 봄에 열리는 문경 찻사발 축제와 가을에 열리는 문경 사과 축제에 참여해 직접 사과 따기 체험을 해보는 것도 문경 여행의 묘미라 할 수 있다.

서울에서 KTX를 타면 2시간도 채 지나지 않아 문경에 도착한다. 문경의 과거를 정리하면서 필자는 문경의 매력에 푹 빠져 글을 썼다. 상처받고 더는 갈 데가 없어 찾은 막장에서 이들이 만난 것은 과연 절망이었을까? 아니면 희망이었을까?

    인터뷰를 마다하지 않고 해주신 광부님들. 문경시 석탄박물관 여운황 팀장님, 문경시청 관광진흥과, 문경도자기 8대 조선요, 한지 장인, 사과농원, 오미나라 외 자료 제공에 협조해 주신 문경시청 공무원들께 진심으로 감사드린다. 이 책이 마중물이 되어 문경을 널리 알리는 데 도움이 되었으면 한다.

2025년 가을
전정희

▶ 차례

프롤로그

제1장 검은 땅을 찾아서
밤도망을 치다 / 13
은성탄광 입사 / 27
탄광촌의 금기사항 / 41
진폐증 / 61
연탄 파동 / 68
가은장터 / 81
가을 운동회 / 94
돌구이 회식 / 105
호황 속의 빛 / 119

제2장 막장의 사투
술도가 친구 / 127
소풍 / 134
나쁜 꿈자리 / 144
기적적인 생환 / 157
합동위령제 / 168

제3장 술도가의 시련
황진양조장 / 175
황진양조장의 후계자가 된 맏아들 / 188
주흘산에 올라 / 202
커가는 2세들 / 217

제4장 전통 도예가와 한지 장인

사과 농장을 시작하다 / 225

엇갈린 사랑 / 236

도예가 할아버지 / 246

닥나무밭 주인 / 255

한지나라 남상욱 장인 / 263

최고의 한지를 만들기 위해 / 271

아버지의 땀과 혼이 담긴 전통, 아들이 이어받아 / 277

천년만년 가는 한지 / 289

제5장 차세대의 귀환

은성광업소 문을 닫다 / 295

감홍 사과밭의 새바람 / 299

막걸리에서 와인까지 / 307

흙과 불의 유산 / 312

한지의 비밀 / 317

2025년 문경에 불어오는 변화의 바람 / 321

후계자들 / 327

해설 문경의 사계와 고난을 이기는 삶의 의지_김종회 / 336

제1장

검은 땅을 찾아서

밤도망을 치다

 기차는 덜커덩 소리를 내며 달렸다. 창밖 풍경은 빠르게 스쳤지만, 서울과는 확연히 다른 공기가 객실 안으로 스며들었다. 울다가 지쳐 태열의 어깨에 기대어 잠이 든 지연의 머리칼에서 오래된 한지 같은 아련한 냄새가 났다. 어머니의 결혼 반대에 짐을 싸서 찾아온 지연을 그는 돌려보내지 못했다. 못 이기는 척 지연의 손을 잡고 서둘러 집에서 나왔다. 앞으로 펼쳐질 어떤 어려움도, 이 여인과 함께라면 버텨나갈 수 있을 것 같았다. 그들의 목적지는 점촌이었다. 이른 새벽, 기차는 기적소리를 울리며 서울역을 출발했다.

1956년, 꽃샘추위가 기승을 부리던 중학교 졸업식 날, 홀로 교정을 떠나던 한 소년이 떠올랐다. 가족들과 어울려 사진을 찍는 친구들의 환한 웃음소리가 운동장을 뒤덮었다. 많은 인파 속에서 태열은 사람들에게 이리저리 치이며 운동장을 빠져나왔다. 손에는 졸업장 대신 앞으로 펼쳐질 험난한 인생이 쥐어져 있었다.

학교 앞 중국집은 문전성시였다. 부모님이 살아계셨다면 자신도 저 무리에 섞여 자장면과 탕수육을 먹었을 것이다. 입에서 녹는 자장면과 바삭한 탕수육의 식감이 느껴져 군침이 돌았다. 태열은 터덜터덜 걸어 집으로 돌아왔다.

배가 고팠다. 냄비에는 어제저녁에 먹다 남긴 찬밥이 있었다. 주인아주머니가 준 김치를 얹어 꾸역꾸역 밥을 먹었다. 밥을 먹다가 태열은 기어이 눈물을 훔쳤다. 앞으로 도대체 무엇을 하고 어떻게 살아 나가야 할지 막막했다.

중학교 졸업 후 태열은 돈을 벌기 위해 악착같이 일했다. 낡고 닳아빠진 구두를 닦았고 아침저녁에는 신문을 돌렸다. 군고구마, 아이스케키 장사도 했다. 때로는 일당을 벌기 위해 몸을 쓰는 험한 일도 마다하지 않았다. 그럴 때마다 몸에 배어든 땀과 흙먼지 냄새는 왠지 모르게 비릿한 철분 냄새, 혹은 땅속 깊은 곳의 비릿한 기운을 닮아 있었다. 어렴풋이, 세상의 밑바닥에 가까이 다가서는 기분이었다.

스무 살이 되었을 때 태열은 봉제공장에서 재단 일을 배웠다.

재봉틀이 시끄럽게 드르륵 소리를 내는 지하 작업장에서 그는 열심히 일했다. 돈이 조금씩 모이기 시작했다.

1959년 영장이 나왔다. 혼자 사는 고아와 다름없는 그에게도 군대는 피할 수 없었다. 그는 공장 일을 잠시 접고 입대했다.

1962년 늦가을, 3년여의 군 생활을 마치고 태열은 다시 익숙한 공장 앞 골목길에 섰다. 낡은 함석지붕 아래 드르륵거리는 재봉틀 소리는 여전했다. 스무 살 혈기 왕성했던 청년은 이제 듬직한 청년이 되었다. 짧게 자른 머리, 조금은 굳은 표정, 그리고 어딘가 모르게 달라진 분위기가 그의 지난 시간을 말해주는 듯했다.

공장 문을 열고 들어서자, 기름 냄새와 먼지 섞인 공기가 익숙하게 느껴졌다. 재단판 앞에서 능숙하게 천을 자르던 공장장이 태열을 발견하고는 눈을 동그랗게 떴다.

"어이쿠, 태열이구나, 어서 와, 고생 많았지?"

반가움과 놀라움이 섞인 공장장의 목소리에 주변 사람들이 하나둘씩 태열에게 시선을 돌렸다. 어색한 미소로 인사를 하자 여기저기서 "고생했네", "얼굴이 많이 탔구먼" 하는 인사들이 쏟아졌다.

태열은 며칠 쉬지 않고 바로 일을 시작했다. 손에 익었던 재단칼의 감촉은 여전했다. 군대에서 굳어진 손놀림이 서서히 풀렸다.

공장에서 열심히 일하던 태열에게 어느 날부터인가 지연이 눈에 들어왔다. 매일 똑같은 옷을 입고 출근하는 그녀의 표정은 우울해 보였다. 그녀 역시 감당하기 힘든 가난의 무게를 짊어지고 있다는 생각이 들었다. 어쩌면 두 사람은 서로의 모습에서 동질의 외로움을 발견했는지도 모른다.

야간작업이 끝난 후 지연의 손을 잡고 어두운 골목길을 함께 걸었다. 포장마차에서 가락국수를 먹고 데이트하며 그들은 서로에게 조심스럽게 마음을 열었다. 낡은 함지박에 담긴 빨래처럼, 그들은 버림받고 내동댕이쳐진 서로를 단단하게 붙잡았다.

눈발이 거세게 휘몰아치던 밤이었다.

"너무 춥다. 조금 누추하긴 하지만 우리 집에 갈래?"

지연은 고개를 끄덕였다. 태열의 방에는 가구가 없었다. 몇 가지 옷이 벽에 걸려 있을 뿐이었다.

"나 사는 게 이래, 삭막하지? 그래도 아랫목은 따셔. 여기 이불 속에 손 넣어봐."

두 사람의 손이 이불 속에서 마주쳤다. 서로의 눈빛은 불안하게 흔들렸고 동시에 묘한 끌림이 느껴졌다. 밤이 깊어지면서 어색함은 희미해지고 두 사람은 서로에게 기대었다. 처음으로 느끼는 따스한 감정을 두 사람은 함께 느꼈다.

그날 밤 이후, 지연과 태열에게는 새로운 세상이 열렸다. 태열은 지연과 함께 있는 시간이 행복했고 지연 또한 자신도 모르게 태열에게 기댔다.

그러던 어느 날, 지연은 몸의 변화를 깨달았다. 울렁거리는 속과 걷잡을 수 없는 피로감에 불안한 마음으로 약국을 찾았다. 그보다 매달 있어야 할 생리가 멈췄다. 지연은 정신이 아뜩했다.

"요새 어디 아파? 통 음식도 못 먹는 것 같아, 얼굴도 핼쑥하고. 병원에 한번 가볼까?"

"오빠, 아무래도……, 저 임신한 거 같아요."

"뭐? 그게 정말이야?"

태열은 너무 기뻤다. 자신의 처지는 둘째치고 지연이와 자기 사이에 새 생명이 생겼다는 사실에 눈물이 날 지경이었다.

지연의 배가 점점 불러오자, 태열이 말했다.

"우리 결혼하자. 그동안 모은 돈으로 방은 얻을 수 있어. 너도 행복하게 해주고, 어머님께도 잘할게."

태열의 떨리는 목소리에 지연은 울컥했지만, 걱정이 앞섰다.

선물 꾸러미를 들고 지연의 집을 찾았다. 지연의 어머니는 들어오라는 소리 대신 얼음장처럼 차가운 표정으로 태열을 보고 말했다.

"고아에 거지 같은 놈한테 내 딸을 줄 수 없어. 지금 지연이가 벌어다 주는 돈으로 겨우 먹고사는데, 지연이가 결혼하면 우린 어떻게 살라고!"

매서운 어머니의 말은 칼날처럼 두 사람의 심장을 찔렀다. 부모 없고 가진 것 없는 태열은 죄인처럼 고개를 숙였다. 이제 막 피어나기 시작한 두 사람의 사랑은, 차가운 현실의 벽에 부딪혀 위태롭게 흔들리기 시작했다.

"미안해요, 사실 우리 엄마는 나 어렸을 때 돌아가셨고 지금 어머니는 새어머니예요. 아버지가 중학교 3학년 때 돌아가셨는데, 솔직히 피 하나 섞이지 않은 나를 지금까지 거둬준 것만으로 고마워하고 있어요."

"어쩐지, 조금 이상하다 싶었어. 나는 그렇다 쳐도 어머니가 너를 대하는 태도도 너무 차갑게 느껴졌거든."

지연의 새어머니는 돈 많은 홀아비에게 지연을 시집보낼 생각이었다. 한밑천 잡을 수 있었는데 일이 틀어졌으니 그 원망이 지연이에게 쏟아져 구박이 더 심해졌다.

그러던 어느 날 지연이 짐을 싸 들고 태열을 찾아왔다.

"엄마가 내일 아이를 지우러 병원에 가자고 해요. 나는 이제 더는 엄마와 살 수 없어요. 우리 여기서 도망쳐요. 멀리 떠나 살아요."

그 밤에 태열은 간단히 짐을 꾸려 서울역으로 갔다. 목적지는 없었다. 어디로 갈 것인가 고민하던 태열의 눈에 점촌이라는 지명이 눈에 들어왔다.

마치 기억의 조각처럼, 그의 뇌리에 한 얼굴이 떠올랐다. 공장에서 함께 일하던 경석이었다. 몇 달 전, 그는 고향인 점촌으로 내려가 탄광에서 일할 거라고 말했다.

"우리, 점촌으로 가자."

"점촌에 아는 사람 있어요?"

"너도 경석이 알잖아. 나 군대 가기 전부터 같이 일했던, 그 친구 고향이 문경 점촌인데, 탄광에서 일할 거라고 했어. 돈벌이가 꽤 괜찮다고 하더라고."

지연은 걱정스러운 표정으로 말했다.

"탄광? 그 일은 너무 위험하잖아요."

태열은 애써 밝게 웃으며 지연의 손을 잡았다.

"괜찮아. 나는 아직 젊으니까, 얼른 돈 모아서 다른 일 시작하면 되지."

점촌이라는 목적지가 정해지자, 막연한 불안감에 짓눌려 있던 태열의 앞날에 한 줄기 희미한 빛이 스며드는 듯했다.

기차표를 끊은 뒤 태열은 근처 여인숙에 방을 잡았다. 곧 통금 시간이었다.

지연의 어머니가 태열의 집을 알고 있어서 언제 들이닥칠지 몰랐기에 무작정 짐을 싸서 나온 것이었다. 두 사람이 여인숙으로 들어간 지 얼마 지나지 않아 통금을 알리는 사이렌이 울렸다.

태열은 눈을 붙였다. 지연은 뭐가 그리 걱정이 되는지 뜬눈으로 밤을 지새웠다. 새벽 4시, 통금 해제를 알리는 사이렌이 다시 울리자 두 사람은 여인숙에서 나왔다.

기차가 출발할 때까지 지연은 사방을 경계하며 불안해했다. 이윽고 기차가 출발하자 지연은 안심이 되는 듯 그제야 잠이 들었다.

'이번 역은 점촌, 점촌역입니다.'

안내 방송이 흘러나왔다. 두 사람은 짐을 챙겨 기차에서 내렸다. 밖으로 나오니 서울과는 확연히 다른 공기가 폐부 깊숙이 들어왔다. 흙냄새와 함께 알 수 없는 석탄 가루 냄새, 그리고 은은하게 풍겨오는 곡물 발효 냄새가 뒤섞여 낯선 이방인을 맞이했다. 멀리 보이는 야트막한 산자락 아래로는 오래된 듯한 기와지붕들이 옹기종기 모여 있었고, 그 사이로 언뜻언뜻 보이는 하얀 빨래들이 널려 있는 모습이 마치 흰옷을 입은 사람들이 춤을 추는 것 같았다.

태열은 지연의 손을 잡고 역을 나섰다. 이곳이 자신들의 새로운 삶의 시작이자, 알 수 없는 인연들이 기다리는 곳이라고 생각하자 도시가 그리 낯설게 느껴지지 않았다.

1963년 늦가을, 스물네 살의 이태열은 기차에서 내려 개찰구를 나왔다. 지연이 그 뒤를 따랐다. 잿빛 하늘 아래, 앙상한 나뭇가지들이 바람에 흔들리고 있었다.

서울의 매캐한 매연과는 다른, 조금은 습하고 서늘한 기운이 느껴졌다. 역사는 생각보다 작고 소박했다. 낡은 시멘트 건물 위로 '점촌역'이라는 나무 간판이 삐뚤빼뚤하게 걸려 있었다.

역 앞 광장은 오가는 사람들로 부산했다. 기차를 타기 위해 바삐 걸어오는 사람들과 억센 경상도 사투리가 귀에 웅성거렸고, 보따리를 머리에 인 채 서둘러 개찰구를 빠져나가는 아낙네들의 모습도 눈에 띄었다.

"배고프지? 우선 국밥이라도 한 그릇 먹자."

지연은 말없이 고개를 끄덕였다. 길 건너 국밥집이 보였다. 국밥집 옆에는 사진관이 있었다. 사진관에는 바깥에서 볼 수 있도록 사진이 걸려 있었다. 흑백 사진 속 사람들의 모습은 어딘가 모르게 순박해 보였다. 한복을 입고 찍은 결혼식 사진도 있었다. 지연의 시선이 그곳에 머물렀다.

"우리도 기념으로 사진 한 장 찍을까?"

"나중에요, 지금은 사진 찍고 싶지 않아요."

"그래, 아이가 태어나고 나면 우리 결혼식 사진 찍자."

지연이 힘없이 고개만 끄덕였다.

국밥집 문을 열고 안으로 들어서자, 따뜻한 온기와 함께 구수한 국밥 냄새가 코를 찔렀다.

"어서 오이소."

주인 할머니가 인사했다. 태열은 자리에 앉아 국밥 두 그릇을 시켰다. 뜨거운 국물이 들어가자 몸이 따뜻해졌다.

그때, 낡은 트럭 한 대가 국밥집 앞에 멈춰 섰다. 트럭 짐칸에는 '황진양조장'이라는 글씨가 찍혀있었다. 운전석 문을 열고 인상이 푸근한 중년 남성이 내리더니 술이 담긴 상자를 들고 국밥집 안으로 들어섰다.

"술은 좀 나갑니까?"

"김 사장, 마침 잘 왔어. 안 그래도 술이 다 떨어져서 걱정했었는데."

그는 할머니와 짧게 인사를 나누었다.

태열은 왠지 술을 들고 온 사내가 낯설지 않았다. 삶의 진득한 땀방울이 맺힌 듯한 남자의 뒷모습에서 태열은 알 수 없는 끈기와 단단함을 느꼈다.

태열은 국밥을 다 먹고 창밖을 내다보며 물었다.

"할머니 여기서 가은으로 가려면 어떻게 가야 합니까?"

"요 앞에서 버스 타면 된다 아이가."

"우리 가은으로 가야 해요?"

"경석이 주소가 가은이야."

태열은 계산을 마친 뒤 지연과 함께 바깥으로 나왔다.

경석이가 보내온 편지 한 장을 들고 집 주소를 물어물어 찾아갔으나 경석이는 군에 입대하고 없었다.

"우리 경석이 하고 친구라켔드나?"

"네."

"광부 하려고 찾아왔다고?"

태열은 고개를 끄덕였다.

"어디 묵을 데는 있드나?"

"아니요, 없습니다."

"우짜노, 우리 집은 손님 맞을 방이 없는데."

"어차피 방을 구해야 하는데 혹시 이 근처에는 없을까요?"

"한군데 있기는 한데, 그라믄 짐 들고 따라오니라."

경석어머니는 어느 집으로 태열을 안내했다. 할머니는 아들이 하나 있었는데 결혼해서 부산으로 갔다고 했다.

"아주머니, 거 방 놀리면 뭐합니꺼? 이 아가 우리 아들 친군데 아들 쓰던 방, 세 주이소."

할머니는 한참 아래위로 쳐다보더니 방을 보여주었다.

"부엌은 할매랑 같이 쓰고, 돈 벌어서 빨리 방 얻어 나가그라."

"감사합니다."

"그나저나 색시 홀몸이 아닌갑다. 산달이 언제고?"

"아직 5개월 더 있어야 합니다."

"신혼이구먼, 아주 좋을 때다. 그나저나 광부 뭐 좋다고 할라카노? 우리 경석이 일할 때도 내사 마 조마조마해서 마음 졸이고 살았다 아이가."

사람 좋아 보이는 경석어머니는 아들 친구가 걱정되었는지 태열을 보며 말했다.

"그래도 경석이가 벌이는 좋다고 해서요."

"돈이야 공장에서 일하는 것보다는 낫드라만, 내일 은성탄광 가서 면접 보거들랑 우리 경석이가 추천해서 왔다캐라. 요새 은성탄광 들어갈라카믄 하늘에 별 따기다. 마침 추석 지나고 광부들이 많이 빠져서 다른 때보다는 취직하기가 쪼매 수월할끼다."

"감사합니다. 어머니……."

검은 땅을 찾아서 23

"그래, 내사 간다. 뭐 궁금한 거 있으면 언제든 와서 물어봐라."
"네."
경석어머니는 집으로 돌아갔다.
"할머니, 여기 시장이 어디 있습니까?"
"여기서 저쪽으로 한 20분 걸어가면 가은장터라고 있다. 오늘이 며칠이고?"
"11월 4일입니다."
"아, 4일이면 가은 장날이고, 아직 문 열었을끼다. 퍼뜩 가라."
태열은 지연의 손을 잡고 가은시장으로 향했다. 그릇과 꼭 필요한 살림 도구를 사면서 지연은 매우 행복해했다.
다음 날 지연이 집을 청소하는 사이 태열은 은성탄광을 찾아갔다.
검댕이 묻은 작업복 차림의 광부들이 사무실 앞에서 웅성거렸다. 그는 잔뜩 긴장한 얼굴로 직원에게 말했다.
"일자리를 구하러 왔습니다."
직원은 무뚝뚝한 표정으로 간단하게 인적 사항을 적는 종이를 한 장 주었다. 다 적어서 냈더니 태열에게 의자에 앉아서 기다리라고 했다. 좁은 사무실 안에는 땀 냄새와 석탄 먼지가 뒤섞인 퀴퀴한 냄새가 떠다녔다. 초조하게 기다리던 태열의 눈에 광부들이 오가는 모습이 들어왔다. 그들의 지친 표정에서 탄광 일이 얼마나 힘든 일인지 어렴풋이 짐작할 수 있었다.

한참 후, '이태열 씨!' 하는 부름에 태열은 벌떡 일어섰다. 나무 책상 뒤에 앉아 있는, 인상은 다소 험악했지만, 눈빛은 깊어 보이는 사내가 태열을 바라보았다.

"나이가 몇인가?"

"스물넷입니다."

"군대는 다녀왔나?"

"네, 다녀왔습니다."

"광산 일은 해본 적 있나?"

"없습니다. 처음인데, 한경식이라고 제 친구가 여기에서 근무했습니다."

"한경식이 친구라고? 군대 간 한경석이 말이가?"

"네, 맞습니다."

사내는 태열을 아래위로 훑어보더니, 옆에 서 있던 덩치 큰 사람을 불렀다.

"김 과장, 이 사람 데리고 가서 신체검사해 봐."

김 과장은 태열에게 따라오라고 손짓했다. 그들이 도착한 곳은 간이 진료소였다. 우선 시력 검사부터 했다. 다행히 시력은 좋은 편이었다. 다음은 팔굽혀펴기와 윗몸일으키기였다. 태열은 있는 힘껏 몸을 움직였다. 가진 것이라고는 튼튼한 몸뚱이 하나뿐이었기에, 그는 열심히 몸을 움직였다.

마지막은 폐활량 측정이었다. 김 과장은 낡은 측정기를 태열에게 건네며 힘껏 불어보라고 했다. 태열은 숨이 턱까지 차오르도록 숨을 내쉬었다. 김 과장은 측정기의 눈금을 확인하더니 고개를 끄덕였다.

"좋아."

다시 사무실로 돌아온 태열에게 사내는 말했다.

"언제부터 출근할 수 있나?"

"오늘이라도 당장 일할 수 있습니다."

"내일부터 출근하게. 자네 운이 좋구만. 요즘 우리 은성탄광 들어오려면 한참 기다려야 하는데, 마침 결원이 생겨서."

"열심히 하겠습니다."

"일단 내일은 안전교육을 받아야 하네. 탄광 일은 자네가 알고 있는 것보다 훨씬 힘들고 위험해. 만약 쉽게 그만둘 생각이면 아예 시작도 하지 않는 게 좋아."

태열은 그의 말뜻을 알아들었다.

"중간에 그만둘 일 없습니다. 감사합니다!"

사무실 문을 나선 태열의 발걸음은 저절로 빨라졌다. 그는 이 기쁜 소식을 지연에게 가장 먼저 알리고 싶었다. 좁고 가파른 골목길을 뛰어올라 태열은 단칸방 문을 활짝 열었다.

"지연아, 됐어. 내일부터 출근하래."

태열의 목소리는 흥분과 기쁨으로 떨리고 있었다.

은성탄광 입사

'은성갱'이라고 쓰인 탄광 입구는 마치 거대한 아가리처럼 커다랗게 입을 벌리고 있었다. 저곳이 앞으로 태열이 일하게 될 탄광이었다.

태열은 탄광 입구에서 잠시 걸음을 멈췄다. 과연 이곳에서라면 지연이와 새로 태어날 아기의 배를 곯리지 않고 살아갈 수 있을까? 오직 그 한 가지 생각만으로 선택한 길이었다. 그의 어깨에 얹힌 스물네 해의 무게만큼이나 앞으로 헤쳐 나가야 할 탄광 생활의 고단함이 묵직하게 느껴졌다. 하지만 동시에 저 검은 땅속 어딘가에 숨겨진 희망의 빛줄기를 붙잡고 싶다는 간절한 마음이 태열의 심장을 뜨겁게 달궜다.

입구에는 작업복을 입은 사람들이 삼삼오오 모여 담배를 피우고 있었다. 태열은 어색한 표정으로 그들에게 다가가 가볍게 인사했다. 그들은 반가움도 어색함도 없이 무미건조한 표정으로 그를 바라보았다.

"이태열이라고 합니다. 오늘 처음 왔습니다."

그는 그리 크지도 작지도 않은 목소리로 선배들에게 인사했다. 몇몇은 무뚝뚝하게 고개를 끄덕였고, 몇몇은 호기심 어린 눈빛으로 그를 바라보았다.

"담배 피우나?"

"네, 핍니다."

그 중 한 사람이 청자 한 개비를 내밀었다. 태열은 가볍게 인사하고 그의 담배를 빌려 불을 붙였다.

"나는 작업반장이네."

태열은 잠시 입에서 담배를 떼고 공손히 인사했다.

"이태열입니다."

"이 일 처음이지?"

태열은 고개를 끄덕였다. 잠시 후 사무직 사람이 다가와 명단을 불렀다. 입구에 모여 있던 사람들은 호명하는 대로 조를 이루어 탄광 안으로 사라졌다.

어제 안전교육을 받았고 오늘은 실무를 하는 첫날이었다.

이곳은 1일 3교대로 8시간 근무였다. 첫날은 갑반 근무로 시작했다.

선산부, 후산부, 굴진, 갱도, 광차, 동발, 여러 단어가 뒤섞였다. 이제 남은 사람은 몇 명 되지 않았다.

"자, 오늘 이태열 씨는 후산부로 가세요."

태열은 작업복과 안전모, 장화, 그리고 삽과 곡괭이를 받았다. 태열은 선배들을 따라 개인 안전등을 허리에 찼다. 도시락과 물통도 잊지 않았다. 몸에 익지 않은 장비들은 불편하게 삐걱거렸다. 안전 수칙은 어제 반복해서 들은 터였다. 위험한 작업환경에서 안전 수칙은 광부를 지켜주는 생명줄과도 같았다.

취업회는 안전교육을 겸한 작업 지시가 내려지는 곳이었다. 수십 명의 광부들이 모여들었고, 선산부들의 작업 구역, 이른바 '방우리'를 배정했다. 태열은 오늘 막장으로 배정받았다는 말에 긴장했다. 갱구 앞벽에 걸린 표찰함에 자신의 이름표를 걸고 보안 점검을 받았다. 인화물질 소지 여부를 확인하는 직원의 눈빛이 매서웠다.

갱구로 들어서는 순간, 차갑고 습한 공기가 폐부 깊숙이 파고들었다. 길게 이어진 갱도를 한참 걸어 들어간 후 '인차'라 불리는 작은 열차에 몸을 실었다. 어둠 속을 미끄러지듯 나아가던 인차는 수갱의 케이지(엘리베이터 같은 기능)가 있는 곳에 멈췄다. 수직으로 지하 수백 미터를 내려가는 케이지에 몸을 싣자, 묵직한 중력과 함께 온몸의 피가 거꾸로 솟는 듯한 기분이 들었다. 바닥에 내려선 뒤에도 작업장 입구 갱도까지는 운반 갱도를 한참 걸어야 했다.

"어이, 신참! 이것 좀 메고 와!"

고참의 목소리에 정신을 차렸다. 오늘 막장에 세울 '동발'이었다. 통나무 기둥 하나를 어깨에 멨다. 묵직한 무게가 온몸을 짓눌렀다. 좁고 경사진 '노보리 막장'은 허리조차 제대로 펼 수 없는 곳이었다. 거의 기다시피 기어 올라간 막장은 상상 이상이었다. 안전등 불빛이 겨우 앞을 비출 뿐, 사방은 칠흑 같았고 공기는 탄먼지로 자욱했다.

"어이 김 씨, 에어 틀고 물 뿌려! 어이 강 씨, 노미 갈아와!"

팀장의 지시가 떨어지자마자 착암기와 드릴 소리가 좁은 막장을 가득 채웠다. 귀청을 찢을 듯한 소음과 함께 석탄이 굴착되는 먼지가 사방으로 흩날렸다. 탄을 캐는 한쪽에서는 동발 틀을 짜거나 나르는 사람들이 분주하게 움직였다. 안전등 불빛 하나에 의지해 작업하는 모습은 흡사 그림자 같았다.

움직이지 않아도 몸에서 땀이 비 오듯 흘렀다. 35도를 웃도는 지열과 90%를 오르내리는 습도 때문이었다. 장화 가득 고인 땀을 수시로 따라내고, 속옷을 벗어 땀을 짜내는 광부들의 모습은 놀라웠다. 어떤 광부는 아예 속옷마저 벗어 던지고 알몸으로 탄을 캐고 있었다. 갱 속은 붕락의 위험, 고인 물이 터지는 출수 사고, 그리고 빛깔도 냄새도 없는 유해 가스의 위협이 시시각각 도사리고 있었다. 매 순간 긴장이 흐르는, 말 그대로 '막장'이었다.

점심시간이 되자 광부들은 막장 근처의 조금 넓은 지점을 택해 도시락을 꺼냈다. 지연이 새벽부터 일어나 정성껏 싸준 도시락 뚜껑을 열자, 아직 온기가 남은 따뜻한 밥과 몇 가지 소박한 반찬이 눈에 들어왔다. 탄가루 묻은 그의 손과는 너무나 대조적인, 정갈하고 따뜻한 음식들이었다. 그는 묵묵히 밥을 삼켰다.

하지만 시간은 많이 주지 않았다. 광부들은 '도급제'로 급여를 받는 탓에 일당에서 손해가 생길까 봐 밥을 먹기가 무섭게 다시 작업을 시작했다. 어떤 이들은 노보리 막장을 오르내리는 것이 싫어서 아예 밥을 굶기까지 했다.

숨이 콱콱 막히는 막힌 공간, 날벌레처럼 떠다니는 탄가루, 한증막 같은 더위 속에 케이빙까지 겹치는 날이면 화약 연기와 탄가루가 펄펄 춤을 추는 판국에 도저히 밥 먹을 엄두조차 나지 않았다.

태열은 처음으로 맛보는 극한의 노동에 온몸이 비명을 질렀다. 등에 진 동발의 무게, 착암기의 진동, 자욱한 탄 먼지, 그리고 그 모든 것을 압도하는 뜨거운 지열과 습기. 숨 쉬는 것조차 버거웠다. 안전등 불빛에 비친 탄진은 살아 움직이는 무수한 미생물 군단 같았다. 옆에서는 폭약으로 붕괴된 탄층에서 쏟아져 나오는 탄 덩어리들을 '바가지질'로 트레이에 옮기는 광부들이 보였다. 호이스트를 이용한 현대적인 작업과 육체의 힘을 요구하는 원시적인 바가지질이 공존하는 곳이었다.

"이렇게 하는 거야. 바가지로 탄을 퍼서 트레이에 옮기면 돼."

옆에 있던 동료가 친절하게 시범을 보여주었다. 태열은 그의 설명을 주의 깊게 들은 뒤 조심스럽게 바가지로 탄을 퍼냈다.

"그렇게 천천히 해서 언제 이 일을 다 끝낼 거야?"

동료의 말에 태열의 동작이 점점 빨라졌다. 얼마 가지 않아 숨이 턱까지 차오르고 온몸은 땀으로 흠뻑 젖었다.

"내일은 속에 내의를 입고 와. 땀을 흡수하는 데 도움이 될 거야."

처음 경험하는 작업은 상상 이상으로 힘들었다. 탄은 끝없이 쏟아져나왔다. 잠시도 쉴 사이가 없었다.

이태열은 숨이 막혀 방진 마스크를 자꾸 벗었다. 곁에 있던 동료가 큰 소리로 말했다.

"답답해도 마스크는 벗지 않는 게 좋아. 우리 같은 사람은 몸뚱이 하나가 재산인데 병들면 끝이야. 진폐증에 안 걸리려면 죽으나 사나 마스크는 벗지 말게."

고마운 조언이었다. 선배의 말에는 오랜 탄광 생활의 연륜이 묻어 있었다. 이태열은 선배의 말을 듣고 다시 방진 마스크를 고쳐 썼다.

오랜 시간 탄을 캐고 동발을 세우고, 무너진 탄을 치우는 작업을 반복했다. 작업복은 물론 장갑과 장화 속까지 땀으로 흥건히 젖어 물개와 물걸레가 된 기분이었다.

드디어 일과가 끝나자, 석탄을 가득 실은 광차를 밀고 갱도를 빠져나왔다. 광차는 덜컹거리며 굴러갔다. 갱도 밖으로 나오자 공기가 달랐다. 그는 숨을 크게 들이쉬었다. 너무 시원했다. 탄가루로 범벅된 작업복을 세탁실에 맡기고 중앙목욕탕에서 뜨거운 물로 몸을 씻었다.

씻고 있는 옆 동료를 바라보았다. 온몸이 상처투성이였다. 철제 동발에 긁히고 떨어진 경석 조각에 터진 손등, 살이 찢겨 피를 흘린 손목에는 검은 탄가루가 배어 마치 먹줄을 그은 듯한 흔적이 남아 있었다.

이태열은 따뜻한 물로 온몸을 씻어냈지만, 탄 자국은 쉽게 지워지지 않았다. 아무리 비누칠해도 손톱 밑과 피부 깊숙이 박힌 탄가루는 여전히 남아있었다.

'집에 가서 다시 한번 깨끗하게 씻어야지.'

이태열은 그렇게 생각하며 샤워장을 나섰다. 그런데 입구에서 몇 명의 동료들이 그를 기다리고 있었다.

"자네 오늘 첫날인데, 그냥 갈 수 없지, 우리끼리 간단하게 한잔해야지!"

무뚝뚝한 목소리였지만, 어딘가 모르게 정이 느껴지는 말투였다. 이태열은 잠시 망설였다. 피곤하기도 했고, 집으로 빨리 돌아가고 싶은 마음도 컸다. 하지만 낯선 곳에서 먼저 손을 내밀어 주는 이들에게 고마움을 느꼈다. 그는 어색하게 웃으며 일행을 따라나섰다.

막걸리 몇 잔이 오가자, 어색했던 분위기는 점차 누그러졌다.

동료들은 이태열에게 탄광에서 일하는 동안 조심해야 할 금기사항들을 이야기해 주었다.

"갱도 안에서는 절대 뛰거나 큰 소리를 내면 안 돼. 작은 사고가 큰 사고로 이어질 수 있거든."

"그리고 곡괭이질 할 때는 항상 주변을 잘 살펴야 해. 낙반 사고는 순식간이야."

첫날부터 힘들어 도망가는 사람도 있고, 다음 날 아예 출근하지 않는 사람도 많다는 씁쓸한 이야기도 들려왔다. 하지만 그들은 이태열에게 포기하지 말라며 격려를 아끼지 않았다.

"처음은 다 힘들어. 하다 보면 익숙해질 거야. 그나마 다른 일을 하는 것보다 돈은 좀 더 벌 수 있거든."

술잔이 몇 순배 돌자 피로가 몰려왔다. 내일 또다시 갱도로 들어가야 하는 그들은 많이 마시면 일에 지장을 준다며 자리에서 일어섰다. 은성탄광에서의 첫날이 그렇게 저물어 가고 있었다.

집으로 돌아와 방문을 열자 환한 불빛 아래 아내 지연이 그를 기다리고 있었다. 채 씻기지 않은 탄가루가 여기저기 묻은 그를 보자 지연의 얼굴에는 걱정과 안쓰러움이 가득 차올랐다.

"많이 힘들었죠? 일은 할만해요?"

"생각보다 할 만해."

야무진 손으로 그의 작업복을 털어주는 아내의 모습에, 하루의 고단함이 눈 녹듯이 사라지는 기분이었다.

지연이 따뜻하게 데워준 물로 다시 한번 깨끗하게 몸을 씻고, 그는 사랑하는 아내 곁에 누웠다.

다음 날 태열은 투박한 안전모를 쓰고 갱도 입구에 섰다. 그를 맞이한 것은 익숙한 흙냄새가 아닌, 축축하고 끈적한 어둠이었다. 이곳에서 그는 정식 직원이 아닌 '임시부'였다.

"처음엔 누구나 임시부야. 성실하면 금방 정식부로 갈 거야."

안내를 맡은 최 팀장이 툭 던지듯 말했다. 임시부는 언제 계약이 중단될지 모르는 불안정한 상태였다. 직종 번호가 0번으로 시작해서, 광부들 사이에서는 '0 떨어졌다'는 말이 정식부가 되는 것을 뜻한다고 했다. 태열은 이 '0'을 떼어내기 위해 열심히 일했다.

갱내의 일은 그야말로 사투였다. 태열은 주로 보갱부 일을 맡았다. 무너질 위험이 있는 갱도에 지지대를 세우고 보강하는 일이었다. 좁고 어두운 공간에서, 땀은 비 오듯 쏟아졌고, 온몸은 늘 탄가루로 뒤덮였다. '광부'라고 하면 흔히 떠올리는 채탄부나 굴진부는 아니었지만, 보갱 일 역시 한시도 긴장을 늦출 수 없었다.

매일 아침 일찍 출근해 갱도로 내려갔다가 해가 지고 나서야 밖으로 나왔다. 세상이 어떻게 돌아가는지 알 수 없었다. 주말에도 쉬지 못하고 석탄 증산에 쫓기는 나날들이 이어졌다.

태열은 묵묵히 자신의 일을 했다. 그는 누구보다 성실했고, 배우려는 의지가 강했다. 때로는 측량 계원들이 갱도를 측량하는 모습을 곁눈질로 익히고, 운반공들이 석탄을 나르는 방식도 유심히 살폈다. 관리직이나 사무직은 '계원'이나 '감독'으로 불리며 육체노동을 하는 광부들과는 다른 대우를 받았다. 아무튼 지금은 인정을 받아 정식 '생산직 사원'이 되어야 했다.

몇 달이 흘렀을까. 태열의 손은 굳은살로 뒤덮였고, 얼굴은 탄가루에 절어 검어졌지만, 그의 눈빛은 더욱 단단해졌다. 갱내의 어둠 속에서도 그는 빛을 찾아 헤매는 작은 탄광 램프처럼 흔들림 없이 자신의 길을 걸었다.

어느 날 아침, 출근 준비를 하던 태열에게 최 팀장이 찾아왔다. 그의 얼굴에는 웃음꽃이 피어 있었다.

"이태열, 축하한다! 드디어 공 떨어졌다!"

태열은 순간 자신의 귀를 의심했다. 임시부의 직종 번호 0번이 사라지고, 정식부에 발령이 났다는 뜻이었다. 그의 노력이 드디어 결실을 맺는 순간이었다.

그날 저녁, 막걸릿집에서는 태열의 정식부 신고식이 거나하게 치러졌다. 투박한 술잔이 오고 갔다. 동료들은 진심으로 축하해 주었다.

태열은 주인아주머니에게 부탁해 새마을 담배 한 갑을 샀다. 그리고 동료들에게 한 개비씩 돌렸다.

"이거 뇌물이가?"

"아이구, 별말씀을요, 겨우 담배 한 개비인 걸요."

담배 한 개비를 나누어 물고 막걸리도 한 잔씩 따랐다.

"이태열이 사회생활 잘하네. 임마 서울에서 왔다더니 다른데?"

누군가의 말에 모두 웃었다.

태열은 비로소 이 검은 땅의 진짜 일원이 된 기분이었다.

탄광촌 주변은 언제나 술 냄새와 흥으로 가득했다. 특히 월급날이면 온 마을이 들썩였다. 광업소마다 월급날은 달랐지만, 탄광촌 사람들은 어느 광업소 월급날이 언제인지 귀신같이 알고 있었다. 월급날에는 골짜기마다 들어선 사택에서 밤늦도록 노랫소리가 끊이지 않았고, 막걸릿집이나 큰 술집은 발 디딜 틈 없이 붐볐다.

태열은 광부들의 씀씀이에 놀랐다.

"탄광 돈은 굴 밖만 나오면 맥을 못 춘다."

"탄광 돈은 햇빛만 보면 녹는다."

떠돌던 이 말이 결코 과장이 아니라는 것을 알게 되었다. 광부들은 술 인심이 후했고, 주머니에 돈이 있으면 평소 알든 모르든 심지어 길 가는 사람까지 끌어들여 함께 술을 마시는 일이 흔했다. 그들은 이를 두고 흔히 '기마이 쏜다!'라고 했다. 돈을 아끼지 않고 주위 사람들에게 술을 사주는 광부들의 넉넉한 인심은, 고된 막장 생활을 위로하는 하나의 방식인 듯했다.

낯선 땅에 두 발을 디딘 태열과 지연은 점촌 생활에 차차 적응해 나갔다.

겨울이 되자 눈발이 흩날렸다. 밤새 내린 눈으로 창문에 성에가 끼었다. 태열은 성에를 손가락으로 긁어냈다. 긁어낸 틈 사이로 골목이 보였고 언덕배기가 보였다.

그때였다. 앙상한 나뭇가지와 차가운 눈밭 사이, 하얀 눈송이를 뚫고 올라온 노란 꽃 한 송이가 태열의 눈에 들어왔다.

"지연아, 저것 좀 봐."

내가 가리킨 곳을 본 지연의 눈이 동그래졌다.

아무것도 자랄 수 없을 것 같은 차가운 겨울 땅에, 노랗고 조그만 꽃 한 송이가 피어 있었다. 지연은 창문을 열고 꽃을 향해 몸을 내밀었다. 눈송이가 지연의 머리에 하얗게 내려앉았다.

"어머, 저건 복수초예요."

"복수초?"

'가련한 흔적'이라는 꽃말을 가진 복수초는 겨울의 끝자락에서 홀로 피어나기에 '희망'의 상징으로 여겨지기도 했다.

"꼭 우리 같은 꽃이네. 세상에서 버림받고 얼어붙은 겨울 들판에 내던져진 우리 말이야. 그렇지만 우리는 이 혹독한 추위를 이겨내고 이렇게 함께 서 있잖아?"

지연은 차가운 바람 속에서 환하게 웃으며 말했다.

"맞아요. 우리도 복수초처럼 잘 살수 있을 거예요. 겨울이 지나면 반드시 우리에게도 따뜻한 봄날이 올 거니까."

지연의 말에 태열의 마음속에 얼어붙었던 불안이 눈 녹듯 사라져 갔다. 두 사람은 창문을 닫고 서로의 손을 잡았다. 차가운 땅에서 피어난 작은 복수초처럼, 함께라면 뭐든 이겨낼 수 있을 것 같았다.

정식 광부가 되고 첫 번째 명절이 다가왔다. 설을 앞두고 광업소는 겉으로는 분주했지만, 그 이면에는 묘한 긴장감이 흘렀다. 갱도 깊숙한 곳의 열기만큼이나 뜨거운 것은 바로 명절 보너스를 둘러싼 사측과 광부들의 보이지 않는 신경전이었다. 당시 탄광은 호황이었으나 임금 체불이 만연하던 시절이었다. 사실 보너스는 법적 강제가 없어 받지 못하면 그만이었다. 그래서 명절을 앞두고는 늘 이직이 많았다.

"이번 설에는 보너스가 제대로 나올라나……."

점심시간, 광부들이 모여 앉아 밥을 먹으며 한숨처럼 내뱉는 말들이었다. 태열도 그들의 대화에 귀를 기울였다. 영세 탄광들은 서너 달씩 임금을 밀리기 일쑤였고, 어떤 악덕 업주들은 명절을 앞두고 야반도주하거나 폐광한다는 소문이 돌기도 했다. 반면, 양심 있는 광업주들은 어음을 할인받아 비싼 이자를 물어가며 급여를 지급해 직원들의 사기를 올렸다.

명절이 다가오자, 태열의 동료들은 고향에 내려가 다른 탄광에서 일하는 지인들과 만날 생각에 벌써부터 들떠 있었다. 그들이 나누는 이야기의 핵심은 단연 보너스와 급여, 그리고 복지 조건이었다.

1960년대 당시 명절 보너스를 탄 뒤 탄광을 옮기는 것은 광부들 사이에서 하나의 유행처럼 번지고 있었다. 퇴직금 개념조차 없던 시절이라 다른 곳의 조건이 조금이라도 더 좋으면 미련 없이 짐을 싸는 것이 이곳 생리였다. 생산량 확보에 급급했던 탄광 측에서도 채탄 경험이 있는 숙련 광부 모집에 혈안이 되어 있었는데, 명절 기간은 그야말로 스카우트 경쟁이 불붙는 시기였다. 영세 광업소는 명절 뒤에 25%의 노동자가 돌아오지 않기도 했다.

"태열이 자네는 어쩔 건가? 이번에 명절 보너스 받으면 다른 데로 옮겨볼 생각은 없나?"

영수 아저씨가 담배 연기를 길게 뿜으며 물었다. 태열은 묵묵히 고개를 저었다.

"아직은요. 저야 이제 겨우 정식사원이 된걸요, 여기서 더 배우고 싶습니다."

그의 대답에 몇몇 광부들은 의아한 표정을 지었다. 더 좋은 조건의 탄광을 마다하고 이곳에 남겠다는 것은 쉽지 않은 결정이었다. 하지만 태열에게는 이곳이 단순한 일터가 아니었다. 이곳에서 그는 처음으로 어엿한 '생산직 사원'이 되었다. '공 떨어졌다'라는 축하를 받으며 동료들과 진심으로 기뻐했던 기억, 갱도 안에서 함께 땀 흘리며 쌓아온 끈끈한 유대감이 그를 붙잡았다. 그리고 무엇보다, 그는 아직 채탄 작업의 기술을 온전히 익히지 못했다. 위험하지만 가장 핵심적인, 석탄을 직접 캐내는 그 기술을 완벽하게 배우고 싶었다.

명절 연휴가 끝나고, 예상대로 몇몇 광부들은 돌아오지 않았다. 하지만 태열은 평소처럼 일했다. 그는 이곳에서 진짜 광부가 되고 싶었다.

탄광촌의 금기사항

 탄광의 근무시간은 일정하지 않았다. 우선 아침 8시부터 오후 4시까지 갑방, 오후 4시부터 저녁 12시까지 을방, 저녁 12시부터 아침 8시까지 병방 일을 3교대로 1주일씩 바꿔서 근무했다.
 때로는 낮과 밤이 바뀌는 것은 물론이고 아이들이 학교에 다니면 한 집에서 얼굴을 마주 보는 기회도 적었다. 또 가장이 병방 일을 하고 아침에 돌아오면 잠을 푹 자야하기 때문에 집에서도 까치걸음을 걷고 어린아이들도 울리지 않기 위해 부인들이 밖으로 돌기도 했다.
 태열이 정식 광부가 된 후, 태열의 아내 지연의 삶에도 묘한 긴장감이 드리워졌다. 탄광촌의 아내들이 그러하듯이, 지연은 남편이 갱도로 내려가기 전에는 모든 행동을 조심해야 한다는 불문율을 자연스럽게 체득했다.

특히, 그릇이 깨지는 요란한 소리는 절대 내지 않도록 노심초사했다. '출근하기 전에 여자가 그릇을 깨면 재수가 없다'라는 미신은 탄광촌에서는 그저 미신이 아닌, 남편의 안녕과 직결된 중요한 금기였다.

지연은 이른 아침, 태열의 출근 준비를 도우면서도 늘 조심스러웠다. 밥그릇이나 반찬 그릇을 놓을 때도 소리 나지 않게 살며시 내려놓았다. 그녀의 신경은 늘 곤두서 있었다. 남편이 출근하는 시간은 일정치 않았기에, 아침이든 오후든 밤이든 태열이 집을 나서는 순간만큼은 집안의 모든 소리를 죽였다.

어느 날 아침, 태열이 밥을 먹다가 그만 밥그릇을 엎을 뻔한 아찔한 순간이 있었다. 밥알이 바닥에 쏟아지는 것을 본 지연은 저도 모르게 숨을 들이켰다. 밥이 귀하던 시절, 밥그릇이 엎어지는 것은 그 자체로 불길한 징조였다. '그릇이 엎어지면 재앙이 온다'라는 속담처럼, 탄광촌에서는 '밥그릇이 엎어지면 출근하지 않는다'라는 금기까지 전해졌다. 다행히 태열은 밥그릇을 잡았지만, 지연의 가슴은 한동안 두근거렸다. 깨진 그릇처럼, 남편의 안전한 삶이 깨어질까 봐 늘 불안했던 것이다.

지연은 자신이 할 수 있는 것이라고는 이런 사소한 주의밖에 없다는 사실에 때로 무력감을 느꼈다. 위험천만한 막장으로 들어서는 남편을 위해 기도하고, 부엌에서 조용히 그릇을 놓으며 액운을 막는 것. 그것이 탄광촌 아내들이 남편을 위해 할 수 있는 전부였다. 그녀의 조심스러운 몸짓과 불안한 눈빛 속에는, 사랑하는 이를 매일 죽음과 맞서는 위험 속으로 떠나보내야 하는 탄광촌 여인들의 깊은 한숨과 염원이 고스란히 담겨 있었다.

금기사항은 이뿐만이 아니었다.

아침마다 태열이 작업복으로 갈아입고 갱내화(탄광 작업화)를 신는 것을 지켜보는 지연의 가슴은 늘 조마조마했다. 탄광촌에서는 옷을 잃어버리면 재수 없는 일이 생긴다는 말이 파다했고, 이는 옷을 몸의 일부처럼 소중히 여기는 광부들의 애착에서 비롯된 금기였다. 옷이 제자리를 찾아가지 못하면, 마치 나무꾼이 선녀의 옷을 잃어버려 하늘로 돌아가지 못한 것처럼, 남편이 무사히 집으로 돌아오지 못할까 봐 지연은 늘 태열의 옷가지들을 꼼꼼히 챙겼다.

신발 역시 마찬가지였다. 신발을 잃어버리거나 거꾸로 놓으면 해롭다는 미신은 탄광촌에서는 남편의 안전을 위협하는 불길한 징조로 여겨졌다. 매일 갱내 막장의 흙먼지 속에서 발을 보호해주는 중요한 개인용품이기에, 광부들은 신발을 곧 자신의 발이자 생명처럼 아꼈다.

태열이 출근하고 나면 지연은 습관처럼 문 앞에 놓인 그의 신발을 찾아들었다. 그리고 신발의 코를 방 안쪽으로 돌려놓았다.

문밖을 향해 있던 신발의 방향을 집 안으로 돌리는 이 작은 행위에는, 남편이 무사히 막장에서 벗어나 집으로 다시 돌아오기를 바라는 지연의 간절한 염원이 담겨 있었다. 이것은 단순히 미신이 아니었다. 멀리 사냥을 나간 남편의 무사 귀환을 위해 집에서 힘든 제약을 지키던 다른 부족의 여인들처럼, 지연은 이 경건한 행위를 통해 보이지 않는 끈으로 남편과 교감하고 있었다.

때로는 신발을 돌려놓으며 울컥 목이 메기도 했다. 남편이 갱도에서 사고라도 당할까 봐, 혹은 유독가스라도 마실까 봐, 온갖 불길한 상상이 꼬리에 꼬리를 물었다. 지연은 불안한 마음을 억누르며 온종일 남편의 무사고를 빌었다. 이 작은 신발 돌리기가 남편을 무사히 집으로 이끌어 줄 것이라는 희망. 그것은 위험한 탄광에서 별 탈 없이 돌아올 남편을 기다리는 광부 아내의 가슴 졸이는 운명이자, 동시에 그 불안감을 이겨낼 수 있는 유일한 위로였다. 그날 하루도 태열의 신발은 묵묵히 방 안쪽을 향한 채 집으로 돌아올 가장을 기다리고 있었다.

태열이 정식 광부가 된 지 얼마 되지 않아, 광업소에는 새로운 갱구를 뚫는다는 소식이 전해졌다. 탄맥이 잡혔고, 이제 새로운 갱구를 열어 석탄을 캐낼 때가 된 것이다. 광업소의 사활이 걸린 중대한 일인 만큼, 새 갱구를 열기 전에는 고사를 지냈다. 광부들은 이를 산신제라고 불렀다. 깊은 산속에서 석탄을 캐내니, 산신께 감사하고 안전을 기원하는 것은 당연한 일로 여겨졌다.

고사를 지내지 않으면 잘 될 일도 잘못된다는 암묵적인 믿음이 광부들 사이에 팽배했다. 태열 역시 그런 분위기를 자연스럽게 받아들였다. 고사가 예정된 아침, 광부들은 평소보다 일찍 갱구 앞에 모였다. 갱구 앞에는 튼튼한 동발(나무 지지대)이 세워져 있었고, 그 앞에는 돼지머리와 시루떡, 과일, 포, 제주 등이 정성스레 차려져 있었다. 관리자들과 노무직 할 것 없이 모든 광부들이 숙연한 표정으로 제를 올릴 준비를 했다.

광업소 소장이 축문을 읊기 시작했다. 그의 목소리가 바람을 타고 퍼져나갔다. 태열은 소장의 군건한 목소리 속에서 간절한 염원을 느꼈다. 순조로운 작업, 무사고, 그리고 많은 석탄 생산. 광부들은 모두 같은 마음으로 기원했다. 그들의 삶과 가족의 생계가 모두 이 탄광에 달려 있었기 때문이었다.

고사가 진행되는 동안, 태열은 보내미 풍습을 떠올렸다. 겨우내 쉬었던 소에게 연장을 걸고 첫 밭갈이를 하던 날, 좋은 날을 받고 방위를 따지고, 심지어 다른 집 여자의 방문까지 막으며 풍년을 기원하던 농부들의 모습은 갱구 앞에서 고사를 지내는 지금의 모습과 다를 바 없었다. 땅의 정령인 지신에게 풍년을 빌듯이, 산신에게 안전과 증산을 비는 광부들의 간절함이 느껴졌다.

고사를 마치고 제사를 지냈던 음식을 나눠 먹는데, 한편에서는 수군거리는 소리가 들렸다. 몇 년 전, 어떤 광업소 사장이 개신교 신자라며 고사를 꺼렸다가 큰 사고가 났다는 이야기였다. 진위는 알 수 없었지만, 광부들 사이에서는 이러한 미신적 믿음이 강하게 자리 잡고 있었다. 비록 광업소 사장이 고사 지내는 것을 내켜 하지 않아도, 갱구 신설 고사만큼은 반드시 동참해야 광부들이 불안해하지 않고 심리적인 동요를 막을 수 있다는 것을 그도 알고 있었다.

태열은 돼지머리 옆에 놓인 시루떡 한 조각을 받아들었다. 달콤했지만 왠지 모르게 씁쓸한 맛이 났다. 이 떡 한 조각에 광부들의 모든 희망과 불안이 담겨 있는 것 같았다. 어촌에서 용왕에게 뱃고사를 드리고 조업에 나서는 어부들처럼, 그들도 이 산신제에 자신들의 운명을 맡기고 있었다. 태열은 갱도를 바라보았다. 이제 저 안으로 들어가야 할 시간이었다. 부디 산신께서 자신과 동료를 지켜주시기를, 그리고 많은 석탄을 내어주기를 그는 간절히 빌었다.

시간이 흐르면서 태열은 갱도의 더 깊은 곳, 채탄 작업 현장에 투입되었다. 망치와 정으로 석탄을 캐내고, 다이너마이트로 암반을 폭파하는 일은 그야말로 목숨을 건 사투였다. 갱내의 어둠은 마치 끝없는 밤처럼 느껴졌고, 희미한 램프 불빛만이 길을 안내했다.

어느 날, 태열은 동료들과 함께 갱도 깊숙한 곳에서 석탄을 캐고 있었다. 숨 막히는 정적 속에서 땀방울이 비 오듯 흘러내렸다. 그때, 멀리서 새로 온 젊은 광부가 무심코 휘파람을 불었다. 아마도 고된 작업 중 잠시라도 흥을 돋우려 했을 것이다.

휘이익-, 짧지만 맑은 휘파람 소리가 갱도 안에 울려 퍼지자, 순간 모든 작업이 멈췄다. 쨍한 정적이 갱도를 감쌌고, 광부들의 얼굴에는 일순간 공포와 분노가 스쳤다.

"이놈아! 지금 뭐 하는 짓이고!"

가장 먼저 소리친 것은 태열의 팀장이었다. 그의 목소리에는 날카로운 경계심이 가득했다. 젊은 광부는 영문을 모르겠다는 듯 어리둥절한 표정을 지었다.

"죄송합니다, 조장님. 저도 모르게 그만……."

"모르게 그만이라니! 이 막장에서 휘파람을 불면 굴이 무너진다는 걸 몰랐나!"

조장의 목소리는 갱도 안을 쩌렁쩌렁 울렸다. 태열은 묵묵히 조장의 말을 들었다. '휘파람을 불면 굴이 무너진다.' 탄광에 처음 발을 들였을 때부터 귀에 못이 박히도록 들었던 금기였다. 막장이 무너질 때 나는 둔탁한 소리와 휘파람 소리가 흡사하다는 이유도 있었지만, 근본적으로는 휘파람 자체가 불길하고 재수 없는 징조로 여겨졌기 때문이었다. 밤에 휘파람을 불면 귀신이 나오거나 뱀이 나온다는 미신처럼, 24시간 캄캄한 갱도는 악령이 드나들기 쉬운 밤과 같은 공간으로 여겨졌다.

팀장은 흥분한 목소리로 말을 이었다.

"예전에 말이야, 일본 놈들이 우리 광부들 못살게 굴 때, 동료들끼리 신호로 휘파람을 썼다카드라. 또 미운 놈 해치울 때 신호

검은 땅을 찾아서 47

로 쓰기도 했다는 얘기도 있고. 어쨌든 이 막장에서 휘파람은 절대 안 되는 기라!"

젊은 광부는 잔뜩 겁먹은 얼굴로 고개를 숙였다. 태열은 조장의 설명을 들으며 광부들의 마음속에 깊이 박힌 공포와 불안감을 다시금 깨달았다. 휘파람 소리는 어둠 속에서 귀신을 부르고, 악령을 끌어들이며, 나아가 갱도를 무너뜨릴 수 있다는 뿌리 깊은 믿음, 사실 이런 모습은 인간이 자연 앞에서 얼마나 나약한 존재인지를 여실히 보여주는 것이었다.

휘파람을 불며 즐겁게 일할 수 없는 작업 공간. 노래조차 마음 놓고 부를 수 없는 캄캄하고 절망적인 막장의 현실. 태열은 자신의 주변을 둘러보았다. 희미한 램프 불빛에 의지해 묵묵히 석탄을 캐는 동료들의 얼굴에는 그림자가 드리워져 있었다. 휘파람 금기는 단순한 미신을 넘어, 광부들의 삶이 얼마나 위험하고 고단한지를 입증하는 슬픈 현실이었다. 그날 이후, 태열은 갱내에서 단 한 번도 휘파람 소리를 들은 적이 없었다.

태열은 몸이 너무 피곤했다. 작업량이 많아 일요일에도 쉬지 못하는 날이 다반사였다. 정부의 석탄 증산 정책이 곧 광업소의 목표였고, 광부들은 휴일을 제대로 즐길 여유조차 없었다. 태열은 꼬박꼬박 갱도로 향했지만, 동료 중에는 종종 '농땡이'를 부리는 이들도 있었다.

태열은 처음에는 그들을 이해하지 못했다. 모두가 한 푼이라도 더 벌려고 안간힘을 쓰는 판국에, 어떻게 농땡이를 친단 말인가?

하지만 며칠 지나지 않아 태열은 그들의 '농땡이'가 단순한 게으름이 아니라는 것을 깨달았다. 한 달에 거의 쉬지 못하고 갱내에 몸을 쑤셔 넣다 보니, 온몸이 부서질 것 같았다. 탄가루를 마시며 기침을 달고 사는 것은 예삿일이고, 언제 어디서 사고가 터질지 모르는 불안감에 정신은 늘 피폐해졌다.

갱도에 하루 안 들어가면 소고기 열 근보다 낫다는 말은 허언이 아니었다. 광부들 사이에서는 '탄광 농땡이는 금땡이'라는 말이 유행처럼 번졌다. 처음에는 '옳지 못한 짓'이라는 비난의 뉘앙스인 줄 알았지만, 시간이 지날수록 그 의미는 달라졌다. 그것은 비난이 아니라, 고된 노동으로 병들어가는 몸을 걱정하는 광부들의 처절한 자기 위로였다.

'탄광 농땡이가 보약보다 낫다.'
'갱에 하루 안 들어가면 소고기 열 근보다 낫다.'
'탄광에서 3일 농땡이면 3년 보약 먹은 것과 같다.'

이런 말들은 그저 빈말이 아니었다. 진폐증으로 몸이 스러져가는 동료들은 어떻게든 자신의 몸을 지키고 싶었던 것이다. 실제로 진폐증에 걸려 약을 먹으면서도 그만두지 못하고 다니는 사람들도 있었다. 안타까웠지만 그들은 자식을 가르치기 위해, 노모를 봉양하기 위해, 먹고 살기 위해 그만둘 수가 없는 현실에 놓여 있었다.

태열은 언젠가 새벽 출근길에 동료의 이야기를 들었다.

"오늘 꿈자리가 너무 뒤숭숭해서 일을 못 하겠습니다."

당시만 해도 흉몽은 결근 사유로 인정이 되었다. 비록 일부 '농땡이꾼'들이 악용하기도 했지만, 그 배경에는 안전하지 못한 갱내 작업에 대한 광부들의 불안한 심리가 깔려 있었다. 그들은 몸이 아파도, 감기 기운이 있어도 어쩔 수 없이 출근해야 했다. 갱도에 일단 들어가면, 몰래 폐갱도 구석에 몸을 숨기고 잠시 눈을 붙이는 동료도 있었다. 갱목으로 우물 정(井)자 모양을 쌓아 막아놓은 폐갱도는 유독가스가 가득했지만, 잠깐이라도 쉬고 싶었던 광부들은 그 위험을 감수하기도 했다.

이 모든 것의 근본적인 원인은 도급제였다. 일하는 만큼 버는 돈. 이 방식은 광부들을 '노동의 노예, 임금의 노예'로 만들었다. 몸이 부서져라 일해야 더 많은 돈을 벌 수 있었기에, 광부들은 스스로 자신의 몸을 혹사했다. 태열 역시 도급제 때문에 더 많은 석탄을 캐기 위해 삽질을 멈추지 않았다.

명절이 다가오면 이직하는 광부들의 심정도 이제는 이해가 됐다. 퇴직금 개념조차 없던 시절, 더 나은 조건을 찾아 떠나는 것은 어쩌면 당연한 생존 방식이었다. 하지만 태열은 제자리를 지켰다. '금땡이' 같은 농땡이를 부릴 여유도, 다른 광업소로 떠날 생각도 하지 않았다. 그는 이 검은 땅에서 자신에게 주어진 몫을 다해야 한다고 생각했다. 비록 몸은 고단하고 힘들었지만 가족의 생계를 책임진다는 막중한 책임감이 그를 갱도로 이끌었다.

어느 날 작업장에서 강 팀장과 한 팀이 되어 작업을 한 적이 있었다. 그는 8남매의 맏이로 태어나 스물아홉까지 농사일만 돕다가 생계를 위해 뛰어들었다고 했다. 얼른 돈을 벌어 탄광을 떠나려고 했는데 떠나지 못하고 29년이라는 세월이 지났다고 했다.

너무 숨이 막혀 잠시 막장에서 떨어져 쉬고 있었다.

"이름이 이태열이라고?"

낮고 굵은 목소리가 들렸다. 고개를 들자 눈 앞에는 새까만 작업복과 장화를 신고, 군모처럼 생긴 안전모를 쓴 강 팀장이 서 있었다. 그의 안전모에는 '캐프'라는 갱내용 안전등이 걸려 있었다. 굳게 다문 입술 위로 드리워진 검은 수염은 그의 오랜 광산 생활을 짐작게 했다.

"견딜만한가?"

"네, 간신히 버티고 있습니다."

"자네를 보니 내 첫 출근 날이 떠오르는구먼. 그때만 해도 이제 나도 부유하게 살 수 있겠다고 부푼 기대를 했었는데……."

그는 고압선 연결부위에서 뿜어져 나오는 불꽃에 혼비백산 도망쳤고, 막장의 38도 넘는 열기 속에서 삽과 괭이를 들고 일하는 것이 너무 힘들었다고 했다.

"처음은 다 그렇게 힘들지, 나도 오전 근무만 겨우 마치고 조퇴해 버렸으니까. 아마 그 심정은 겪어 본 사람이 아니면 모를 거야."

강 팀장은 태열의 어깨를 툭 치며 말했다.

"막장에 들어가 봤어? 갱구는 좁고, 동발 치고 올라갈라니 기가 막히더라고. 토할 것 같아서 한쪽 구석에 누워 있었지."

태열은 한쪽 구석에 지친 몸을 뉘고 마음을 다스리는 한 사내를 떠올렸다. 왠지 울컥 서러운 감정이 치밀어 올랐다. 자신도 그랬기 때문이었다.

"허리에 걸린 캐프의 무게는 몸을 밑으로 처지게 했고, 안전모에 착용한 전력 공급 선은 등 뒤로 올라와 순식간에 안전모가 벗겨질 뻔한 아찔한 순간도 많았지. 특히 병방하다가 그만두려고 뛰쳐나온 적도 있었어. 하지만 언제나 가족들의 얼굴이 떠올라 다시 발길을 돌릴 수밖에 없었지."

태열은 묵묵히 그의 말을 들었다.

"아직 임시분가?"

"아니요, 겨우 임시부는 면했습니다."

"공은 떨어졌구먼."

그는 희미하게 웃었다.

"사실 말이 임시부지, 일은 똑같이 하잖아. 그냥 임시부라고 하면 임금을 적게 주어도 되고, 이놈이 계속 버틸 수 있나, 간 보는 거지."

"팀장님은 임시부에 얼마나 계셨어요?"

"나는 아마 1년도 더 걸렸지. 특별한 이유도 없는데 질질 시간을 끌더라고."

그의 말에서 수많은 임시부 광부들이 겪었을 고통과 인내가 느껴졌다.

문경 탄광은 1926년 개광하여 남한 최초의 탄광으로 문을 열었다. 일제는 강원도보다 교통이 편리한 문경을 선택했고, 1938년에는 가은에 은성탄광이 개광되었다. 가난에 허덕이던 사람들은 은성탄광으로 몰려들었다.

"맞습니다. 가족들 생각하면 안 들어갈 수가 없지요."

태열의 말에 강 팀장은 고개를 끄덕였다.

"남들이 다 자는 야간에 땅속 깊이 들어가 일하는 것은 육체적 고통을 넘어 정신적으로도 너무 힘들었어. 그만두고 싶을 때마다 아내와 부모님, 자식들과 동생들의 얼굴이 아른거려서 못 그만두었는데 어느새 30년이 다 되어가네. 그런데 이제는 그만두라고 말리는 식구들도 없다는 게 문제지. 그냥 따박따박 돈 갖다주니까, 너만 희생해라, 그러면 우리는 편하니까."

"설마 그러기야 하겠습니까?"

강 팀장은 먼 산을 바라보듯 아득한 눈빛으로 말했다. 석탄을 캐는 생산 방식과 그 대가로 살아가는 방식에 몸과 마음을 적응시키고 스스로를 길들인 사람들, 그들이 바로 광부였다.

"혹시 게다라는 신발, 아시오? 탄광촌에서 즐겨 신던 신발인데, 돈이 떨어져 거지 됐다는 표현으로 쓰이기도 했지."

강 팀장은 웃지 않는 얼굴로 말했다. 1960년대부터 탄광촌에서 유행했던 게다는 당시 광부들의 고단한 삶을 대변하는 물건이었다.

"공동 화장실은 또 어떻고. 똥골목이라고 불릴 정도였으니……."

강 팀장은 혀를 찼다. 당시 사택의 공동 화장실은 나무판자로 지어져 옆 칸의 일 보는 소리가 다 들렸다. 많게는 30가구가 화장실 5칸짜리 한 동을 공동으로 사용했으니, 화장실 가기를 꺼려하는 사람도 많았다. 골목에는 아이들과 개의 똥, 연탄재가 널려 있어 똥골목이라 불렸다.

"그래도 그 사택 하나 얻는 게 꿈이었지. 주인집에 잘못 보이면 방 빼라는 소리 듣고, 아이들끼리 싸워도 주인집 아이가 잘했다는 눈치 속에서 살았으니. 사택에 처음 들어갈 때는 호텔 같았지. 대궐도 안 부러웠다고."

사실 사택은 당시 모든 광부의 희망이었다. 입사 후 4~5년은 지나야 겨우 사택에 들어갈 자격이 있었다.

"우리가 캐던 석탄은 연기 나지 않는 무연탄이었지. 1943년 일산화학공업주식회사가 광업권을 따내면서 본격적으로 은성탄광이 개발되기 시작했어. 가은의 은, 마성의 성을 따서 은성이라는 이름이 붙었다지."

강 팀장은 담담하게 과거를 회상했다.

"그 시절, 작업복도 없이 한복 입고 짚신 신고 막장에 들어가서 발 다치는 일이 허다했지. 머리카락 길면 안전모에 걸린다고 해서 장발 단속도 하고. 안전모라는 이름도 나중에나 썼지. 그전에는 깨진 안전모를 꿰매서 화장실 똥 푸는 바가지로도 썼지. 광목 수건으로 방진 마스크를 대신하던 시절도 있었고."

강 팀장은 태열을 한번 쳐다보고 계속 말을 이어 나갔다.

"그래도 그런 시절이 있었기에 오늘날 우리가 이만큼이라도 발전할 수 있었던 거 아니겠소."

태열은 강 팀장의 마지막 말에 깊이 공감했다. 그들의 희생과 고통이 지금의 광부를 만들었음을, 그는 막장에서 직접 체험하며 깨달았다.

"아이구, 이거 너무 오래 농땡이를 쳤구만, 자 일하러 갑시다."

태열은 강 팀장의 뒤를 따라 다시 막장으로 들어갔다.

딸 진희가 태어나던 날, 병원으로 가자고 우겨도 아내는 손을 저으며 마다했다. 돈을 아끼기 위해서였다. 할머니가 산파를 불러주었다. 힘겨운 산고 끝에, 그들의 첫째 딸, 진희가 세상에 태어났다. 갓 태어난 딸아이의 울음소리는 캄캄한 갱도에 한 줄기 밝은 빛처럼 보였다. 핏덩이 딸아이를 품에 안은 태열의 눈에는 뜨거운 눈물이 흘러내렸다.

갓 태어난 작은 생명이 뿜어내는 벅찬 감동이 태열의 가슴을 꽉 채웠다. 핏줄, 그의 분신이 세상에 존재한다는 사실만으로 온몸의 피가 뜨겁게 끓어올랐다.

힘겨운 해산 끝에 지쳐있으면서도, 갓난아이를 품에 안고 젖을 물리는 아내 지연의 모습은 세상 그 어떤 꽃보다 아름다웠다. 켜켜이 쌓인 고된 삶 속에서도, 그들은 작고 여린 생명을 통해 이전에는 상상조차 할 수 없었던 눈부신 희망을 보았다.

문득, 태열의 뇌리를 스치는 아릿한 기억의 조각들이 떠올랐다. 어린 시절, 갑작스러운 사고로 부모를 잃고 홀로 세상의 풍파를 견뎌내야 했던 고독하고 힘겨웠던 시간들. 텅 빈 집, 싸늘한 냉기, 굶주림과 서러움……, 그 모든 고통의 기억들이 마치 어제의 일처럼 생생하게 되살아났다. 품 안의 작고 따뜻한 생명을 내려다보던 태열의 눈가가 촉촉해졌다.

'나는 절대로 내 아이에게, 내가 겪었던 그 모진 시련을 겪게 하지 않으리라.'

태열은 스스로에게 다짐했다.

"아버지가, 너한테만은 외로움을 안겨주지 않을게, 끝까지 너의 우산과 버팀목이 되어줄게."

그의 진심이었다. 부모 없이 일찍 세상을 떠돌았던 그의 서글픈 인생을 딸에게 대물림하지 않을 생각이었다.

그의 다짐은 단단하고 굳건했다. 이 작은 생명을 위해서라면, 그는 기꺼이 그 어떤 고통과 어려움도 감내할 수 있었다. 진희의 맑고 깨끗한 눈망울을 바라보며, 태열은 굳게 주먹을 쥐었다.

이제 그의 어깨에는 노동의 무게뿐만 아니라, 사랑하는 아내와 딸아이의 삶을 짊어져야 하는 묵직한 책임감이 더해졌다.

"이태열 씨, 예쁜 딸 얻으니 기분이 어때?"

최 팀장이 물었다.

태열은 쑥스러워 웃었다.

"그냥 좋습니다. 세상이 다 내 것 같아요."

"하하하, 어지간히 좋은 모양이군, 생전 안 웃던 자네가 웃는 걸 보니."

"팀장님, 오늘 이 선배님 딸 턱, 얻어먹는 거 어때요?"

최근에 들어온 막내 수봉이 분위기를 부추겼다.

"좋지. 오늘 밤 한잔할까? 내일은 쉬는 날이니."

태열은 좋다고 고개를 끄덕였다. 업무를 마친 후 최 팀장을 따라 대폿집으로 갔다. 벌써 일을 마치고 목을 축이는 동료들이 여기저기 앉아 있었다.

"먼지로 목이 칼칼하니, 막걸리 한 잔, 쭉 들이키자. 오늘도 고생 많았다."

최 팀장은 평소 말이 없는 편이었다. 태열도 그리 말이 많지 않았고 7년 차 병모 선배는 이 팀에서 가장 말이 없는 사람이었다. 술좌석에서 떠드는 것은 오직 수봉이 뿐이었다.

"수봉이 너는 생각보다 오래 버틴다. 힘들지?"

최 팀장이 막걸리를 따르며 말했다.

"아따, 쪼매 힘들긴 하지만서도 할만합니다."

목포에서 배를 탔다는 수봉이는 뱃일이나 탄광 일이나 다 힘들다고 했다.

"그래도 월급이 또박또박 나옹께 나가 면이 서부러요. 얼른 목돈 만들어서 쪼맨한 배 하나 사는 게 꿈이구먼요."

최 팀장은 기특하다며 수봉을 칭찬했다.

술이 몇 순배 돌았다. 평소 말 없던 병모 선배가 최 팀장에게 물었다.

"팀장님은 언제부터 여기 계셨어요?"

"나야 한 20년 됐지."

"아직 사고는 한 번도 안 나셨죠?"

"동료들 죽어 나가는 거야 많이 봤지. 그래도 목구멍이 포도청이라고 그만두지 못하고 조금만 더, 조금만 더 하다 보니 세월이 이리 흘렀구만."

"그동안 돈은 꽤 버셨잖아요?"

"돈을 많이 벌면 뭐 하나? 자식새끼들 가르치다 보니 밑 빠진 독에 물 붓기지."

"큰 아드님은 졸업 안 했어요?"

"군대 갔다 오고 이제 4학년이야. 둘째가 아직 2학년이고."

"큰 아드님이 취직하면 둘째 등록금은 보태지 않겠어요?"

"그러면야 좋겠지만, 저도 제 앞길 챙겨야지. 나도 둘째만 졸업시키면 이제 그만하려구."

모두 고개를 끄덕였다.

"팀장님, 그래도 지금은 석탄산업이 호황이니께 아직 몇 년은 끄떡없겠지라? 근디 은성탄광은 언제부터 있었습니까?"

"은성탄광이 아마, 1943년인가? 문을 열었다고 들었어. 처음부터 참 대단했지. 문경 땅 깊숙이 매장된 석탄이 저기 미성, 상주 이안면까지 광맥이 뻗어 있다고 하더구먼. 그리고 여기서 나오는 석탄이 품질이 좋은 편이야. 지금도 공장이며 발전소며 계속 돌려서 연탄 찍지만 우리 상품은 없어서 못 팔 정도니까."

최 팀장의 말이 끝나자, 옆에 앉은 나 팀장이 의자를 당겨 합류했다.

"맞아, 최 씨. 거 왜 해방되고 나서 일본 놈들 도망가고, 우리끼리 자주 운영회 꾸렸을 때 생각나? 그때 얼마나 가슴 벅찼던지. 물론 미군정 들어오고 군정청 소유로 바뀌면서 좀 씁쓸했지만."

"씁쓸했지. 그래도 어쩌겠나, 나라가 어수선했으니. 그러다가 6·25 전쟁 터지고, 정부에서 석탄 증산한다고 난리였잖아. 전쟁 중인데도 대한석탄공사인가 뭔가 만들고 말이야."

"맞아, 그때는 석탄 실어 나르는 것도 큰일이었지. 길도 제대로 없을 때니. 그래도 정부에서 철도 놓는다고 영암선, 함백선, 우리 문경선까지 쫙쫙 뚫어주니 얼마나 좋았어? 55년, 56년 이때였지 아마."

"그때는 정말 삽자루 놓을 새도 없었어. 그래도 그렇게 노력해서 석탄 자급자족 거의 이뤘다고 하니 얼마나 뿌듯했는지. 게다가 산림 녹화한다고 나무 심으면서 집마다 아궁이에 석탄 때기 시작하니, 우리 석탄 없이는 나라가 안 돌아갈 정도였으니 말 다 했지."

"암만. 그때 우리 광부들 어깨에 힘 좀 들어갔었지. 전국에서 제일 좋은 석탄 캐는 사람들이라고 으스대기도 하고 말이야. 하하하, 옛날 생각 하니 또 한 잔 생각나는구먼."

탄광에서 20년 이상을 보낸 두 어른의 이야기를 들으며 밤이 무르익어갔다.

진폐증

    동료 중에 김 씨는 늘 축축한 식은땀을 흘렸고, 눈에 띄게 힘이 없었다. 처음에는 감기려니 했다. 하지만 시간이 지날수록 그의 기침은 폐부 깊숙한 곳에서부터 긁어내는 듯한 소리로 변했고, 짧은 움직임에도 숨을 헐떡였다.

    어느 날, 작업을 마치고 갱도를 나오던 중 김 씨가 갑자기 주저앉아 피 섞인 가래를 뱉어내는 것을 목격했을 때 태열은 너무 놀랐다.

    사람들은 김 씨 주변에 몰려들어 진폐증이니 빨리 병원으로 가라고 했다.

'규폐증'이라고도 부르는 진폐증은 광부들에게는 죽음의 그림자나 다름없었다. 진폐증은 석탄 가루가 폐세포에 달라붙어 폐를 굳게 만드는 병으로 한 번 걸리면 현대의학으로도 완치가 불가능했다. 그래서 '죽음의 직업병', '저주의 병'이라 불리는 지독한 질병이었다.

"진폐증은 말이야, 바로 안 나타나. 스물, 서른 해가 지나서야 발병하는 경우도 허다해."

선임 광부가 씁쓸하게 말해준 적이 있었다.

"얼마 전까지만 해도 병인지 뭔지도 모르고 죽은 사람들이 수두룩했어. 그동안 번 돈을 전부 치료비로 탕진하고 죽는 사람도 있었지."

갱내 작업 시 방진 마스크 착용이 의무화된 지 오래였지만, 답답하고 질이 좋지 않아 벗어 던지는 광부들이 태반이었다. 태열도 방진 마스크를 벗을 때가 있었다. 마스크를 쓰면 숨쉬기가 어려워 작업 능률이 떨어지는 것 같았고, 무엇보다 '나는 괜찮을 거야' 하는 막연한 생각에 모두들 대수롭지 않게 여겼다. 그러나 김 씨의 모습을 보니 그 생각이 얼마나 위험한 것이었는지 깨달았다.

어렴풋한 통계 수치들이 머릿속을 스쳤다. 광산에서 20년 일한 광부의 절반 이상이 진폐 발병자라는 충격적인 보고서, 5년만 일해도 7%가 진폐를 앓고, 20년 이상 근무하면 무려 76%가 진폐 진단을 받는다는 통계가 있었다. 태열은 자신이 이곳에서 보낸 시간을 되짚어보았다. 벌써 몇 년째인가? 어쩌면 자신도 모르는 사이에 폐 속에는 검은 먼지들이 쌓여가고 있을지도 모른다는 섬뜩한 예감이 등골을 오싹하게 만들었다.

김 씨는 결국 병원에 입원했다. 광부들이 '규폐병동'이라고 부르는 그곳으로 갔다. 진폐증은 초기에는 식은땀과 무기력이 찾아오고, 병세가 진행되면 숨이 차고 기침이 심해진다고 했다. 완치 불가능, 합병증으로 결국 죽음에 이르게 하는 병이었다.

태열은 몇몇 동료와 함께 김 씨를 찾아갔다. 깡마른 몸으로 침대에 누워 힘겹게 숨을 쉬는 김 씨의 모습은, 마치 자신의 미래를 보는 것 같아 차마 문을 열 용기가 나지 않았다.

탄광이 광부에게 주는 것은 생존의 희망이자 동시에 죽음의 그림자였다. 태열은 진폐증으로 고통받는 광부들의 아픔을 깊이 이해하게 되었다. 피할 방법은 그저 조심하는 것뿐이었다.

처음 광부가 되겠다고 나서면 가족이나 주변 친지들이 말렸다. 그만큼 광부는 위험한 직업으로 인식되어 있었다. 광부들은 스스로와 가족에게 '딱 3년만 하고 떠나겠다'라고 선언했다. 그러나 막상 탄광에 들어서면 쉽게 돈을 벌어 떠날 형편이 되지 못했다.

태열 역시 탄광에 오기 전 지연이 말렸을 때 잠시 돈을 벌고 떠날 것이라고 말했다. 하지만 현실은 녹록지 않았다. 그 '딱 3년'이라는 말은 돈을 빨리 벌어 고향으로 돌아가겠다는 간절한 염원이자, 동시에 대부분의 광부가 탄광촌에 주저앉게 되는 현실을 반영하는 비극적인 유행어였다.

 광부들은 출근하기 싫은 날이면 당장 일을 때려치우겠다고 푸념했다. 아내들은 남편이 그런 소리를 할 때마다 한쪽에서 흐느끼며 온갖 걱정을 했다. 가뜩이나 어려운 살림에 남편의 푸념까지 받아주고 설득해야 하는 광부 아내의 삶도 녹록지 않았다. 그보다 더 가슴 졸이는 일은 갱내 사고였다. 탄광 사고가 났다는 소문이 들리면 가슴부터 철렁했고, 남편이 집에 있는 시간에 난 사고라도 남의 일이 아니었다. 그렇게 불안한 마음으로 지내다 보니 남편도, 아내도 매일 살얼음판을 걷는 기분이었다.

 사택 마을이나 광업소에서 가장 먼저 눈에 띄는 것은 '아빠, 오늘도 안전!'이라는 표어였다. 기도하는 소녀의 모습과 함께 대형 포스터로 나붙은 이 글귀는 생사의 갈림길에 처한 광부들의 생활을 단적으로 보여주었다.

 탄광촌은 '잿빛 도시'라고 불렸다. 도시를 덮는 탄가루, 광부들 삶 속에 파고든 죽음의 그림자, 가난한 삶과 폐허 같은 도시 분위기 때문이었다. 지하 수백 미터 검은 벽의 막장에서는 죽음의 위협과 캄캄한 어둠뿐이었다. 막장에서 사고로 광부들이 죽어 나갔고, 밖에서는 진폐증 같은 직업병으로 광부들이 고통을 받다 죽어갔다.

 잦은 사고로 사람이 다칠 때마다 광부들은 "일터인지, 전쟁터인지 모르겠다."라고 푸념을 쏟아냈다. 작업을 하러 갱구에 들어갈 때는 분명 산 사람만 들어갔는데, 나올 때는 산 자와 죽은 자가 함께 나오는 일도 있었다. 솔직히 먹고 살기 위한 방편으로 선택한 막장이었지만, 광부인 그들조차도 삶의 갱구인지, 죽음의 갱구인지 분간할 수 없는 혼돈 속에 살았다.

  탄광 노동은 노동 강도가 높고, 사망 재해율도 가장 높았다. 게다가 직업병까지 있어 '죽음의 노동'이라고 불렸다. 갱내에는 낙반, 붕락, 출수, 가스 폭발, 운반 사고 등 각종 재해가 도사리고 있었다. 탄광 사고 사망자 중 낙반, 붕락 사고가 56%로 가장 많았다. 캐이빙 작업 때도 사고가 잦았는데, 이는 노동자의 부주의보다도 안전시설 미비로 인한 환경적 요인이 더 크게 작용했다.

  고된 막장 작업이 끝나고 갱 밖으로 나오는 순간, 광부들은 약속이라도 한 듯 술집으로 발걸음을 향했다. 광업소 주변이나 사택으로 가는 길목마다 술집이 즐비했고, 고된 노동에서 돌아오는 광부들을 제일 먼저 반갑게 맞는 것은 가족이 아니라 애교 섞인 웃음을 뿌리는 작부들이었다.

  어느 날, 작업복을 벗어 던지고 샤워를 마친 주인공에게 동료 광부가 막걸리 한 사발을 건넸다.

  "자네, 이거 한 사발 쭉 들이켜야 진폐증 안 걸려!"

  태열은 의아한 표정으로 막걸릿잔을 받았다.

  "막걸리가 진폐증을 예방하나요?"

  "아무렴! 막걸리 한 사발 마시면 몸속에 쌓인 탄가루가 씻겨나가지. 그렇지 않으면 폐에 달라붙어 돌이 된다고 하던걸."

언제부터 이런 믿음이 퍼졌는지 알 수 없지만 광부들 사이에서는 이미 널리 퍼진 일이었다. 가령 술집에 들르지 않고 곧장 집으로 퇴근한다 해도, 광부들의 아내가 먼저 나서서 막걸리 한 사발부터 건네는 것이 이곳의 풍습이었다. 남편이 술 생각이 없다고 해도 아내는 건강을 위한 술이라며 끈질기게 권했다. 갓 입사한 광부의 환영식에서는 술을 못 마신다는 신출내기에게 진폐증에 걸리지 않으려면 퇴근 후에는 막걸리 한 사발씩은 꼭 마셔야 한다고 가르치기도 했다.

돼지고기 역시 마찬가지였다. 비싼 가격에도 불구하고 광부들은 돼지고기 안주를 제일 많이 찾았다. 돼지고기가 폐에 쌓인 공해물질을 중화시키고 체내 중금속을 흡착해 배설하는 효과가 크다는 믿음 때문이었다.

고기가 귀하던 시절, 탄광촌 아내들은 남편에게 돼지고기를 먹이려고 쌀까지 내다 팔았고, 아이들 몰래 남편의 밥상에만 고기를 올리기도 했다. 그것은 지독한 막장에서 목숨을 걸고 일하는 남편에 대한 아내들의 애틋한 사랑이었다.

막장에서 함께 일하는 동료들은 광부들에게 가장 좋은 술친구였다. 광부들은 퇴근 시간만 되면 누가 가자고 권할 것도 없이 약속이나 한 듯 서로 단골집으로 발길을 옮겼다. 다른 볼일이 있어서 한두 시간 늦게 가더라도 단골집에는 늘 어울리던 사람들이 기다리고 있었다. 그들은 탄가루를 씻어내려고 술을 마셨고, 삶이 하도 절망적인 터라 술을 마셨으며, 술 없이는 살 용기가 없어 술을 마셨다. 막장에서 죽은 동료가 생각나서 술을 마시고, 이런저런 핑계로 매일 술을 마셨다. 술은 그들에게 고통을 잊게 하는 약이자, 불안한 삶을 잠시나마 지탱하게 해주는 유일한 위로였다.

연탄 파동

 쉴 새 없이 흘러가는 시간 속에서 어느덧 3년이라는 세월이 흘렀다. 갱도의 고된 일은 태열의 젊음을 조금씩 갉아먹었다. 그의 얼굴에는 짙은 피로감이 드리워졌고, 거친 숨소리와 굳어진 어깨는 탄광에서의 힘겨운 시간을 증명하고 있었다.
 일은 여전히 3교대로 이루어졌다.
 을방 광원들이 갱 입구에 도착하면 일을 마친 갑방 광원들이 탄가루와 땀으로 온몸이 뒤범벅된 채 갱 입구에서 몰려나왔다. 그들이 갱에서 나오면 먼저 찾는 곳은 목욕탕이었다.
 갑방 광원과 엇갈려 을방 광원이 갱 입구로 들어섰다. 그들은 인차를 타고 18도의 경사를 시속 3~5km의 속도로 달려 2백 50여m 아래 갱으로 갔다. 갱도는 탄을 실어 나르는 광차 옆으로 사람 하나가 겨우 빠져나갈 정도로 좁고 채굴 도중 무너질 위험이 있으며 산소가 부족했다.

태열은 일하면서 문득문득 딸 진희의 얼굴을 떠올렸다. 퇴근 후 진희의 재롱은 태열의 사는 의미였다. 아내는 아이를 돌보면서 재봉틀 한 대를 사서 수선일을 시작했다. 워낙 꼼꼼하게 일을 잘했던 아내라 반찬값과 아이 분윳값은 벌었다.

찬바람이 불기 시작하면 동네 골목에는 연탄을 가득 실은 손수레가 집마다 연탄을 나르는 모습이 눈에 띄었다. 서민들에게 창고에 가득 쌓인 연탄은 보기만 해도 뜨끈뜨끈한 아랫목이 떠오르는, 흐뭇하고 든든해지는 겨울나기의 필수품이었다.

가을 어귀에 들어서면 광업소에서 지급하는 연탄표를 모아 미리 연탄을 주문했다. 금방 찍어 나온 젖은 연탄은 가스 발생이 많아 위험했기에, 가을에 미리 받아서 말려야 했다. 연탄 준비는 김장과 더불어 연중행사였다.

겨울이 깊어지면 연탄 배달은 전쟁과도 같았다. 사택에도 연탄 창고가 있었지만, 300장 이상 넣기는 어려웠다. 태열의 집은 그래도 연탄 500장을 넣을 수 있는 창고가 있었다. 그러나 겨울철에는 연탄 주문이 폭주해서 어떤 때는 보름씩, 심하면 몇 달씩 기다려야 했다.

'연탄 오는 날'이 확정되면 온 가족은 만사를 제쳐놓고 기다렸다. 당시 연탄 배달 차량은 '딸딸이'라고 불리던 삼륜 화물차였다. 이 배달차는 사택 단위나 마을 단위로 찾아와 공터에 연탄을 우르르 내려놓았다. 기다렸던 주민들은 자신이 신청한 숫자대로 '한 바리(연탄 138장)', '두 바리'를 외치며 각자의 연탄 무더기를 찾아갔다.

그때부터 온 가족이 부산해졌다. 남자들은 지게로 한꺼번에 10~20장을 져 날랐고, 여자들은 대야나 세숫대야에 대여섯 장씩 담아 머리에 이고 날랐다. 아이들까지 가세해 한두 장씩 손에 안고 자기 집 연탄 창고로 향했다. 연탄은 차가 들어갈 수 있는 골목 앞까지만 배달되었기에, 연탄을 나르는 일은 온 가족의 몫이었다.

어린아이들은 연탄구멍에 새끼줄을 꿰어 양손에 들고 나르고, 초등학생 고학년쯤 되면 나무 과일 궤짝에 연탄을 싣고 서로 밀고 당기며 날랐다. 이런 풍경은 연탄집게가 등장하기 전까지 계속되었다. 혹시 남편이 출근한 이후 연탄이 오면 연탄 나르기는 아내와 아이들의 몫이 되었다. 탄광촌뿐만 아니라 연탄을 기다리고 나르는 풍경은 전국 어디에서나 비슷했다.

간혹 연탄을 나르다가 떨어뜨려 깨기도 했다. 깨진 연탄은 버리지 않고 따로 모아두었다. 비닐 같은 것으로 덮어놓은 깨진 연탄 무더기는 골목에서 흔히 발견할 수 있었다. 깨진 연탄이 어느 정도 모이면 이웃집끼리 날을 정해 '연탄 만드는 일꾼'을 불렀다. 연탄 모형의 틀에 부서진 연탄 부스러기를 넣고 나무망치로 때리면서 한 장 한 장 새로 찍어내는 사람들이었다. 수타식으로 연탄을 찍는 그들은 보통 부부가 함께 다녔는데, 동네에서 내어준 막걸리를 마셔가며 흥겹게 작업을 이어갔다. 연탄을 알뜰히 찍어 한 장이라도 더 만들어주면 사람들의 칭찬이 이어졌다. 이렇게 연탄은 겨울을 나는 서민들의 생명줄이었다.

1966년 겨울, 유난히 추운 겨울이 찾아왔다. 날씨가 춥다 보니 갑작스럽게 연탄 수요가 급증해 전국적으로 연탄 파동이 일어났다. 문경도 예외는 아니었다. 작은 연탄 가게 앞은 아침부터 연탄을 구하러 온 사람들이 길게 줄을 늘어섰다.

"사장님, 연탄 있어요?"

쉰 목소리의 아주머니가 간절하게 물었지만, 가게 주인은 고개를 저었다. 연탄집 가게의 광은 텅 비어 있었다.

"벌써 다 떨어졌어요. 그런데 언제 들어올지는 나도 몰라요."

뒤에 서 있던 젊은 주부는 울먹이는 목소리로 하소연했다.

"아니, 벌써 이러면 어떡해요? 어른들은 참는다고 해도 애들을 얼려 죽일 수는 없잖아요? 웃돈 얹어 드릴 테니 제발 좀 구해 주세요."

"나도 별 뾰족한 수가 없어요. 아, 여름부터 연탄을 사재기하는데 낸들 무슨 방법이 있겠어요?"

이상했다. 은성탄광의 연탄 양은 변함없이 넘치게 나왔고 얼마 전까지만 해도 연탄 공장들은 밤낮없이 돌아가고 있었는데, 이렇게 많은 연탄이 왜 갑자기 사라진 것일까?

하긴 초여름부터 심상치 않은 조짐이 보이긴 했다. 유난히 더웠던 여름날부터 연탄 가게마다 연탄을 미리 사다 놓으려는 사람들로 북적거렸다. 불안감 때문이었다. 해마다 겪었던 연탄 파동의 악몽이 되살아났다. 정부는 석탄 증산을 외치며 아무 걱정을 하지 말라고 했지만, 작년에 연탄이 없어 고생한 사람들은 그 말을 믿지 않았다.

결국 초여름부터 시작된 사재기 현상은 예상치 못한 연탄 품귀현상을 불러왔다. 그리고 불길한 예감은 현실로 닥쳐왔다.

그해 10월, 때아닌 이상 한파가 한반도를 덮쳤다. 갑작스러운 추위에 사람들은 서둘러 아궁이에 불을 더 지펴야 했으나 연탄 가게에는 이미 연탄이 없었다.

전국적으로 아우성이 터져 나왔다. 당장 발등에 떨어진 불을 꺼야 할 사람들의 절박함은 극에 달했다.

정부는 뒤늦게 사태의 심각성을 깨닫고 부랴부랴 에너지 정책의 대대적인 전환을 발표했다. 석탄 대신 석유를 사용하라는 것이었다. 주요 탄광 지역을 제외한 대부분의 화력발전소는 값싼 벙커C유로 연료를 바꿨고, 석탄을 실어 나르던 기차들은 검은 연기를 내뿜는 대신 매캐한 디젤 엔진 소리를 토해내기 시작했다. 심지어 목욕탕에서조차 연탄 사용이 금지되고 기름보일러 설치가 권장되었다.

하지만 태열은 여전히 의아했다. 정말 석탄이 부족해서 이런 난리가 난 걸까? 이상하게도 연탄 파동이 극심했던 1966년과 1967년 겨울, 전국 곳곳의 탄광 창고에는 상당한 양의 석탄과 연탄이 쌓여 있었다. 태열이 그 산증인이었다.

진짜 문제는 생산량이 부족한 것이 아니라, '수송'이었다. 당시 석탄과 연탄의 가장 중요한 운송 수단은 철도였다. 하지만 연탄은 계절상품이었다. 평소에는 철도 운송 시스템이 그럭저럭 수요를 감당할 수 있었지만, 늦가을과 초겨울, 갑자기 수요가 폭증하는 시기에는 속수무책이었다. 전국 각지에서 실려 온 연탄들은 제때 소비자들에게 전달되지 못하고 역 구내나 화물차 야적장에 발만 동동 구르며 쌓여갔다.

결국 1966년의 연탄 파동은 단순한 물자 부족 사태가 아니었다. 급증하는 수요를 예측하지 못하고, 허술한 수송 시스템을 개선하지 못한 정부의 안일한 대처가 빚어낸 예고된 인재였다. 그해 겨울, 사람들은 차가운 방바닥에 몸을 웅크린 채, 검은 연탄재처럼 답답한 현실을 한탄해야 했다.

태열은 다행히 은성탄광에서 연탄을 가져와 뗐다. 광부들에게는 연탄을 바꿀 수 있는 딱지가 있어서였다. 동료들은 딱지로 술을 바꿔 먹었지만, 태열은 딱지를 잘 모아두었다. 지연은 그동안 신세를 진 집에 연탄을 나누어주었다.

어느 날 새벽, 태열의 옆집에서 다급한 소리가 들려왔다. 태열은 잠결에 깜짝 놀라 뛰쳐나갔다. 이웃집 광부, 박씨의 아내가 울

부짖고 있었다.

"남편이, 남편이 쓰러졌어요! 연탄가스를 마셨나 봐요!"

쿵, 하고 심장이 내려앉았다. 난방과 취사를 연탄으로 하던 시대라 연탄을 많이 뗐고, 연탄가스 중독사고도 종종 있는 일이었다. 방구들에 금이 가거나 환기가 제대로 되지 않아서 혹은 방문 틈으로 가스가 새어 들어와 자던 사람이 의식을 잃기도 했다.

태열은 본능적으로 박씨의 안방으로 들어갔다. 방안에 들어서는 순간, 머리가 지끈거리고 속이 메스꺼웠다. 쿰쿰하고 역한 연탄가스 냄새가 코를 찔렀다. 태열은 먼저 창문을 열었다. 방바닥에는 박씨가 혼수 상태로 쓰러져 있었다. 얼굴은 이미 파랗게 질려 있었고, 숨소리는 불규칙했다. 일산화탄소 중독이었다. 뇌와 심장, 폐에 산소가 공급되지 않으면 결국 사망에 이르기도 했다. 혹 깨어나더라도 치매나 뇌 병변 장애 같은 후유증을 남기기도 했다.

"어서, 신선한 공기가 통하는 밖으로 옮깁시다."

이웃 사람들이 몰려오자 태열은 다급하게 소리쳤다.

재빨리 박씨의 몸을 부축하여 마당에 있는 평상으로 옮겼다. 지연은 집으로 달려가 마당에 묻어놓은 항아리에서 시원한 동치미 국물을 퍼왔다.

"어르신들이 그랬어요, 연탄가스 마셨을 땐 동치미 국물이 특효약이라고!"

태열은 아내의 손에서 동치미 국물을 받았다. 동치미나 무김치에 들어있는 유황 성분이 연탄가스를 중화시킨다는 민간요법이 오래전부터 전해져 내려왔다. 하지만 의식이 없는 사람에게 억지로 국물을 먹이면 기도를 막아 질식사를 유발할 수 있다는 의사들의 경고도 어렴풋이 기억났다. 그러나 지금 할 수 있는 유일한 방법은 어떻게든 동치미 국물을 먹이는 것이었다. 태열은 일단 박씨의 뺨을 두드렸다.

다행히 박씨는 잠시 후 헛구역질을 하며 희미하게 의식을 되찾았다. 동치미 국물을 조금씩 입에 흘려 넣자, 박씨는 몇 모금 마신 뒤 크게 토해냈다. 메스꺼움과 구토, 현기증이 연탄가스 중독의 초기 증세였다.

그날 밤, 박씨는 병원으로 옮겨져 산소 호흡기를 달고 겨우 위기를 넘겼다. 태열은 그날의 일을 잊을 수 없었다. 연탄은 서민들의 겨울을 따뜻하게 지켜주는 고마운 연료였지만, 동시에 언제든 생명을 앗아갈 수 있는 위험한 존재였다. 그래서 겨울이면 연탄가스 중독사고를 예방하라는 캠페인이 벌어지기도 했다. 방 안에 물 한 그릇을 떠다 놓고 자거나, 아궁이 주변의 깨진 균열을 자주 확인하는 것도 필요한 일이었다.

밤새 잠을 제대로 자지 못한 채 출근한 태열은 몸이 피곤했다.
"태열 씨 왜 그리 기운이 없어?"
최 팀장이 물었다.
"엊저녁에 옆집에서 연탄가스를 마셔서 한바탕 난리가 났습니다."

"저런, 그래서 어떻게 됐나?"

"다행히 그리 많이 마시진 않았어요. 옆집 아주머니가 늦게 잠든 데다가 연탄가스 냄새 때문에 먼저 깨어나서 아저씨를 살렸지요. 안 그랬으면 큰일 날 뻔했습니다."

"다행이군. 자네도 조심해, 아궁이 늘 잘 살피고……."

최 팀장은 넉살 좋은 웃음과 따뜻한 마음씨로 탄광 동료들을 살뜰히 챙기는 베테랑이었다. 갓 스무 살을 넘긴 수봉은 어리숙했지만, 성실하고 붙임성 있는 성격으로 모두의 귀여움을 독차지했다.

태열에게 최 팀장은 때로는 친형처럼, 때로는 아버지처럼 인생의 든든한 존재였고, 수봉은 늘 밝고 긍정적인 에너지로 힘든 탄광 생활에 활력을 불어넣는 동생 같은 존재였다.

어느 날 갱내에 받혀놓은 부목이 부러지는 사고가 발생했다. 한쪽이 무너지자 갑자기 쏟아지는 석탄 속에서 태열은 반사적으로 몸을 피했지만 이미 발이 파묻힌 상태였다. 아무리 빼내려고 용을 써도 발이 꼼짝하지 않았다. 다른 사람들은 뒤쪽에서 작업하고 있었다.

"살려주세요!"

태열의 비명을 듣고 달려온 것은 최 팀장과 수봉이었다. 최 팀장은 계속해서 쏟아지는 탄을 온몸으로 막아섰고 그 사이 수봉은 태열을 끌어냈다. 병모 선배도 달려와 부러진 부목을 치우고 새로운 부목을 재빨리 끼워 넣었다. 덕분에 태열은 다리를 빼고 가까스로 빠져나왔다.

태열은 오른쪽 다리에 힘을 줄 수 없었다.

"자네, 걸을 수 있겠나?"

"아무래도 다리가 부러진 것 같습니다. 아프고 힘이 안 실려요."

"조금만 늦었으면 큰일 날 뻔했네. 세상에서 탄보다 무거운 게 없다니까, 그래도 다행히 돌은 없었어. 돌이 떨어졌으면 다리 부러지는 것으로 끝나지 않았을 거야."

"형님, 나는 아직도 가슴이 두근두근하오, 얼마나 놀랬는지,"

수봉이 수건으로 얼굴을 닦으며 말했다.

"모두 감사합니다."

태열은 진심으로 그들이 고맙고 미더웠다.

"우리는 한배를 탄 사람들 아닌가? 당연히 서로 도와야지."

최 팀장이 말했다.

태열은 들것에 실려 구급차를 타고 병원으로 향했다.

지연이 놀라서 달려왔다. 탄광 사람이 집까지 찾아와 읍내 병원으로 가보라고 하자 지연은 다리에 힘이 풀려 일어날 수가 없었다.

드디어 올 것이 왔나보다 생각되었다. 어떻게 병원까지 왔는지 지연은 정신이 하나도 없었다.

"여보."

병원에 도착하니 남편은 깁스한 오른쪽 다리를 올려놓고 침대에 누워있었다. 지연은 남편의 얼굴을 보자마자 눈물이 나왔다.

검은 땅을 찾아서

"괜찮아. 다리가 부러진 것도 아니고 접질려서 부은 거래. 며칠만 쉬면 된대."

지연이 눈물을 훔치며 말했다.

"난 당신 잘못된 줄 알고, 얼마나 놀랐는지, 순간 앞이 캄캄했어요."

"진희는 어쩌고 혼자 왔어?"

"진희는 옆집에 맡기고 왔어요."

지연은 태열의 손을 잡고 한참을 앉아 있다가 정신이 들었는지 말했다.

"가서 당신 먹을 것 좀 챙기고 진희 데리고 다시 올게요."

병실을 나가는 아내를 보며 태열의 눈시울도 붉어졌다.

만약 내가 잘못되면 아내는 저런 표정으로 다니겠구나, 우리 진희는? 생각이 거기에까지 미치자 태열은 앞으로 더 조심해야겠다고 생각했다.

하룻밤을 병원에서 보내고 퇴원한 태열은 며칠 집에서 푹 쉬었다.

"오늘 하루 더 쉬지 그래요."

아내가 걱정스러운 말투로 말했다.

"아니야, 내 몸은 내가 잘 알아. 안 그래도 나 때문에 우리 팀이 손해를 입었는데 이제 나가봐야지."

"언제 한번 초대하세요. 식사 한 끼 대접하게요."

"알았어. 말해볼게."

아무리 말려도 출근할 것이라는 걸 안 지연은 조용히 남편을 배웅했다.

수봉과의 추억은 좀 더 풋풋하고 따뜻한 기억이 많았다. 탄광에서 힘든 하루를 마치고 평소 즐겨 먹던 족살 찌개와 막걸리 한 잔을 기울이던 어느 저녁, 수봉은 고향에 두고 온 어머니 이야기를 하며 눈물을 글썽거렸다.

족살 찌개는 탄광촌이 번성하던 시절 광부들이 고단한 하루의 피로를 풀기 위해 즐겨 먹던 음식이었다.

"광부들은 돼지고기가 기관지나 폐에 쌓인 탄가루를 씻어내는 데 도움이 된다는 생각에 이 족살 찌개를 즐겨 먹는다. 자, 먹어봐."

태열은 족살 찌개를 한 그릇 덜어 수봉 앞에 놓아주었다. 수봉은 찌개를 수저로 떠먹으며 감탄했다.

"캬, 맛있습니다. 어머니가 끓여주신 돼지고개 찌개 맛이 납니다. 이 찌개 맛보고 있으니 어머니 생각이 납니다. 울 어머니는 조개를 잡아서 까서 파시는데 터진 손을 보면 눈물이 납니다."

"아버님은 언제 돌아가셨어?"

"중풍으로 6학년 때 돌아가셨어요."

"가족은 몇이나 되는데?"

"누나 하나, 여동생 둘 있어요. 누나는 중학교 졸업하고 엄마랑 같이 조개 잡아 팔고 동생들은 아직 학교 댕겨요."

"아무리 그래도 한 달에 한 번은 쉬어야 해. 몸 너무 쓰다가 고장 나면 어쩌려구."

"괜찮습니다. 저는 아직 팔팔하니까요, 그리고 조금 있으면 군대도 가야 해서 더 하고 싶어도 못 해요. 그래도 돈 보낼 때마다 너무 기분이 좋아요."

태열은 수봉의 등을 두드려주었다.

아무도 없이 혼자서 돈 벌기 위해 아등바등하던 자신이 떠올랐다. 그래도 수봉은 가족이 있으니 행복한 고생이었다.

수봉이 추석 명절을 쇠러 집에 가던 날, 태열은 주머니에서 돈을 꺼내 수봉의 손에 쥐어주었다.

"이거 얼마 안 되지만 소고기 한 근 끊어 가지고 가서 어머니하고 국 끓여 먹어."

수봉은 한사코 안 받겠다고 했지만 결국 거절하지 못했다.

"형님, 고맙습니다. 잘 다녀올게요."

태열의 따뜻한 마음에 수봉은 연신 인사를 하며 손을 흔들었다. 그 후로 수봉은 태열을 더욱 형처럼 따랐다.

때로는 갱도 안에서 먼지가 가득한 얼굴로 마주앉아 김이 모락모락 나는 주먹밥을 나눠 먹기도 했고, 휴일이면 함께 문경 장에 나가 국밥을 먹으며 세상 돌아가는 이야기를 나누기도 했다. 가끔 수봉을 집에 초대해 밥도 먹였다. 태열은 수봉이 진짜 친동생처럼 여겨졌다.

가은장터

　세월은 빠르게 흘러 점촌에 터를 잡은 지도 벌써 10년째 접어들었고 진희는 초등학교 3학년이 되었다. 그사이 둘째 진우도 태어났다. 진우는 한창 앞니가 빠지기 시작하고 말을 듣지 않는 미운 일곱 살이었다.

　이른 새벽 남편의 도시락을 싸고, 갱도로 향하는 뒷모습을 바라보는 것으로 지연의 하루는 시작되었다.

　지연의 작은 방에는 늘 동네 아낙들이 드나들었다. 닳고 헤진 작업복을 맡기러 온 광부의 아내부터, 아이들의 옷을 고쳐 달라는 젊은 엄마들까지, 다양한 사람들이 지연의 재봉틀 주위로 모

검은 땅을 찾아서

여들었다.

재봉틀이 드르륵 돌아가는 소리와 함께, 그들의 삶의 이야기가 꽃 피어났다.

"아이고, 이 옷 좀 봐라. 우리 막둥이 녀석이 얼마나 뛰어놀았는지 무릎이 또 다 틀어졌지 뭐야. 벌써 이게 몇 번째인지, 진희 엄마 없었으면 옷값이 엄청나게 나갈 뻔했어."

넉살 좋은 웃음소리와 함께 뜯어진 바지를 내미는 아주머니의 푸념에, 다른 아주머니가 맞장구를 쳤다.

"우리 집 머슴아들은 말도 마라. 밥만 먹으면 나가서 흙투성이로 들어오니 하루에도 몇 번씩 옷을 빨아대야 하는지 몰라."

지연의 능숙한 손길 아래 옷이 수선되는 동안, 이야기는 자연스레 남편들의 고된 노동 이야기로 흘러갔다.

"우리 영감은 오늘도 갱도 깊숙이 들어갔겠지. 먼지라도 덜 마셔야 할 텐데……."

걱정스러운 목소리에 또 다른 아주머니가 한숨을 내쉬었다.

"탄광 일이 어디 쉽나? 한번 들어가면 저물녘에나 나오니 원, 그래도 문경은 살기가 훨씬 낫다. 우리 집 남편이 강원도에 있을 때는 얼굴 구경을 못했다."

"와? 바람이라도 낫드나?"

"차라리 바람나는 게 낫지, 도박에 빠져서, 뼈 빠지게 일한 돈 다 잃어삐고, 내사마 강원도서 1년 있었는데 10년은 늙었다 아이가."

"여기는 장난삼아 화투를 치기는 해도 도박까진 안 하니 참말 다행이다."

"맞나?"

아이들 이야기가 나오면 목소리는 더욱 활기찼다.

"우리 큰애는 이번에 학교 그림그리기 대회에서 금상 받았다."

"그리 좋은 일이 있으면 한턱 내야지, 그냥 넘어갈라캤드나?"

"우리 집으로 가자, 내가 부침개 맛있게 부쳐주께."

"그나저나 진희는 누굴 닮아서 그리 공부를 잘하능가? 일등은 도맡아 놓고 한다카던데."

"아버지 닮았겠지요. 진희아버지가 공부를 잘했는데 부모님 일찍 돌아가시는 바람에 학교를 못 다녔어요."

"맞나?"

"민수도 꽤 똑똑한데 진희한테 맥을 못 추네."

"민수가 누고?"

"거 왜 술도가집 아재 손주 안 있습니꺼?"

"아, 맞다. 그 집 큰아들이 서울서 내려왔다카드라."

"그라니까, 아들 서울대 법대 수석으로 갔다고 동네잔치하고 난리부르스를 치드만 결국 사법고시 떨어졌다카대."

"그기 그리 쉬우면 머 공부 안 할 사람 있겠나?"

"암튼 그 아재도 속이 썩어 문드러졌겠구만, 쯧쯔."

지연은 민수라는 말에 귀를 쫑긋 기울였다. 안 그래도 요새 진희가 학교에서 돌아오면 민수 이야기를 자주 했기 때문이었다.

"민수는 서울에서 전학 왔는데, 공부를 쪼매 잘해요."

진희는 부모가 서울이라 그래도 서울 말을 썼는데 가끔 사투리가 튀어나올 때도 있었다.

"원래 사내 아들이 늦다 아이가, 쪼매 기달리면 민수가 앞장설 끼라."

"아이고, 아들만 있다고 아들 편드는 가배?"

아주머니들은 한바탕 웃었다.

"참, 요즘 그 집 시어머니는 어떻노? 치매라카드만, 좀 나아졌나?"

"치매가 더하면 더했지 나아질 리가 있나? 내사마 우리 엄니 때문에 못 산다 아이가. 아이구 내 정신 보래. 우리 어매 또 뭔 일 저지를지 모르니까네 나 먼저 간다."

"안녕히 가세요."

"형님, 이따 부침개 먹으러 갈꺼고마."

"그래, 오니라. 내 많이 부쳐놀끼다. 다 오니라."

아주머니들은 모여 앉아서 시댁 이야기, 아이들 이야기, 남편 이야기로 시간 가는 줄 몰랐다.

햇살이 따스하게 쏟아지는 작은 방 안, 재봉틀 소리는 끊이지 않고, 아주머니들의 웃음과 한숨, 걱정과 기쁨이 씨줄과 날줄처럼 엮여 그들의 삶의 이야기를 더욱 풍성하게 만들어갔다.

가은장터는 조선시대부터 이어져 온 전통 시장으로 매달 4일과 9일에 장이 열렸다. 장날이면 지연은 동네 사람들과 어울려 필요한 물품을 사러 장터로 향했다.

가은은 고려시대부터 사용한 이름으로 후백제를 세운 견훤의 아버지 아자개가 태어난 곳이기도 했다. 가은장터는 1950년대에 문을 열었는데 이 근처에는 은성광업소를 비롯해 다른 광산들이 많아서 2만 명이 넘는 광부와 가족들이 살고 있었다.

당시 가은장터는 이들에게 식재료와 생필품을 공급하며 최대 호황을 누렸다. 장터는 늘 발디딜틈 없이 북적거렸다.

광부의 아내들은 놀지 않았다. 농번기에는 손을 보태어 품삯을 벌었고 여름철에는 산이나 들에서 캐낸 나물을 팔거나, 장날에 떡을 만들어 파는 아낙도 있었다.

"아이고, 벌써 저만치서 왁자지껄한 소리가 들리는구먼. 오늘은 뭔 볼거리가 있으려나?"

미영 엄마는 넉넉한 엉덩이를 흔들며 앞서가는 옥수 엄마를 불렀다. 미영 엄마는 등에 업은 어린애가 보챌까 봐 걸음을 재촉하면서도, 얼굴에는 오랜만에 맡는 장터의 활기찬 공기가 기분 좋은 듯 미소를 머금고 있었다.

"언니, 오늘은 우리 밭에서 캔 햇감자를 좀 팔아볼까 하는데, 값이 괜찮으려나 모르겠네."

"미영 엄마. 그 귀한 감자를 팔게? 요즘 같은 흉년에는 없어서 못 팔지. 걱정 말고 얼른 가서 자리부터 잡아."

장터 어귀에 들어서자, 온갖 냄새와 소리가 뒤섞여 코끝을 간지럽혔다. 갓 빻은 참기름 냄새는 고소했고 돗자리 위에 펼쳐진 형형색색의 티셔츠는 동네 여인들의 관심을 한 몸에 받고 북적였다.

장날이면 늘 오는 옷 장사는 손뼉을 치며 "골라, 골라"를 외쳤다.

장터 한가운데서는 뻥튀기 아저씨의 "뻥이요!" 하는 우렁찬 소리가 울려 퍼지고, 아이들은 신기한 듯 그 주변을 떠나지 못했다.

국밥집에서는 허름한 작업복을 입은 사람들이 뜨거운 국물에 밥을 말아 맛있게 먹었다. 그 옆에는 삶은 돼지고기에 막걸릿잔을 기울일 수 있는 포장마차도 있었다.

장터 한쪽 구석에서는 낯선 얼굴의 약장수가 능숙한 말솜씨로 사람들을 휘어잡았다.

"자, 이 약 한번 갖다 잡숴봐, 오줌을 누면 요강이 깨져, 마누라가 너무 좋아해."

빙 둘러서서 구경하는 사람들이 키들키들 웃었다. 효험이 있다는 말에 홀린 듯, 몇몇 아낙들은 지갑을 열어 약을 샀다.

"저 약장수 말을 믿나?"

"저 말을 어찌 믿습니까? 순 구라아닝겨?"

"맞다, 철수 엄마가 지난번에 저거 샀다가 돈 버렸다고 구시렁거리는 소리 들었다."

"가자, 저거 믿을 거 아이다. 괜히 돈만 버리는 거지."

"그래도 아저씨 말이 재밌다 아입니꺼, 좀 더 구경하고 가입시더."

해가 중천에 뜨자 장터는 더욱 북적거렸다. 서로 물건값을 깎고 흥정하는 소리도 여기저기서 들렸다. 사람들이 와자지껄 떠드는 소리와 상인들의 목소리가 뒤섞여 마치 하나의 거대한 노래처럼 들렸다.

지연은 물건들을 구경했다. 갓 캔 나물, 텃밭에서 기른 채소, 직접 만든 두부와 묵, 옹기, 싸전에서 가져온 곡식, 포목전의 형형색색 천들이 눈길을 사로잡았다. 호떡집은 이미 사람들이 빙 둘러서서 그야말로 "호떡집에 불났다"라는 표현이 어울리는 풍경이었다.

길을 걸을 때마다 "쪼매만 더 깎아주이소!" 하는 정겨운 사투리가 오갔다. 밑진다고 죽는소리하면서도 일단 흥정이 되면 덤으로 얹어주는 인심에 사람들은 만족했다.

김씨네 억척스러운 둘째 딸 영자는 귀한 닭 한 마리를 팔러 나왔다. 그런데 닭이 팔려 나갈 걸 알았는지 장터에 들어서자마자 푸드덕거리며 난리를 쳤다. 영자는 그만 닭을 놓치고 말았다. 닭은 할머니가 팔러 나온 콩나물 광주리를 뒤집어엎고 도망치기 시작했다. 삽시간에 장터는 푸드덕거리는 닭을 잡느라 한바탕 정신을 쏙 빼놓았다.

영자는 울면서 닭을 잡느라 이리저리 뛰어다녔다. 결국 동네 이장 아저씨가 닭을 잡아 순이에게 안겨주었다.

"고맙습니더. 아재 아니었으면 저 큰일 날 뻔했습니더."

장터는 한바탕 난장판이 되었지만, 사람들은 그 모습을 보고 재미있어했다.

　가은장터는 늘 활력이 넘쳤다. 그곳에서 아낙들은 팍팍한 현실을 잊고 웃을 수 있었다.

　지연은 옆집 순이 엄마가 팔고 있는 떡집 앞에서 발걸음을 멈췄다. 갓 쪄낸 따끈한 찹쌀떡을 소쿠리에 담아 팔고 있는 순이 엄마 옆에는 나물을 파는 복길이 엄마가 앉아 있었다.

"언니, 많이 팔았어요?"

　지연이 환하게 웃으며 다가가 인사를 건넸다. 그녀의 손에는 아이들 간식거리로 엿과 뻥튀기가 담긴 봉투가 들려 있었다.

"우리 점촌 아지매들이 오니 장터에 활기가 도는구먼, 진희아버지는 오늘 일 나갔드나?"

"네. 내일 쉬는 날이에요."

　순이 엄마는 뜨끈한 찹쌀떡을 큼지막하게 썰어 지연에게 주었다.

"아이구, 하나라도 더 파셔야지요."

　지연은 말은 그렇게 하면서도 찹쌀떡을 받아 입에 넣었다.

"음, 너무 쫄깃하고 맛있네요. 저도 한 줄 잘라주세요. 우리 진희가 찹쌀떡이라면 사족을 못 쓰잖아요."

"진희는 떡보 아이가? 진희엄마가 진희 가질 때 떡 많이 묵었나부네."

"맞아요. 입덧할 때 다 먹고 토했는데 떡 먹으면 가라앉았어요."

　지연은 활짝 웃었다.

"그나저나 일전에 진희아버지 큰일 날 뻔했다믄서? 우리 순이 아버지가 그러든 둥."

"네, 다행히 다리만 살짝 접질렸어요. 같은 팀 사람들이 모두 좋은 사람들이라 달려들어서 구해냈대요. 저는 너무 놀라서 지금도 그때 생각만 하면 가슴이 철렁 내려앉아요."

"다 똑같은 마음이지. 우리 영감도 마찬가지라. 검댕이 묻은 얼굴로 돌아오는 거 보면 안쓰럽기 그지없어."

복길이 엄마도 고개를 끄덕이며 맞장구를 쳤다. 그녀의 얼굴에도 남편을 걱정하는 빛이 역력했다.

"그래도 이렇게 나와서 수다 떨고 가는 날은 시간도 잘 가고 기분도 풀려요."

"맞다. 인제 그만 낯가리고 함께 어울려라. 집에서 그렇게 일만 하다가는 답답해서 병 생긴다 아이가."

"늘 일감도 많이 밀리고 아이들 오는 시간이면 숙제도 봐줘야 해서요. 그래도 요즘은 저 언니들하고 잘 어울려요."

"아이구 야무져라. 진희아버지는 뭔 복에 이리 참한 여자를 만났을꼬."

순이 엄마가 웃으며 떡 하나를 더 집어 지연에게 건넸다.

"아이고, 언니 이러시면 남는 거 있어요?"

지연이 손사래를 쳤지만, 순이 엄마는 괜찮다며 웃었다.

"뭘 그런 걸 걱정하노. 우리끼리 이렇게 정 나누면 되지."

잠시 후, 콩나물을 한 바구니 이고 온 옆 동네 영숙이 엄마도 합세했다. 그녀는 콩나물값을 흥정하는 손님에게 넉살 좋게 농담을 건네며 분위기를 더욱 흥겹게 만들었다. 아낙들은 서로의 안부를 묻고, 집안의 대소사를 이야기하며 시간 가는 줄 모르고 떠들었다.

장터 한쪽에서는 엿장수가 가위질로 가락을 맞추었다. 아이들은 엄마 손을 잡고 신기한 듯 구경했다. 지연은 그런 풍경들을 바라보며 잠시나마 시름을 잊었다.

집으로 돌아가는 길, 지연의 손에는 묵직한 장바구니가 들렸지만, 발걸음은 올 때보다 더 가벼웠다.

어스름한 새벽, 아내가 깨우는 소리에 태열은 잠에서 깼다. 출근길에 그는 자전거를 이용했다. 직장에 도착하자 그는 헬멧, 안전등, 장화 등 개인 장비를 챙기고, 오늘 작업에 필요한 톱과 도끼를 점검했다.

대기실은 광부들로 북적거렸다. 동료들과 인사를 나누고 담배를 피우며 잠시 숨을 돌렸다. 곧 감독의 우렁찬 목소리가 울려 퍼졌다.

"오늘 작업은 3 갱도 막장! 구병모 씨, 이태열 씨, 방수봉 씨와 한 조요!"

'방우리'가 시작되었다. 오늘 작업할 장소와 동료를 확인하고,

안전 수칙을 전달받았다. 최 팀장은 20년 베테랑답게 작업 내용을 꼼꼼히 숙지했다.

"자, 들어갑시다!"

우렁찬 팀장의 소리와 함께 광부들은 갱도로 향했다. 벌써 10년이나 지났지만 갱도로 들어가는 '입갱'은 언제나 긴장되는 순간이었다. 늘 습하고 어두컴컴한 갱도, 퀴퀴한 냄새와 굉음이 진동했다. 태열은 교대한 작업조로부터 막장의 상태와 안전에 대한 짧은 인계를 받았다.

"어제 발파한 곳은 천장이 좀 불안한 것 같으니 조심해야 합니다."

인계를 받으며 태열은 고개를 끄덕였다. 태열은 후산부에서 선산부로 옮겼다. 후산부는 탄을 담는 일을 했지만 선산부는 직접 탄맥을 발견하고 화약으로 뚫어야 하는, 조금 더 험한 일이었다. 대신에 임금은 더 받았다.

막장에 도착해 주변을 정리하고 곧 굴진 작업이 시작되었다. 착암기로 암벽에 구멍을 뚫고, 화약을 장전하여 발파해야 했다. 굉음과 함께 암석 파편이 쏟아지고, 자욱한 먼지가 시야를 가렸다. 태열은 능숙하게 굴진 작업에 따르며 새로 온 동료의 안전을 챙겼다.

배가 고파 꼬르륵 소리가 날 즈음 점심시간이 되었다. 갱도 한쪽 구석에 자리를 잡고 도시락을 펼쳤다. 김치와 소시지, 달걀프라이가 있었다. 아내가 준비해 준 정겨운 맛이었다. 동료들과 함께 식사하며 잠시나마 고된 노동을 잊었다. 하지만 탄가루가 날리는 열악한 환경이라 제대로 쉴 틈도 없이 서둘러 식사를 마쳐야 했다.

곧 오후 작업이 시작되었다. 다행히 굴진 중 탄맥이 발견되었다.

"오호, 제법인데?"

최 팀장은 탄맥의 크기와 질을 꼼꼼히 확인했다.

"생산성이 좋은 탄맥이다."

일행은 곧 채탄 작업 준비에 들어갔다.

어느덧 퇴근 시간이 되자 반장이 각 작업장을 돌며 막장 상황을 파악하고 다음 작업조에 인계할 부분을 점검했다. 태열은 일행과 작업장을 정리하고 다음 작업조를 위해 막장의 상태를 꼼꼼히 기록했다.

갱도를 빠져나오니 광부들의 얼굴은 온통 검댕투성이다. 서로의 얼굴을 알아보기 힘들 정도지만, 이 상태에서도 광부들의 아내는 자기 남편을 금방 알아보았다.

퇴근 후, 태열은 목욕탕으로 향했다. 시원한 물줄기가 온몸에 묻은 탄가루를 씻어냈다. 그러나 아무리 박박 문질러도 탄가루는 쉽게 지워지지 않았다. 어느새 태열의 피부에도 검은 탄가루가 문신처럼 박혀있었다.

집으로 돌아가는 길, 태열의 발걸음은 무거웠다. 오늘 하루도 무사히 끝났다는 안도감과 내일도 똑같은 하루가 반복될 것이라는 무거운 책임감이 교차했다.

집에 도착하자 진희와 진우가 반갑게 달려왔다.

"아버지~"

따뜻한 저녁 식사와 아이들과 함께하는 시간, 아내의 온화한 미소. 소박하지만 행복한 일상이었다.

매일 출근과 퇴근이 반복되었다. 그 사이 통장의 돈도 점점 늘어갔다. 그 기쁨은 힘든 일을 다 잊게끔 하는 원동력이 되었다.

가을 운동회

점촌 초등학교에서 가을 운동회가 열렸다.

가을 햇살이 운동장 가득 쏟아지던 날, 점촌 초등학교는 아이들의 웃음소리와 응원 열기로 뜨겁게 달아올랐다.

운동회 날 아침, 황진양조장 마당은 평소와 다른 활기로 가득했다. 성수는 새벽부터 서둘러 술독들을 정리하고 일꾼들에게 오늘 해야 할 일을 몇 번이나 당부했다. 오늘은 그의 아들 민수의 가을 운동회가 있는 날이었다.

"아버지, 빨리 가요!"

둘째 민우는 아까부터 성수의 팔을 잡아끌었다. 아내 은미는 정성껏 싼 도시락 바구니를 들고 집을 나섰다.

한편 광업소에 출근한 태열은 조퇴를 신청했다.

"어디 아파?"

최 팀장이 물었다.

"아니요, 그동안 진희가 가을 운동회 때 한 번도 아버지가 안 왔다고 생떼를 써서요. 오늘도 계주 선수로 뛴다고 해서 가보려구요."

"자식이 무섭긴 무섭구먼, 결석 한번 안 하던 자네가 조퇴를 다 하고."

"죄송합니다."

"아니야, 그 나이 때 할 수 있는 일은 해보는 게 좋아. 나처럼 아이들 다 큰 다음에 원망 듣지 말고."

태열은 갱도를 나와 꼼꼼히 씻었다. 탄광에서 일하는 아버지들이 대부분이지만 굳이 광부라고 광고하고 싶지 않았다. 그러나 아무리 씻어도 광부의 티를 벗을 수 없었다. 태열은 씁쓸히 웃으며 학교로 향했다.

학교 운동장에 도착하자 이미 많은 사람들로 북적였다. 한껏 들뜬 아이들과 학부모들의 설렘 가득한 표정은 화창한 가을 날씨와 어우러져 더욱 활기찬 분위기를 자아냈다. 태열은 익숙한 탄광촌 사람들과 인사를 나누며 운동장 한쪽에 있는 지연과 진우를 찾아 돗자리에 앉았다.

"아이고, 진희아버지 오셨네요. 오늘 진희가 달리기 하나 봐요."

옆자리에 앉은 순이엄마가 반갑게 말을 걸었다. 태열은 쑥스러운 표정으로 인사했다.

운동회 순서에 따라 아이들이 준비한 춤을 추었다. 마치 재롱잔치처럼 학부모들은 눈으로 자기 아이들을 찾아 운동회를 즐겼다.

점심시간이 되었다. 지연은 정성껏 준비한 도시락을 펼쳤다. 김밥, 과일, 과자, 음료수까지 푸짐하게 차려진 도시락을 보며 아이들은 환호성을 질렀다.

태열은 오랜만에 가족들과 함께 운동장에서 점심을 먹는 소소한 행복을 만끽했다. 운동장에서 뛰어노는 아이들의 모습을 바라보고, 아내의 따뜻한 미소를 바라보는 이 순간이 태열에게는 그 어떤 것과도 바꿀 수 없는 소중한 시간이었다.

"아버지, 이제 곧 달리기 시합이에요! 꼭 맨 앞에서 봐주세요!"

어디선가 한바탕 뛰고 온 진희가 기대에 찬 목소리로 말했다. 태열은 고개를 끄덕이며 듬직하게 대답했다.

"그래, 아버지가 우리 진희 멋진 모습 두 눈으로 똑똑히 볼게."

드디어 운동장의 하이라이트 계주가 시작되었다. 출발선에 선 진희의 얼굴에는 긴장과 설렘이 교차했다. 태열은 운동장 앞쪽으로 자리를 옮겨 딸아이를 지켜보았다.

"진희야 잘해!"

태열의 우렁찬 응원 소리가 운동장에 울려 퍼졌다.

알록달록한 만국기가 바람에 펄럭이고 출발선에 선 아이들의 얼굴에는 긴장과 설렘이 교차했다.

　진희와 윤정은 초등학교 1학년 때부터 단짝 친구였다. 윤정은 문경에서 대대로 도자기를 빚는 유명한 도예가의 손녀였다. 그렇지만 둘은 공부를 잘해서 반에서 선두를 달렸다. 윤정은 그림을 잘 그렸고 진희는 글짓기를 잘했다.

　진희와 윤정은 매일 등하교를 같이하면서 친하게 지냈다. 그러던 어느 날 민수가 전학을 왔다. 공교롭게도 진희 짝이 전학을 가는 바람에 민수와 진희는 짝이 되었다. 민수는 서울에서 전학을 온 데다가 얼굴도 잘생겼고 공부도 잘했기에 여자아이들에게 인기가 많았다. 그런데 아무래도 진희와 짝이다 보니 더 친해지게 되었다.

　윤정은 자신도 모르게 자꾸만 민수에게 눈길이 갔다. 진희와 민수는 뭐가 그리 재미있는지 이야기를 나누고 있었다. 그 모습을 보면 윤정은 질투가 났다.

　운동회 날에 진희와 윤정이는 계주 대표로 뽑혔다. 윤정이는 어떤 일이 있어도 진희를 이기고 싶은 묘한 경쟁심이 불타올랐다. 달리기에 누구보다 자신이 있었던 진희는 이번에도 금메달을 목에 걸겠다는 의지가 활활 타올랐고, 운동신경이라면 누구에게도 뒤지지 않는다고 생각하는 윤정이 역시 질 수 없다는 눈빛이었다.

"이번에도 내가 꼭 일등 할 거야!"

　출발선에 나란히 선 윤정이 두 주먹을 불끈 쥐며 진희에게 선

전포고했다.

"천만에, 이번에도 내가 일등 할 테니 두고 봐."

진희는 자신만만하게 맞받아쳤다. 진희를 바라보는 민수의 볼은 살짝 붉어져 있었다. 사실 민수는 진희의 씩씩한 모습과 환하게 웃는 얼굴을 볼 때마다 가슴이 두근거렸다. 그러나 민수의 미묘한 감정과는 별개로, 민수를 짝사랑하는 윤정이는 진희가 눈엣가시였다. 윤정이는 어떻게든 진희를 곤경에 빠뜨리고 싶었다.

드디어 경기가 시작되었다. 운동장이 떠나갈 듯 사람들의 함성이 작은 운동장을 뒤흔들었다. 윤정이와 진희는 마지막 계주 주자였다. 세 번째 주자가 파란색 바통을 들고 진희를 향해 달려오고 있었다. 그때 진희의 운동화 끈이 살짝 풀린 것을 발견한 윤정이는 진희의 운동화 끈을 슬쩍 밟았다.

"어, 으악!"

슬슬 뛰어나가려는 진희는 신발 끈이 풀어져 휘청거렸다. 다행히 넘어지지는 않았지만, 중심을 잃는 바람에 출발이 늦어지고 말았다. 뒤처진 진희를 보며 윤정이는 속으로 은근한 미소를 지었다.

"괜찮아, 진희야!"

넘어질 뻔한 진희를 보고 깜짝 놀란 민수는 걱정스러운 눈빛으로 진희를 바라보았다. 계속 진희를 바라보고 있던 민수는 윤정이의 행동을 보게 되었고 얼굴이 굳어졌다.

진희는 이를 악물고 있는 힘껏 달리기 시작했다. 늦어진 출발

때문에 다른 아이들보다 뒤처졌지만, 진희는 풀린 운동화를 벗어 던졌다. 그녀의 눈빛은 포기라는 단어를 알지 못했다. 팔을 힘차게 휘젓고 발을 구르며 앞으로 나아갔다.

민수는 진희의 투지에 감탄하며 응원을 멈추지 않았다. 윤정이는 진희보다 먼저 바통을 이어받아 앞서나갔지만, 마음 한편으로는 계속해서 뒤쫓아오는 진희를 의식하고 있었다. 갑자기 사람들의 함성소리가 커졌다. 민수는 놀라운 광경을 목격했다. 엄청난 속도로 달려온 진희가 윤정이를 따라붙은 것이었다.

결승선을 눈앞에 두고 진희와 윤정은 전력 질주했다. 숨 막히는 접전 끝에, 진희가 간발의 차이로 먼저 결승선을 통과했다. 운동장은 진희를 응원하는 함성으로 가득 찼다.

숨을 헐떡이며 서로를 바라보던 진희는 민수와 눈이 마주치자 웃었다.

"대단해, 너 달리기 진짜 잘하는구나!"

민수가 진심으로 감탄하며 진희에게 엄지손가락을 치켜세웠다.

옆에서 이 모습을 지켜보던 윤정이는 입술을 삐죽 내밀었다. 그녀의 작은 방해 공작은 결국 아무런 소용이 없었다. 오히려 최선을 다하는 진희의 모습은 민수의 마음속에 더욱 깊은 인상을 남겼다.

지연과 태열도 손을 흔들며 목청껏 진희를 응원했다. 태열은 딸아이의 작은 발걸음 하나하나에 시선을 고정하며 손에 땀을 쥐었다.

   결승선을 향해 질주하는 진희의 모습은 그의 가슴에 뜨거운 감동을 선사했다.

   "잘했어, 진희야! 정말 멋졌어!"

   아버지의 응원에 숨을 몰아쉬는 진희의 얼굴에는 환한 미소가 피어올랐다.

   집으로 돌아오는 길, 진희는 아버지 옆에 꼭 붙어 연신 재잘거렸다. 태열은 딸아이의 행복한 모습을 보며 마음이 뿌듯했다.

   운동회가 끝나고 며칠이 지난 어느 날 집으로 돌아가는 길에 민수는 용기를 내어 진희에게 말을 걸었다.

   "진희야, 나랑 떡볶이 먹으러 가지 않을래?"

   진희는 민수의 갑작스러운 말에 얼굴을 붉혔지만, 싫지 않은 듯 수줍게 웃으며 고개를 끄덕였다.

   운동회 날, 서로를 새롭게 바라본 진희와 민수는 서로에게 호감을 느꼈다. 그리고 윤정이는 혼자 씁쓸한 표정으로 석양을 바라보며 다음번 작전을 고민하고 있었다.

   아이들은 삼삼오오 짝을 지어 집으로 향했다. 붉게 물든 저녁노을 아래, 민수와 진희는 어색하면서도 설레는 침묵 속에 나란히 걸었다. 민수는 주머니에서 사탕 봉지를 꺼냈다.

   "진희야, 이거 너 먹을래?"

   쑥스러운 듯 건네는 민수의 손에는 알록달록한 포장지의 사탕

들이 담겨 있었다. 진희는 뜻밖의 선물에 잠시 놀랐지만, 이내 환한 미소를 지으며 사탕 봉지를 받아 들었다.

"고마워, 민수야! 내 동생이 좋아하겠다."

"나도 동생 있는데."

"네 동생은 몇 살이니? 우리 진우는 이제 7살이야."

"어? 우리 민우도 7살인데."

"동생들도 동갑이네."

사탕 봉지를 받아 든 진희의 얼굴에도 발그레한 기운이 감돌았다. 조용하고 간지러운 떨림이 두 아이 사이를 감돌았다.

"이거 내가 제일 좋아하는 딸기 맛 사탕이네."

"사실은 네가 지나가는 말로 딸기 맛 사탕을 좋아한다는 소리를 들었어."

민수가 머쓱한 듯 뒷머리를 긁적이며 말했다. 그의 서툰 표현 속에는 진희를 향한 작은 관심과 배려가 담겨 있었다.

"어떻게 기억하고 있었어?"

진희는 살짝 놀란 표정으로 민수를 바라보았다. 무심한 듯 보였던 민수가 자신의 작은 이야기까지 기억하고 있다는 사실에 가슴 한쪽이 따뜻해지는 것을 느꼈다.

"그냥……, 기억이 났어."

민수는 진희의 시선을 피하며 대답했다. 그의 귀 끝은 붉어져 있었다.

두 아이는 한동안 말없이 길을 걸었다. 붉은 노을은 점점 짙어져 온 세상을 주황빛으로 물들였다. 그 아래 그림자처럼 길게 늘어진 두 아이의 모습은 풋풋한 설렘을 고스란히 담고 있었다.

"저기……, 떡볶이 말인데……."

어색한 침묵을 깨고 민수가 조심스럽게 말을 꺼냈다.

"이번 토요일날 학교 수업 끝나고 시간 괜찮아?"

진희는 잠시 망설이는 듯했지만, 이내 밝게 웃으며 대답했다.

"응, 괜찮아! 나 떡볶이 좋아해. 내가 떡을 좋아하거든."

"정말? 앗싸~"

민수의 얼굴에 환한 미소가 번졌다. 그는 속으로 '윤정이가 알면 또 난리 나겠지'라고 생각했다.

그때, 저 멀리서 익숙한 목소리가 들려왔다.

"진희야!"

돌아보니 윤정이가 잔뜩 심통이 난 표정으로 다가오고 있었다. 그녀의 옆에는 다른 반 아이들도 함께였다.

"어? 윤정아."

민수는 어색하게 웃으며 진희를 슬쩍 바라보았다.

"너 왜 이렇게 빨리 갔어? 내가 같이 가자고 했잖아."

윤정이는 진희의 팔에 팔짱을 끼며 친한 척했다. 그러나 윤정이의 눈빛은 진희를 쏘아보고 있었다.

"참, 민수야, 토요일 날 내 생일인데 우리 집에 오지 않을래?"

"토요일은 안돼, 진희랑 떡볶이 먹으러 가기로 약속했어."

민수가 조심스럽게 말했다. 그의 말끝에는 왠지 모를 불안감이 묻어났다.

"뭐? 둘이서?"

윤정이는 눈을 동그랗게 뜨며 진희를 바라보았다.

"진희야, 이번 주 토요일 날 내 생일인 거 잊었어? 만약 잊었다면 나 너무 서운한데."

갑작스러운 윤정의 말에 진희의 얼굴은 순식간에 굳어졌다.

"아, 진짜 내 정신 좀 봐, 너한테 줄 선물까지 사뒀는데 잠시 잊었어."

억울한 마음에 진희는 얼버무리며 말했다.

"진희야 그러면 토요일에 떡볶이 먹으러 못가?"

민수가 난처한 표정으로 진희에게 물었다.

"미안, 윤정이가 선약이라서. 떡볶이는 다음에 먹자."

"그러지 말고 민수야 너도 와, 우리 엄마가 생일상 근사하게 차려준댔어."

민수가 곤란한 듯 진희를 바라보았다.

"그래 민수야 너도 같이 가자. 윤정이네 집은 도자기가 많아."

"진희가 간다면 나도 갈게."

민수의 말에 윤정이는 입을 삐죽였다.

두 여자아이 사이에는 갑자기 어색함이 감돌았다. 민수는 진

검은 땅을 찾아서

희의 눈치를 보았고 진희는 윤정이의 기분을 살폈다. 풋풋한 설렘으로 가득했던 저녁노을 아래, 세 아이의 관계는 예상치 못한 방향으로 흘러가기 시작했다. 민수와 진희의 작은 약속은 윤정의 질투심 때문에 앞으로 험난한 길을 예고하고 있었다.

돌구이 회식

 어둠이 채 가시지 않은 새벽, 점촌의 탄광촌 마을에는 깊은 잠에서 깨어나기도 전에 텁텁한 기침 소리와 둔탁한 발소리로 부산스러웠다. 새벽 5시 반, 날이 채 밝기도 전에 낡은 집들의 문이 삐걱거리며 열렸다. 골목 안 이집 저집에서 광부들이 하나둘 거리로 나섰다.
 태열은 아내가 흔들어 깨우는 소리에 무거운 눈꺼풀을 억지로 떴다. 밤새 기침을 콜록거린 탓에 목은 칼칼했고, 온몸이 뻐근했다.
 태열이 일어나는 것을 확인한 아내는 곧 아침을 차리기 위해 부엌으로 갔다. 태열은 아내가 간밤에 떠다 놓은 자리끼를 벌컥 벌컥 마셨다.

아내가 부엌에서 분주하게 움직이는 소리가 들렸다.

태열은 마당으로 나가 펌프질을 해서 물을 받아 세수했다. 지하수라 그런지 물이 차서 정신이 번쩍 들었다.

"여보, 식사하세요."

아내의 목소리에 태열은 방으로 들어갔다. 방 한쪽에는 진희와 진우가 곤히 잠들어 있었다.

아직 아이들이 어려 함께 자고 있었지만 곧 진희 방을 만들어 줘야 했다. 작은방이 있었으나 그곳은 아내가 미싱을 놓고 작업실로 쓰고 있었다.

지연은 남편의 도시락을 준비했다. 지연은 도시락에 주걱으로 밥을 퍼 담으면서 늘 세 번이나 다섯 번으로 맞추려고 애썼다. 이곳에서 4자는 금기였다. 4자는 곧 죽을 사(死)를 의미했다. 탄광에서 일하는 남편은 시시각각 죽음과 마주하는 순간이 많았다. 그래서 탄광촌의 여자들은 늘 일상생활에서조차 죽음과는 되도록 상종하지 않으려 했다.

오늘따라 태열은 입안이 깔깔해서 밥맛이 없었다. 그렇지만 밥을 먹지 않으면 기운이 없어서 일을 할 수가 없었다. 태열은 꾸역꾸역 밥을 넘겼다.

태열은 옷을 입고 마루로 나섰다. 신발은 늘 방 쪽으로 놓여 있었다. 이 역시 아내의 배려였다. 신발을 바깥으로 돌려놓으면 신기에는 편했으나 탄광촌에서는 이도 금기였다. 태열은 신발을 돌려서 신고 마당으로 나섰다. 태열이 나갈 준비를 마치자, 아내가 준비한 도시락을 내밀었다.

"여보, 오늘도 조심, 또 조심 알죠?"

아내의 걱정 어린 인사에 태열은 옅은 미소를 지으며 고개를 끄덕였다. 태열은 좁은 골목길을 지나 동료들과 함께 탄광으로 향했다. 아침이라 그런지 모두 말이 없었다.

탄광 입구에 도착하자, 벌써 동료들이 모여 있었다. 태열은 동료들과 간단한 인사를 나누고, 사무실로 향했다. 기계적으로 출근 카드에 도장을 찍고, 갱내로 들어가기 위한 준비를 시작했다.

태열은 작업복으로 갈아입었다. 작업복을 입은 다음 안전모를 꼼꼼히 점검했다. 안전모는 갱내에서 그의 생명을 지켜주는 유일한 보호 장비였다. 마지막으로 그는 작업 도구를 챙겼다. 때로는 발파를 위한 장비들을 챙기기도 했다. 그는 능숙하게 도구를 챙겨 갱도로 향했다.

갱도 입구에는 '안전제일'이라는 구호가 크게 쓰여 있었다. 하지만 그 구호가 무색하게, 갱내에서는 늘 크고 작은 사고가 일어났다.

지금도 갱도 입구 앞에 서면 발길을 돌리고 싶을 때가 한두 번이 아니었다. 조금만 꿈자리가 사나워도 태열은 갱 안으로 들어가고 싶지 않았다. 꼭 사고가 날 것 같은 기분이 들어서였다.

그동안 갱 안에서 크고 작은 사고가 일어났지만, 아직 죽은 사람은 없었다. 태열은 잡생각을 떨쳐버리려는 듯 고개를 저으며 갱구로 들어섰다.

막장으로 가기 위해서는 이곳에서 엘리베이터를 타고 지하로 내려가야 했다. 해발 600m 하부에 묻혀 있는 석탄을 생산하기 위해 지하 300m 이상까지 내려갔다. 그리고 또다시 한참을 더 걸어야 막장에 도달할 수 있었다.

막장에서는 한파도 폭설도 장대비가 내리는 장마철에도 계절을 느낄 수 없었다.

태열은 안전모를 다시 한번 단단하게 조였다. 갱 안으로 들어오는 순간부터 광부들은 안전모에 매달린 전구에 의존해야 했다.

태열은 같은 팀 동료와 함께 권양기를 타고 3분 정도 더 갔다. 그곳에서 그들을 반기는 것은 후덥지근한 더위와 습기였다. 드디어 오늘의 목적지에 도착했다.

매일 들어서는 곳이지만 언제나 두려운 곳이기도 했다. 그래도 막장은 아직 모습을 드러내지 않았다. 타고 온 차가 들어설 수 없는 곳까지 오면 수평 갱도를 따라 걸어서 이동했다. 여기서부터 작업에 필요한 장비는 광부들이 손수 운반했다.

드디어 막장 앞에 도착했다. 막장에서 기계화된 작업은 체인 컨베이어뿐이었다. 20년 차 팀장이 말했다.

"자, 이제부터 발파하고 석탄 처리를 하기 위해서 장비(체인 컨베이어)를 연장한다. 오늘도 석탄 처리를 다 할 수 있도록 최선을 다하자."

문경 생산부의 석탄 하루 생산량은 약 2,400톤이었다. 지하 갱도의 총연장이 서울에서 대구까지 거리인 270km에 달했다.

일도 채 시작하기 전에 어느새 온몸에서 땀이 흘러내렸다. 태열은 땀으로 범벅이 된 채 안전등에서 나오는 희미한 불빛에 의지해 탄을 캤다.

그래도 60년대와 70년대 초는 석탄이 주 에너지여서 광부는 어디에 가서든 환영받았다. 석탄이 경제성장의 주력이었고 광부는 산업 일꾼으로 대우를 받으며 위풍당당했다.

새로 온 신입사원 기훈에게 태열은 작업 설명을 해주었다.

"자, 잘 봐. 저기 밑의 돌(하반 암석층)과 위의 돌(상반 암석층) 사이에 석탄층이 묻혀서 그 사이에서 석탄이 나오는 거야."

기훈은 군기가 바짝 들어 자세히 설명을 들었다. 그는 누구보다 열심히 일했다. 마치 타고난 광부 같았다. 자신과 같은 입장에서 탄광을 선택한 기훈이 그는 왠지 더 신경 쓰였다. 마치 자신을 보는 것 같아서였다.

국내 최대 매장량을 자랑하고 있는 문경 광업소의 탄광은 경사가 심해 채탄 작업 중 암석이 무너져 내리는 경우가 자주 발생했다. 암석층 사이에서 석탄을 찾는 것은 쉽지 않았다. 최근에는 막장이 무너지는 일도 몇 번 있었다.

개미굴처럼 사방으로 뚫려 있는 갱도 속에서 여러 조가 흩어져 막장에서 탄을 캐다 보면 어둠 속에서 희미한 불빛으로 서로의 존재를 확인할 수 있었다.

탄가루가 날려 앞은 한 치 앞도 분간하기 힘들었다. 게다가 착암기 돌아가는 소리에 서로의 목소리는 묻히기 일쑤였다.

오늘은 처음부터 어려움에 봉착했다. 불빛이 선명하지 않아서 안에 있는 석탄이 잘 보이지 않았다. 그럴 때는 감으로 일하는 수밖에 없었다.

한번 갱 안으로 들어오면 8시간을 버텨야 했다. 오직 사방에 쌓인 돌과 석탄 사이에서 사투를 벌였다.

오늘도 탄을 가로막고 있는 암석을 걷어내기 위해 착암 작업을 했다. 뜨거운 지열이 끊임없이 올라와 온몸이 땀으로 끈적거렸다.

"자, 여기는 석탄층이 단단해서 구멍을 더 깊게 뚫어야 해."

단단한 암석에 구멍을 뚫는 것은 쉬운 일이 아니었다. 또 착암기가 돌아가면서 주위로 쌓이는 돌가루를 치워야 했다.

두 사람이 함께 호흡을 맞춰서 일하는데 호흡이 맞지 않으면 곧 사고로 이어졌다.

막장의 온도가 높을 때는 평균 38도를 웃돌아서 숨이 턱턱 막히는 것은 당연했다.

천공을 다 뚫고 나면 그 자리에 화약을 집어넣고 발파해야 하는데 발파할 때 나는 사고가 가장 많았다.

팀장이 화약을 5개 집어넣고 우리에게 최대한 멀리 떨어진 곳으로 가라고 했다.

"발파!"

팀장이 소리쳤다.

"빨리 안전 장소로 이동해."

태열은 다치는 동료가 없기를 바라며 소리쳤다. 그리고 그들이 어디에 있는지 일일이 확인했다. 위치가 파악되면 발파를 눌렀다.

발파가 제대로 되는 날은 화약이 터질 때 경쾌한 소리가 났다. 발파가 제대로 되자 석탄 가루가 사정없이 날아들었다. 일단 탄가루가 가라앉기를 기다리며 잠시 쉬었다. 작업을 이어 할 수 없는 이 짧은 시간이 일행에게는 달콤하게 주어지는 휴식 시간이었다.

온몸이 땀으로 범벅이 되어 작업복은 물론이고 속옷까지 몸에 달라붙었다. 마스크를 벗고 물을 마셨다. 탄가루를 함께 마시지만 어쩔 수 없었다.

며칠 후 용추계곡에서 기다리던 돌구이 나들이가 있었다. 귀한 공휴일을 맞아 광부들은 약속이라도 한 듯 계곡으로 향했다.

용추계곡은 문경의 대야산 속에 파묻힌 계곡이었다. 선유동 입구에서 600m쯤 올라가 벌바위 마을을 지나가야 했다. 벌바위라는 마을 이름은 뒷산 바위들이 마치 벌집같아서 지어진 이름이었다. 마을 가운데로 난 길을 따라 올라가면 오른쪽으로 넓디넓은 암반 하나가 누워 있었다. 이 동네 농민들은 이곳에서 타작을 하기도 했는데 워낙 바위가 넓어 마당바위라 불렀다.

이곳에서 계곡을 건너면 용추폭포로 오르는 길이 나 있었다. 폭포까지 올라가면서 내려다보면 왼쪽 계곡은 탁 트여있어서 속이 다 시원했다.

"팀장님 대야산은 높이가 얼마나 됩니까?"

"아마 930m쯤 될걸?"

대야산은 충북 괴산군과 경북 문경시의 경계를 이루는 곳이었다.

"와~ 경치가 억수로 좋습니다."

올라갈수록 깎아지른 암봉과 온갖 형상의 기암괴석이 솟아 있었다. 특히 용추계곡은 사계절 맑은 물이 흘러 내리고 있었다.

"대야산에는 비경이 많지만, 그중에 2단으로 된 용추폭포가 가장 장관이다."

용추폭포는 암수 두 마리의 용이 하늘로 오른 곳이라는 전설이 있는 곳이었다. 전설을 증명이라도 하듯이 폭포의 양쪽에는 거대한 화강암 바위가 있고 바위에는 두 마리 용이 승천을 할 때 용트림하다 남긴 용비늘 흔적이 선명하게 남아있었다.

"아주 오래전부터 이곳은 아무리 가물어도 물이 마르지 않아서 가뭄이 들면 기우제를 올리기도 했어."

용추폭포의 형상을 살펴보면 위아래 두 개의 용추가 이어져 있는데 아래 폭포는 하트형으로 깊게 파인 소가 있었다.

윗 용추의 물이 매끈한 암반을 타고 흘러내리는 곳에는 아이들이 미끄럼틀처럼 타고 내려오며 놀았다.

용추폭포 위에는 넓은 너럭바위가 있었다. 여기서 더 올라가면 월영대(月影臺)라는 또 다른 명소가 있었다. 월영교는 밝은 달이 중천(中天)에 높이 뜨는 밤이면 바위와 계곡을 흐르는 물 위에 어린 달그림자가 매우 아름다워 붙여진 이름이다.

등산이 목적이 아니었기에 일행은 용추폭포가 보이는 적당한 곳에 자리를 잡았다. 계곡을 따라 흐르는 물이 보기만 해도 가슴을 시리게 했다. 계곡은 위쪽으로 굽이굽이 이어졌다.

막장의 칠흑 같은 어둠과 땀내 나는 공기가 아닌, 청량한 계곡 바람과 돼지고기 굽는 냄새가 코끝을 간지럽혔다.

오늘은 막장계가 주도하는 돌구이 날이었다. 한 달에 두어 번 찾아오는 공휴일은 광부들에게 사막의 오아시스나 다름없었다. 그 중 하루는 가족들과 보내고, 마지막 남은 휴가에 계모임을 했다.

어제저녁부터 잔뜩 들떠 있던 광부들은 이른 아침부터 꾸역꾸역 모여들었다. 각자 집에서 준비해 온 돗자리며, 양푼 가득 담은 김치, 그리고 무엇보다 돌구이의 주인공인 두툼한 돼지고기가 든 보따리를 들고 삼삼오오 모였다.

"어서들 오시게! 오늘 돼지고기는 우리 팀이 쏜다!"

호탕하게 웃으며 반기는 사람은 막장계의 만형인 영수 아저씨였다. 그의 얼굴에는 탄가루 대신 넉넉한 웃음이 퍼져나왔다. 태열은 팀원들을 찾아 자리를 잡고 앉아 능숙하게 계곡 바닥의 평평한 돌을 찾아냈다. 돌은 이미 수많은 광부의 돌구이 흔적으로 새카맣게 그을려 있었다.

　활활 타오르는 장작불 위로 돌을 올리고, 그 위에 큼직하게 썬 돼지고기를 얹었다. 치이익— 맑은 계곡물 소리와는 대조적으로 고기가 돌 위에서 익는 소리가 식욕을 자극했다.

　광부들은 '돼지고기가 갱 속에서 마신 탄가루를 씻어낸다'라는 속설을 굳게 믿었다.

　"아이고, 내가 이 맛에 산다! 이 맛에 막장 들어가는 기라!"

　누군가 외치자 모두가 한바탕 웃음을 터뜨렸다. 소주잔이 오고 가며, 그들의 투박한 손에는 고기와 김치, 그리고 소주잔이 번갈아 들렸다.

　숯불 위에서 지글거리는 돼지고기 한 점을 상추에 싸 입에 넣은 최 팀장이 감탄사를 터뜨렸다. 옆에서 소주잔을 기울이던 영수 아저씨도 고개를 끄덕였다.

　"암, 쉬는 날엔 이 맛으로 사는 거지! 용추계곡 물소리 들으며 고기 구워 먹으니 신선놀음이 따로 없구먼."

　광부들은 갱도 안의 흙먼지와 어둠을 벗어나 모처럼의 자유를 만끽했다. 술기운이 오르자, 누군가 먼저 흥얼거리기 시작했다.

"문경새재 물박달나무, 홍두깨 방망이로 다 나간다~"

투박하면서도 구성진 '문경아리랑' 가락이 계곡을 따라 울려 퍼졌다. 광부들은 하나둘씩 노래를 따라 부르기 시작하더니, 이내 모두의 목소리가 한데 어우러졌다.

"홍두깨 방망이 팔자 좋아, 큰 아기 손질에 놀아난다~"

영수 아저씨는 젓가락으로 바닥을 두드리며 박자를 맞췄다.

태열은 처음 듣는 문경아리랑 노래였다.

"저는 정선아리랑, 밀양아리랑은 들어봤는데 문경에도 아리랑이 있다는 건 금시초문입니다."

"무슨 소리, 우리 문경아리랑이 얼마나 유명한데, 이 노래는 대원군이 경복궁 중수한다고 박달나무 다 베어갔다던 그 시절에도 불렀던 노래야."

"맞아, 농민들의 상실감이 이 노래에 고스란히 담겨 있지."

최 팀장이 맞장구쳤다.

"우리 문경에서 나는 귀한 박달나무가 다 공출로 나간다는데, 백성들 마음이 오죽했겠어. 그 마음이 이 노래로 터져 나온 거야."

"그게 비단 문경 사람들만의 이야기는 아니었을 거야."

영수 아저씨가 덧붙였다.

"맞아 그때 민중들은 경복궁을 재건하느라 시달렸으니, 이 노래 가사에 다들 공감했겠지. 그래서 방송이나 출판 같은 거 없던 시절에도 이 노래가 전국적으로 퍼져 나갔다고 하더구먼. 우리 문경아리랑이 유행가 중의 유행가였대!"

"문경새재 넘어갈 제, 굽이야 굽이야 눈물이 난다~"

노랫소리는 계속 이어졌다. 노래를 잘 부르는 영수 아저씨의 목소리는 구슬펐다. 후렴을 따라부르는 광부들의 투박한 목소리에도 삶의 애환이 곁들여 있었다.

아리랑이라는 이름이 '나는 순리적인 사내', 즉 '하늘의 뜻에 순응하는 사내'라는 뜻에서 시작되어 점차 자신의 생각을 주장하고 합리화하는 용도로 확대되었다는 것을 그들은 알지 못했지만, 이 노래가 그들의 지친 몸과 마음을 위로하고, 잊고 있던 희망을 다시 떠올리게 한다는 것만큼은 분명히 느끼고 있었다.

시대를 거슬러 올라가면, 문경아리랑은 단순한 슬픔을 넘어선 저항 의식까지 담겨 있었다. 가령 '할미성 꼭대기 진을 치고 왜병정 오기만 기다린다'라는 가사에서 짐작할 수 있듯이 19세기 후반 일본군에 맞서 싸우던 동학농민군이나 의병들이 불렀던 민요이기도 했다.

다만 지금 이 순간, 용추계곡에 모인 광부들에게 '문경아리랑'은 그저 고된 삶의 짐을 잠시 내려놓고 함께 즐기는 노래였다. 흥에 취해 어깨춤을 들썩이기도 하고, 목청껏 후렴구를 따라 부르며 모두들 스트레스를 날려 보냈다.

"문경새재에도 이 아리랑 노래가 있지?"

"맞아, 하늘재 너머 그 고갯길이 얼마나 험했으면, 문경아리랑 노래가 절로 나왔을까 싶네."

최 팀장의 말에 모두 고개를 끄덕였다.

"자, 한 잔 더 받게! 이 좋은 날, 노래도 좋고 술도 좋고, 다 좋네!"

광부들의 소풍이 용추계곡의 물소리와 어우러져 한 폭의 그림 같은 풍경을 만들어냈다.

한바탕 떼창으로 '문경아리랑'을 부르던 광부들은 다시 이야기꽃을 피웠다. 막장에서 겪었던 아찔한 순간들, 가족 이야기, 사택에서의 소소한 에피소드들이 돌구이 연기처럼 피어올랐다. 그들은 서로에게 의지하고, 서로를 위로하며 막장의 사투를 견뎌내는 진정한 가족이었다.

옆자리에서는 동료 광부들이 연신 깔깔거리며 농담을 주고받고 있었다. 그들의 목소리가 워낙 커서 안 들을 수가 없었다. 탄광촌의 농담들은 대개 작업과 관련되거나, 아니면 목욕 후에도 깨끗하게 지워지지 않는 배꼽의 탄가루를 풍자한 것이 많았다.

"어이, 서 씨! 오늘 너무 기분 좋아 보이는데? 어젯밤에 '노보리'에 오르셨나?"

한 광부가 껄껄 웃으며 서 씨의 어깨를 툭 쳤다. 서 씨는 얼굴이 발개져서도 흐뭇한 미소를 감추지 못했다. 새로온 광부들은 그들의 농담이 무슨 뜻인지 몰라 고개를 갸웃거렸다. 옆에 앉은 박 씨가 어깨를 툭 치며 그 뜻을 말해주었다.

"하하, 신참은 아직 멀었구만. '노보리'는 갱도에서 경사진 곳을 위로 올라가는 작업 갱도를 말하는 건데, 그걸 마누라랑 부부 생활하는 것에 빗댄 은어야. 어젯밤에 마누라 배 위로 올라갔다는 뜻이지."

신참은 순간 얼굴이 화끈거리는지 얼굴을 만졌다.

"아따, 탄광 은어가 그렇게 사용될 줄은 꿈에도 몰랐네요."

"더 가르쳐 줄까? '마누라와 배꼽을 맞췄나?', '부부 사이가 나쁘면 마누라 배꼽이 깨끗하다', '금실 좋은 부부는 배꼽에 낀 탄가루만 빼도 한 해 겨울은 난다!' 뭐 이런 식이지. 허허."

박 씨의 설명에 사람들은 너도나도 손뼉을 치며 웃어재꼈다. 고된 생활 속에서 광부들은 이렇게 해학적인 농담으로 서로의 힘든 삶을 위로하고 있었다. 검은 탄가루가 씻겨나가지 않는 배꼽, 매일같이 오르내려야 하는 노보리 갱도. 그들의 삶과 직결된 모든 것이 유쾌한 농담거리가 되는 것이었다. 어쩌면 이러한 농담들이야말로 그들이 절망에 빠지지 않고 매일 버텨낼 수 있는 원동력인지도 몰랐다.

해가 서산으로 기울고, 돌구이 잔치가 파할 무렵, 그을린 돌 위에는 기름과 재가 뒤섞인 흔적만이 남았다. 광부들은 다시 고된 일상으로 돌아가야 했지만, 돌 위에 남은 흔적처럼, 이 소박한 돌구이의 추억은 그들의 마음에 깊이 새겨졌다. 태열 역시, 이 자리에서 동료들과 나눈 웃음과 이야기들이 갱도의 칠흑 같은 어둠 속에서 문득문득 떠올라 그를 지탱해 줄 것임을 알고 있었다.

호황 속의 빛

 탄광촌은 겉보기에는 호황을 누리는 듯했다.
 "지나가는 강아지도 만 원짜리 지폐를 물고 다닌다."
 오죽하면 이런 말까지 떠돌았다. 1973년에 처음 발행된 만 원권은 당시 최고액권이었다. 그 돈을 탄광촌 개가 물고 다닐 정도로 흔했으니 틀린 말은 아니었다.
 문경을 비롯해 장성, 철암, 황지, 통리, 고한, 사북, 도계 등지의 탄광촌에는 광부가 되려는 사람들의 발길이 끊이지 않았고, 술집들이 우후죽순처럼 생겨났다.
 광업소 주변이나 사택으로 가는 길목마다 술집이 즐비했다.

고된 노동에서 돌아오는 광부들을 제일 먼저 반갑게 맞는 것은 가족이 아니라 애교 섞인 웃음을 뿌리는 작부들이었다. '매미', '니나놋집 아가씨', '창녀' 등으로 불리던 이들은 1970년대 초반부터 급격히 늘어난 술집의 주역이었다.

술집 중에는 과부들이 운영하는 '과붓집'도 있었고, 접대부가 없는 곳은 '대폿집'이라 불렸다. '매미'라는 별칭에 대해서는 여러 설이 있었는데, 술집 기둥에 매달려 손님을 유혹하는 모습이 매미 같아서, 혹은 코맹맹이 소리가 매미 같아서라는 이야기도 있었다. 심지어 '아름다움을 파는 사람'이라는 멋들어진 해석도 있었다.

태열이 주로 가는 술집은 서민적인 막걸릿집이었다. 광부들이 가장 많이 찾는 술집이었다. 술값은 마신 술병이나 안주에 따라 계산되었고, 광부들은 하루의 고단함을 잊기 위해 막걸리 몇 잔과 족살 찌개 안주로 만족했다.

하지만 탄광촌에는 다른 술집도 있었다. 이른바 '방석집'이라는 곳이었다. 그곳은 탄광촌의 진짜 재력가들이 드나들었다. 탄광 업주나 간부, 납품업자, 탄광 감독 공무원 등 상류층이 드나드는 곳이었다. 방석집의 술값 계산 방식은 일반 술집과 달랐다. 먹고 마시는 양과 상관없이 사전에 상차림으로 가격이 결정되었고 고급술과 안주가 넘쳐났다.

"저런 데는 광부들이 감히 발도 못 들여놓지."

박 씨가 쏠쏠하게 말했다.

"우리가 1년 내내 니나놋집에서 마시는 술값 다 합쳐도, 저 방석집에서 하룻저녁에 쓰는 돈에 못 미칠걸."

태열은 '개도 만 원짜리를 물고 다닌다'라는 말은 광부를 지칭하는 것이 아니라 방석집이나 탄광 업주들에게 해당된다는 것을 깨달았다. 탄광촌이 겉으로는 호황을 누리는 것처럼 보였지만, 그 이면에는 돈을 흥청망청 쓰는 소수의 사람들과 여전히 가난에 허덕이는 대다수 광부들의 현실이 공존하고 있었다. 탄광촌의 경기가 좋게 보인 것은 지역 주민들의 돈이 많아서가 아니라, 광구 투자 투기꾼들이나 권력자들이 뇌물성 접대를 일삼으며 돈을 뿌렸기 때문이었다.

태열은 이 잿빛 도시의 겉과 속이 너무나도 다르다는 것을 실감했다. 석탄은 모두의 삶을 윤택하게 해주는 것처럼 보였지만, 그 부(富)는 극히 일부에게만 돌아가고 있었다. 광부들은 여전히 어두운 갱도 속에서 목숨을 걸고 일하며, 고된 삶을 이어가고 있었다.

광부들의 삶을 옥죄는 것은 '외상'문화였다. 탄광촌에서 외상은 일상적인 거래 방식이었지만, 이 때문에 광부들은 좀처럼 돈을 모으지 못했다. 광업소 월급이 몇 달씩 밀려서 지급되는 일도 허다했다. 점포와 구매자가 각각 매출, 매입 장부를 따로따로 가지고 기록하는 '맞장부'가 유행하는 이유이기도 했다.

"광부의 가정이 가난을 벗어나지 못하는 주된 이유 중 하나가 바로 이 맞장부라네."

박 씨가 한숨을 쉬었다.

"외상 가계로 시작해서 적자 가계의 악순환에 시달리는 거지."

다행히 태열은 아내가 미싱으로 수선해서 버는 돈이 있어서 외상 인생은 아니었다.

광부들의 임금이 3~4개월씩 밀리면 월급이 나올 때까지 모든 생활비는 외상으로 달아 놓아야 했다. 때로는 음식점 주인은 외상값 때문에 도저히 견디기 힘들다고 울상을 짓기도 했다. 고작 먹어야 자장면과 소주인데도 밀린 돈이 1년 새에 수백만 원에 달한다고 했다.

현금과 더불어 '탄표(쌀 배급표)'가 통용되는 것도 이곳 탄광촌의 특이한 현상이었다. 광부들에게 지급되는 쌀 배급표가 하숙집을 비롯한 상점의 경제권을 움직였다. 월급날이 돌아오면 광부들의 월급이 어마어마하게 풀리지만 이 돈은 단 며칠 만에 공중분해 되었다.

월급날이 되면 전국 각지에서 온갖 잡상인들이 모여들어 희한한 풍경이 연출되었다. 돈 냄새를 맡고 달려드는 부나방처럼 여러 상인이 몰려들었다.

그렇게 돈을 버는 족족 빠져나가는 외상과, 언제 터질지 모르는 갱도의 위험, 그리고 희미한 희망 속에서 광부들은 하루하루를 견디고 있었다.

특히 경사진 면을 따라 위로 올라가면서 채탄 작업을 하는 막장 갱도인 '노보리'는 그 자체가 고통의 상징이었다. 광부들은 이곳을 '개구멍'이라고 불렀다. 개가 드나드는 구멍처럼 작다는 뜻이었다.

실제로 허리를 잔뜩 숙여야만 다닐 수 있었고, 때로는 동발을 짊어지고 엎드려서 기어가야만 올라갈 수 있는 좁고 비좁은 공간이었다.

가장 무서운 것은 굴이 무너지는 '붕락 사고'였다. 갱내에서 베테랑 선산부(숙련공)들은 미세한 탄가루가 떨어지는 현상을 보고 위험을 예측했는데, 이를 두고 광부들은 "이슬이 온다"라고 말했다. 아름다운 이름과는 달리, '이슬'은 곧 죽음을 의미하는 불길한 징조였다.

또 갱내 동발, 즉 지지목이 좌우 혹은 상하로 하중을 받아 뒤틀리거나 부러질 때면 광부들은 "짐이 온다"라고 외쳤다. 목동발이든 철제동발이든 짐이 오는 현상은 계속되었다.

"갱도는 지압에 못 견뎌 앉은뱅이처럼 주저앉아 가는 철쉬(철제 동발) 구조물이 직립 통행을 허락지 않는다. 그 무거운 쇳덩이 철쉬가 엿가락 휘어지듯 구부러지고 통나무 갈라지듯 찢기는 모습을 보면 언제나 지압의 위력에 등골이 오싹해진다."

선배들의 증언이었다. 그만큼 갱도 안의 지압은 공포 그 자체였다.

태열은 이 모든 은어들을 몸으로 익혀나갔다. '개구멍'을 기어가고, '이슬이 온다'라는 말에 온 신경을 곤두세웠으며, '짐이 온다'라는 외침에 심장이 철렁 내려앉았다.

태열에게도 막장은 단순한 작업 공간이 아니었다. 그것은 삶과 죽음이 교차하는 생명의 막장이었고, 동시에 인생의 막다른 골목에서 선택한 마지막 기회의 막장이었다. 이곳에서 그는 인간의 가장 원초적인 욕구인 생존을 위해 발버둥 쳐야 했다.

광부라는 이름이 주는 서러움은 깊었다. 광부들은 스스로를 '따라지 인생', '지옥 1번'이라고 불렀다. 혹자는 그들을 '인간 두더지', '검은 쥐'라고 부르기도 했다.

지하 수백 미터, 때로는 1,000미터 이상을 내려가야 하는 어두컴컴한 채탄 막장은 가로 3.9미터, 높이 2.7미터 안팎의 비좁은 공간이었다. 숨쉬기조차 힘들고 섭씨 30도를 넘는 지열과 습도로 광부의 땀방울은 끊임없이 쏟아져 내렸다. 이곳의 광부들은 '지옥에서 가장 가까운 곳에서 노동하는 사람', '노동의 전쟁터에서 최후까지 싸우는 병사'였다.

신문의 표현처럼 "새까만 지옥 같은 땅속에서 등불 하나에 목숨을 매달고 그 목숨을 이을 식량을 벌고 있는" 존재들이었다.

산업화가 진행된 이후에도 탄광의 현실은 크게 달라지지 않았다. 오히려 진폐증으로 늙고 병든 광부들이 많아졌을 뿐이다.

막장은 광부에게 숭고한 의미를 지녔다. 그들은 지상의 하늘과 막장의 하늘, 두 개의 하늘을 이고 살아갔다.

제 2 장

막장의 사투

술도가 친구

고향을 떠나 낯선 문경 땅에 정착한 지도 벌써 10년. 이태열은 고된 노동에 지쳐갔지만, 그는 묵묵히 자신의 몫을 해냈다. 어쩌다 동료들과 잠시 숨을 돌릴 때면, 그들은 족살 찌개를 시켜놓고 텁텁한 막걸리 한 잔을 나누며 고된 하루의 시름을 달랬다.

탄광 생활에 지친 태열에게 작은 위안이 되어주는 것은 아내였다. 아내는 집안일을 돌보고 아이들을 키웠으며 때로는 말없이 그의 어깨를 토닥여 주었고, 때로는 따뜻한 밥상으로 그의 고단함을 달래주었다. 지연에게도 문경에서의 낯선 생활은 쉽지 않았다.

그사이 집을 옮겼다. 방 두 칸에 마루가 있고 부엌이 따로 있는 집이었다. 손바닥만 한 마당도 있어서 꽃을 좋아하는 아내는 몇 가지 모종을 심으며 즐거워했다.

"마당에 꽃을 심으며 살 수 있는 날이 내게도 오게 될 줄은 몰랐어요."

지연은 환하게 웃으며 말했다.

"기다려. 내가 돈 많이 벌어서 이보다 열 배는 더 큰 마당 있는 집을 사줄게."

"네, 얼마든지 기다릴게요."

지연은 마당에 심긴 꽃들을 바라보며 웃었다.

어느 날, 지연은 일감을 맡기러 온 술도가집 며느리인 은미와 친구가 되었다. 두 사람은 서른두 살로 동갑이었다. 지연은 딸 하나와 아들을 두었고 은미는 민수와 민우 두 아들을 두고 있었다. 공교롭게도 큰 아이들은 열 살로 동갑이었고 둘째는 일곱 살로 역시 동갑이었다. 비슷한 또래의 아이를 가진 지연은 곧 은미와 속마음을 터놓는 사이가 되었다.

은미 남편은 아버지의 술도가를 물려받아 운영하고 있었다. 은미는 밝고 활달한 성격으로 누구와도 쉽게 친해졌고, 지연에게 살갑게 다가와 이것저것 챙겨주었다.

"아, 술도가 집이요? 서울에서 사법고시 준비한다던……."

"아이구, 소문이 도대체 어디까지 퍼진 거지요?"

은미는 아무리 시골 동네지만 자신과 남편에 대해 너무 많은 이야기가 떠돈다고 불편해했다.

"시골은 남의 생활에 참 관심이 많아요."

"네, 맞아요. 친한 사람들은 밥그릇이 몇 갠지도 다 꿰고 있더라구요."

"지연 씨도 사투리 안 쓰는 거 보니 서울에서 오셨죠?"

"네. 스물두 살 때 문경으로 왔어요."

낯가림이 심한 지연도 은미와 금세 허물없는 사이로 발전했다. 서울에서 시골로 내려와 친구가 없었는데 아이들과 같은 반 친구이고 나이가 같은 동갑내기 지연은 무작정 달려드는 이곳 사람들과 달랐다. 무엇보다 은미는 수다스럽지 않아서 좋았다. 두 사람은 함께 장을 보러 가거나 아이들 일을 의논하며 자주 만나는 사이가 되었다.

은미 남편 성수는 좋은 물과 쌀로 술을 빚었다. 성수는 최근 아버지께 가업으로 물려받은 술도가를 경영하고 있었다.

은미는 큰아들 민수 생일날, 같은 반 친구 진희를 초대하면서 태열의 가족도 함께 초대했다.

마침 쉬는 날이어서 태열은 아내의 손에 이끌려 처음 술도가를 방문했다.

넉넉한 웃음으로 손님을 맞이하는 성수의 모습은 인상적이었다. 술도가 안에는 은은하게 술 익는 냄새가 가득했고, 다양한 종류의 막걸리가 진열되어 있었다. 아이들끼리 방으로 들어가 노는 사이 은미는 지연 부부에게 술도가를 구경시켜 주었다.

어둡고 먼지가 폴폴 날리는 갱도와 달리 햇살이 가득한 마당에 숫자를 세기 힘들 정도로 많은 장독대가 줄지어 서 있었다. 자신이 일하는 탄광과는 마치 천국과 지옥을 비교하는 느낌이었다.

태열은 왠지 주눅이 들었다. 살면서 여러 사람들을 만났지만, 그의 주변에는 양지에 사는 사람이 없었다. 태열은 왠지 성수의 가족이 자신들과 처지가 너무 달라 어울리지 않는 옷처럼 불편했다.

그러나 성수는 밝고 활기찬 목소리로 태열의 그런 생각을 없애기라도 하려는 듯 스스럼없이 태열을 대했다.

"저희는 아이들 먹을 것 좀 챙겨줄게요."

아내들이 생일 파티 음식을 준비하기 위해 부엌으로 들어가자 성수는 태열을 평상 쪽으로 이끌었다.

"처음 뵙겠습니다. 민수 애비되는 사람입니다."

낯선 사투리에 섞인 따뜻한 목소리였다.

성수가 먼저 손을 내밀었다.

"이태열입니다."

태열은 어색하게 성수와 악수했다. 태열 앞에 선 사람은 말끔한 차림의 중년 남자였다. 성수의 손은 따뜻하고 매끈했다. 노동으로 다져진 투박한 광부의 손과는 달랐다.

성수는 평상에 앉으면서 태열에게 막걸릿잔을 건넸다.

"자, 한잔 쭉 드세요."

태열은 성수가 건넨 투박한 막걸리 사발을 두 손으로 조심스럽게 받아 들었다. 뿌연 빛깔의 막걸리에서는 시큼하면서도 달콤한 냄새가 났다. 그는 성수의 따뜻한 배려에 감사하며 천천히 막걸리를 마셨다.

막걸리는 목을 넘어가자 시원함과 함께 은은한 단맛이 퍼져 나갔다. 텁텁했던 입안이 개운해지고 굳어 있던 어깨와 목덜미가 조금씩 풀리는 듯했다. 태열이 막걸리 마시는 모습을 바라보며 성수는 잔잔한 미소를 지었다.

"이 막걸리는 제가 직접 빚은 겁니다. 맛이 어떠십니까?"

성수의 말에 태열은 대답했다.

"목 넘김이 좋습니다. 술술 넘어가는데요."

"감사합니다. 사실 세상에 쉬운 일은 없지만 술 빚는 것도 쉬운 일이 아닙니다. 좋은 쌀을 골라 깨끗하게 씻고, 누룩을 정성껏 띄워야 제대로 맛을 낼 수 있습니다. 거기에 온도와 습도 조절도 중요하고, 발효되는 과정 하나하나에 신경을 써야 비로소 이 뽀얀 막걸리가 되는 거지요. 사실 저도 배우는 중이라 아직은 맛이 제대로 안 납니다."

성수는 마치 자기 자식을 자랑하듯 막걸리 빚는 과정을 흥미롭게 이야기했다. 그의 눈빛은 막걸리에 대한 애정으로 가득 차 있었다.

태열은 성수의 이야기에 귀를 기울이며 막걸리를 마셨다.

"우리 문경은 예로부터 물 좋고 공기 좋은 곳이라 술맛도 으뜸입니다."

막걸릿잔이 비워지면 성수는 다시 태열에게 술잔을 채워주었다. 술기운이 조금씩 오르자, 태열의 굳었던 표정도 한결 부드러워졌다. 낯선 곳에서 만난 성수는 태열의 마음에 작은 불씨를 지펴주고 있었다.

그날 이후, 태열은 쉬는 날이면 종종 술도가를 찾아 성수와 술잔을 기울이며 이야기를 나누는 사이가 되었다.

성수의 술도가는 이제 자리를 굳히고 있었다. 아버지가 손을 뗀 후 술맛이 변했다는 말이 있었지만 이제 겨우 손님의 입맛을 잡는 중이었다.

태열의 삶은 여전히 갱도 안의 어둠과 싸우는 고된 나날의 연속이었다. 같은 문경 땅에 살지만, 밝은 술도가를 운영하는 성수와 어두컴컴한 갱도에서 일하는 태열의 삶은 극명하게 대비되었다. 하지만 술도가에서 나누는 막걸리 한 잔과 진솔한 대화 속에서 두 사람은 서로를 이해하고 응원하며 끈끈한 우정을 쌓아가기 시작했다.

성수와 어울리면서 태열은 비로소 문경의 사계절이 보이는 듯했다.

봄이면 산과 들에 형형색색의 꽃들이 피어나 눈을 즐겁게 했고, 여름이면 시원한 계곡물에 발을 담그며 더위를 식힐 수 있었다. 가을에는 온 산이 붉고 노란 단풍으로 물들어 장관을 이루었고, 겨울에는 하얀 눈이 소복하게 쌓여 세상을 덮었다.

늘 보아왔던 풍경이었지만 여유가 없던 태열에게 이러한 풍경은 잠시 스쳐 지나가는 그림과 같았다. 그의 일상은 늘 어둡고 습도 많은 갱도 안에서 시작되고 끝났기 때문이었다.

태열은 아무런 거리낌 없이 자신을 대하는 성수에게 처음으로 우정을 느꼈다. 성수는 태열을 한 광부로 보지 않고 그저 아이들의 친구 아버지로 대했다. 태열은 서울대 법대를 졸업하고 고시 공부를 한 성수가 처음에는 불편하기만 했는데, 만나는 횟수가 늘어가다 보니 서서히 마음이 열렸다.

태열은 아내나 아이들 없이 성수와 둘이 술잔을 나누며 이런 저런 이야기를 나눌 때도 있었다. 가끔 술도가에 들러 세상 돌아가는 이야기를 나누고, 따뜻한 술 한 잔을 기울이는 시간은 그에게 잠시나마 갱도의 고통을 잊게 해주었다. 서로 다른 삶을 살아가지만, 그들은 진심으로 서로를 응원했다.

소풍

"진희야, 너 수학 시험도 백 점 맞았어?"

민수의 목소리에는 살짝 질투가 섞여 있었다.

3학년 2반 교실, 쉬는 시간만 되면 아이들은 웅성웅성 모여들어 시험 점수를 화제 삼았다. 그 중심에는 늘 반짝이는 눈으로 조용히 앉아 있는 이진희와, 활발하게 뛰어다니는 김민수가 있었다.

"응. 너는 몇 점이야?"

진희의 입가에는 옅은 미소가 번졌다. 사실 진희는 공부가 재미있었다. 문제를 풀 때 느껴지는 짜릿한 쾌감이 좋았고, 새로운 것을 알아가는 즐거움이 컸다. 특히 서울에서 온 민수를 이기는 일은 묘하게 기분이 좋았다.

"난 하나 틀렸어. 마지막 문제가 너무 어려웠어."

민수는 볼멘소리 했지만, 진희가 백 점을 맞았다고 말할 때 이미 마음이 무너져 내렸다. 민수는 못 하는 것이 없었다. 운동도 잘하고 그림도 잘 그리고 친구들 사이에서도 인기가 많았다. 더군다나 서울에서 전학을 온 민수였다. 당연히 실력도 시골 학교 아이들보다 월등하다고 생각했는데 진희를 이길 수 없었다. 민수는 늘 진희에게 한 발짝 뒤처져 있었다. 그럴 때마다 민수는 화가 치밀었다.

"마지막 문제를 틀렸구나. 내가 설명해 줄까?"

진희의 예상치 못한 친절에 민수는 잠시 당황했다. 늘 조용하고 숫기 없던 진희가 먼저 말을 걸어오다니! 쑥스러운 듯 민수는 머리를 긁적이며 문제집을 내밀었다.

"이거……, 시계 문제."

진희는 민수가 가리키는 문제를 차근차근 설명했다. 또박또박한 목소리와 이해하기 쉬운 비유 덕분에 민수는 고개를 끄덕이며 금세 문제의 원리를 파악했다.

"아, 이제 알겠다! 역시 이진희는 똑똑하다니까."

민수는 환하게 웃으며 진희에게 고마움을 표했다. 민수의 칭찬에 쑥스러워하는 진희의 볼이 살짝 붉어졌다.

그날 이후, 민수는 쉬는 시간마다 진희에게 모르는 문제를 물어보곤 했다. 진희는 귀찮아하는 기색 없이 차분하게 설명했고, 때로는 민수의 엉뚱한 질문에 웃음을 터뜨리기도 했다. 서로의 장점을 배우고 부족한 부분을 채워주면서, 열 살 동갑내기 진희와 민수는 점점 친해졌다.

운동장에서 뛰어노는 민수를 보면 진희는 민수의 활기찬 에너지가 부러웠다. 어려운 수학 문제를 척척 풀어내는 진희를 보며 민수는 진희를 마음에 두게 되었다. 경쟁심으로 시작된 그들의 관계는 어느새 서로에게 긍정적인 영향을 주는 묘한 감정으로 발전하고 있었다. 마치 태열과 성수가 서로 다른 삶 속에서도 끈끈한 우정을 쌓아 올렸듯이, 진희와 민수 역시 공부라는 경쟁 속에서 서로에게 호감을 느끼며 특별한 관계를 만들어가고 있었다.

어느 따스한 봄날, 태열의 가족과 성수의 가족은 함께 문경새재로 소풍을 나갔다.

문경새재 입구는 진달래와 개나리가 흐드러지게 피어 있었다. 아이들은 계곡 옆 잔디밭을 신나서 뛰어다녔다.

진희는 떨어진 진달래와 개나리 꽃잎을 주워 팔찌를 만들었다. 민수는 진희가 보지 않는 틈을 타 슬쩍 예쁜 꽃잎을 따서 진희에게 가져다주었다.

"와, 어디서 이렇게 싱싱한 꽃잎을 주었어?"

"더 주워다 줄까?"

"응, 많으면 목걸이 만들어도 되겠다."

진희는 기뻐하며 줄기를 이용해 열심히 반지를 만들었다.

커다란 나무 아래 돗자리를 펴고 아내들은 준비해 온 도시락을 꺼냈다.

"가서 아이들 데려오세요. 밥 먹고 문경새재 올라가 보게요."

남편들이 아이들을 데리러 가자 은미가 물었다.

"문경에 온 지 10년이라고 했지? 여기는 많이 와봤겠네."

그 말에 지연이 대답했다.

"오늘 두 번째야. 1학년 때 진희 소풍 갈 때 한번 따라왔는데 그때는 진우가 어려서 뒤쫓아 다니느라 아무것도 생각나는 게 없어. 원래 서울 사람들도 남산 못 가본 사람이 많다고 하잖아. 남산 가봤어?"

"맞네. 맞아. 나도 30년 이상을 서울에서 살았지만 남산은커녕 경복궁도 한 번 못 가봤네."

"봐. 내 말이 맞지?"

두 여자는 깔깔깔 웃었다.

아이들이 밥을 먹으러 달려오자 민수 엄마가 소리쳤다.

"너희들 저 물가에 가서 손 깨끗이 씻고 와."

아이들은 우르르 물가로 가서 손을 씻고 왔다.

김밥은 지연이 싸고 과일과 간식은 은미가 준비했다.

"진희 어머니 김밥 맛있게 싸셨네요."

"우리 집사람이 어린 시절부터 살림을 도맡아 해서 음식을 잘

합니다."

그 말을 해놓고 태열은 아차 했다. 새어머니의 구박으로 온갖 집안일을 도맡아 해온 지연에게는 상처가 될 수도 있는 말이었다. 태열은 얼른 지연의 눈치를 살폈다. 다행히 지연은 별로 개의치 않는 표정이었다.

아이들은 밥을 먹은 후 뭐가 그리 바쁜지 풀밭으로 달아났다.

어른 네 사람이 아이 넷이 뛰노는 모습을 흐뭇한 표정으로 바라보았다.

"자, 더 늦기 전에 우리도 한번 올라가봅시다."

성수의 말에 일행은 짐을 꾸려 각기 나누어 들었다.

아이들은 노는 게 더 재미있는지 입이 댓 발 나왔지만, 곧 다시 앞서거니 뒤서거니 하면서 제1 관문을 향해 올라갔다.

진희는 책에서 읽은 문경새재에 관한 이야기를 신이 나서 부모님과 동생들에게 들려주었다.

"문경새재는 옛날 과거를 보러 가던 선비들이 넘던 가장 중요한 길이었대요. 그래서 과거 길로도 불렸어요. 한양으로 과거를 보러 가는 길은 모두 세 개의 길이 있었어요. 첫째는 추풍령, 두 번째는 조령, 그리고 세 번째는 문경새잰데요. 추풍령은 나뭇잎 떨어지듯 우수수 떨어진다는 말 때문에, 조령은 대나무처럼 죽죽 미끄러진다는 말 때문에 넘지 않았고 귀한 소식을 듣는다는 문경새재의 뜻처럼 좋은 소식, 과거에 합격한 소식을 듣는다는 생각으로 문경새재를 넘었대요."

진희의 설명이 끝나자 어른들이 손뼉을 쳤다. 민수 아버지가 말했다.

"와, 진희는 엄청 똑똑하구나. 너는 커서 뭐가 되고 싶니?"

"저는 아직 정하진 않았는데요, 책도 재미있고 글 쓰는 것도 재미있어서 작가가 되고 싶어요."

진희가 쑥스러운 표정으로 말하자 은미가 대답했다.

"진희는 멋진 작가가 될 거야. 지금도 글짓기상은 다 진희가 탄다면서?"

"똑똑하긴 민수가 더 똑똑하지요. 민수야 너는 커서 뭐가 되고 싶니?"

지연이 민수를 향해 물었다.

민수는 사실 커서 뭐가 되고 싶다는 생각을 아직 해본 적이 없었다. 그러나 막연하게 아버지가 준비했던 사법고시에 도전하고 싶었다.

"저는 판사가 되고 싶어요."

민수가 판사가 되겠다는 말에 성수는 놀랐다. 자신이 사법고시를 본 것이 아이들에게 영향을 준 것 같아 미안한 생각까지 들었다.

"와, 그렇구나. 우리 민수는 법조계에서 일하겠네."

이번에는 네 명의 어른과 두 아이가 웃었다.

그날 이후 민수의 꿈은 판사가 되었다.

드디어 문경새재 제1 관문(주흘관) 앞에 도착하자, 아이들은 마치 성문에 들어서는 장군처럼 팔을 앞뒤로 휘저으며 씩씩하게 걸어 들어갔다.

제1관문까지는 그리 힘든 코스가 아니어서 내친김에 일행은 제2관문(조곡관)을 향해 발걸음을 옮겼다. 길 양옆으로는 울창한 소나무 숲이 펼쳐져 시원한 그늘을 드리웠고, 맑은 계곡물 흐르는 소리가 청량하게 들려왔다.

진희와 민수는 할 이야기가 많은지 조잘거리며 앞장서서 걸었다. 동생들은 슬슬 꾀가 나는지 발걸음이 더디어졌다.

숨을 헐떡이며 도착한 제2관문에 도착했다. 일행은 잠시 쉬어가기로 했다. 어른들은 벤치에 앉아 음료수와 과일을 꺼내 먹었다. 아이들은 계곡으로 몰려갔다.

"진희하고 민수까지는 괜찮은데 꼬맹이들한테 제3관문까지는 무리입니다. 사실 조령관문은 올해 문화재로 지정되었거든요. 저는 가보고 싶지만 조령관문은 나중에 어른들끼리 옵시다."

성수가 말했다.

"그냥 여기서 좀 시원하게 있다가 내려갑시다."

아이들은 계곡에서 물장난을 쳤다. 아직 물이 차서 들어가지는 못했다.

"와, 올챙이다."

"어디, 어디?"

아이들이 왁자지껄 떠드는 소리가 들렸다.

"여기까지만 와도 숨통이 트이는데요."

지연이 말했다.

"서울에서는 그저 일만 하느라 이런 여유를 누려보지 못했어요."

지연의 솔직한 말에 은미가 지연의 등을 쓸어주며 위로했다.

문경새재의 아름다운 봄 풍경 속에서 가족들은 잊지 못할 소중한 추억을 만들었다. 함께 걷고, 함께 웃고, 함께 아름다운 자연을 감상했다. 아이들에게도 문경새재의 푸른 봄은 오랫동안 기억될 아름다운 추억으로 남을 것이다.

"저녁은 저희 집에서 먹고 가시죠."

"아버지, 고기 먹고 싶어요, 고기 구워주세요."

민수는 진희와 더 있고 싶어서 아버지에게 떼를 썼다.

"우리 장남이 고기 먹고 싶다는데 당연히 아버지가 구워줘야지."

태열과 성수 가족은 짐을 챙겨 술도가로 다시 왔다.

"자, 낮에는 아이들 보느라 술을 못 마셨으니 우리는 술 한잔합시다. 아예 오늘 우리 집에서 자고 가시죠."

"내일 아침에 출근해야 합니다. 집이 바로 코앞인데 잠은 집에 가서 자야지요."

아이들은 씻고 방으로 들어가 책을 읽으며 놀았다.

아내들은 상추, 깻잎, 버섯을 씻어서 푸짐한 저녁 식탁을 준비했다.

성수는 능숙한 솜씨로 마당에 있는 화로에 불을 피워 삼겹살을 구워냈다. 고기 냄새가 풍기자 방 안에 있던 아이들이 우르르 몰려나왔다.

"와, 맛있겠다."

지글지글 소리와 함께 고기 굽는 냄새가 마당 가득 퍼져 나갔다. 아이들은 고기가 익기를 기다리며 옹기종기 모여 앉아 재잘거렸고, 어른들은 숯불 주위에 둘러앉아 막걸릿잔을 기울이며 하루를 마무리했다.

"오늘 소풍 좋았죠?"

성수의 말에 태열이 흐뭇한 표정으로 대답했다.

"정말 오랜만에 소풍 같은 소풍을 즐긴 것 같아요. 너무 좋았습니다."

"기분 좋은데 우리도 인제 그만 말 놓읍시다."

"그럴까요? 아니 그럴까?"

두 사람은 마주보고 웃었다.

"우리 계절마다 아이들 데리고 소풍 가는 게 어때?"

"좋지."

아이들은 맛있는 고기를 먹으며 신이 났고, 어른들은 서로에게 고마움을 전하며 대화를 이어갔다.

어둠이 내려앉고 별들이 하나둘 빛나기 시작할 무렵, 태열의 가족은 아쉬움을 뒤로하고 성수의 집을 나섰다. 진우가 잠이 들어 태열은 진우를 안았다. 진희도 온종일 너무 놀았는지 연신 하품을 했다.

집으로 돌아오자 아이들은 금방 곯아떨어졌다.

씻고 태열은 잠자리에 누웠다. 피곤한 하루였지만 따뜻했던 날이었다.

태열의 아내는 잠든 아이들의 얼굴을 쓰다듬으며 미소 지었다. 오늘 하루 종일 뛰어놀았으니 얼마나 피곤할까? 그래도 밝게 웃고 즐거워하는 아이들의 모습에 그녀 역시 행복감을 느꼈다.

"매일 오늘 같으면 좋겠어요."

지연이 밝은 목소리로 말했다.

"당신이 즐거워하니까 나도 좋아. 여보, 우리가 인복이 있나 봐. 참 좋은 이웃을 만났어."

"네, 맞아요. 민수 엄마는 정말 오랜 친구 같아요."

"당신 덕분에 나도 친구가 생겼어."

"민수 아버지도 좋은 사람 같아요. 앞으로 서로 친해보세요."

서울을 떠난 지 10년 만에 편안한 하루를 보낸 두 사람은 깊은 잠에 빠졌다.

나쁜 꿈자리

 1973년 10월 중순 무렵, 으스스한 기운이 감돌던 새벽이었다. 태열은 며칠 전부터 악몽에 시달렸다. 아버지와 어머니가 교통사고로 돌아가신 현장에 태열이 울면서 서 있는 장면이었다.
 꿈 이야기를 아내에게 말할까 하다가 태열은 그만두었다. 괜한 일로 아내에게 걱정을 끼치고 싶지 않아서였다.
 매일 아침 갱도로 들어서는 광부들에게는 오늘 무사히 살아 돌아올 수 있을지에 대한 막연한 두려움이 늘 따라붙었다. 사람의 목숨이 순간에 달린 위험한 작업이다 보니, 광부들은 재수와 운수에 남달리 예민했다. 그리고 그 믿음의 중심에는 바로 '꿈'이 있었다.

태열이 처음 탄광에 왔을 때, 꿈 이야기는 광부들 사이에서 흔한 화젯거리였다. 특히 누군가 흉몽을 꾸면 그날은 아예 출근하지 않는 광부도 있었다. 처음에는 이해가 되지 않았다. 그런데 "꿈 때문에 목숨을 건졌다"라는 광부들의 경험담을 여러 번 듣고 나니, 태열도 점차 꿈에 신경 쓰게 되었다.

어느 새벽, 태열은 출근 준비를 하다 동료 광부가 갱도 입구에서 한참을 서성이는 것을 보았다. 그는 안색이 좋지 않았다. 조장이 무슨 일이냐고 묻자, 그는 한숨을 내쉬며 겨우 입을 열었다.

"간밤에……, 꿈자리가 영 좋지 않았습니다. 어머니께서 베옷을 입고 우시는데, 꼭 저를 데려가시려는 듯했습니다……."

그의 얼굴에는 깊은 두려움이 서려 있었다. '꿈에 베옷 입은 사람을 보면 상을 당한다'라는 불문율처럼 베옷 입은 꿈은 탄광촌에서 가장 꺼리는 흉몽이었다. 태열은 순간 여러 사람들에게서 들었던 섬뜩한 이야기들이 떠올랐다. '꿈에 배 가운데 스스로 누우면 죽는다', '꿈에 칼이 집으로 들어오면 불길하다', '꿈에 새집을 지어 이사하면 곧 죽는다.'

그때 조장은 잠시 망설이더니 고개를 끄덕였다.

"그래……, 오늘은 쉬게. 무리해서 들어갈 필요는 없어. 꿈자리가 사나우면 괜히 불길한 일이 생긴다는 말이 틀린 말은 아니지."

이렇게 흉몽은 공식적인 결근 사유로 인정될 정도로 질병이나 집안의 길흉사와 동등한 무게를 가졌다. 심지어 어떤 관리자는

'꿈이 나쁘다'라는 이유로 출근하지 않는 광부에게 유급 처리를 해주기도 했다. 24시간 캄캄한 갱도는 밤과 같았고, 밤에 휘파람을 불면 귀신을 부른다는 것처럼, 흉몽은 악령이나 불운의 징조로 여겨졌다.

물론, 일부 '농땡이'를 치는 광부들이 이를 핑계로 결근을 자주 하는 바람에 관리자나 동료들이 힘들어하는 일도 있었지만, 대부분의 광부들은 진짜였다. 갱내의 고된 노동과 언제 덮칠지 모르는 사고의 위험 속에서, 꿈은 광부들에게 하나의 경고이자, 때로는 자신을 지킬 수 있는 마지막 보루와 같은 것이었다. '탄광 하루 농땡이는 보약 한재보다 낫다'라는 말처럼, 꿈이 준 경고로 하루 쉬는 것은 그들에게 꼭 필요한 행위였다.

태열은 간밤 꿈이 아무래도 마음에 걸렸다. 그러나 광부들은 좋은 꿈이든 나쁜 꿈이든 출근 전에는 절대 꿈 이야기를 하지 않았다. '꿈 이야기를 아침에 하면 안 좋고, 저녁에 불 켜 놓고 해야 한다'라는 금기처럼 탄광촌에서도 이 역시 불문율이었다. 그날 하루의 안전을 기원하며, 광부들은 오직 묵묵히 검은 막장 속으로 발걸음을 옮길 뿐이었다.

'오늘은 그냥 하루 쉴까?' 태열은 그런 생각을 했다. 하지만 '에이, 설마 별일 있겠어.' 하는 마음도 들었다. 태열은 애써 불안감을 떨쳐내며 집을 나섰다.

아내는 여느 때와 마찬가지로 도시락을 건네며 말했다.

"여보, 오늘도 안전이 최우선이에요."

탄광촌의 아침은 여느 곳과 달랐다. 해가 뜨기 전이든, 해가 져 어둑할 때든, 광부가 갱도로 향하는 시간은 매번 달랐지만, 그 순간만큼은 온 마을이 숨을 죽이는 듯했다. 태열 역시 예외는 아니었다. 그는 잠든 아이들이 깰까 봐 인기척조차 내지 않으려 조심스럽게 문을 나섰다. 그리고 그의 뒤를 따르는 지연의 시선은 늘 애처로웠다.

탄광촌에서는 출근하는 광부가 "다녀오겠습니다." 하고 인사하는 것을 금기시했다. 가족들 또한 "잘 다녀오세요." 하고 인사를 건네지 않았다. 만약 그런 인사를 주고받으면, 갱도로 들어간 남편이나 아버지가 살아서 돌아오지 못한다고 믿었기 때문이었다. 마치 심마니가 산에 오를 때, 어부가 바다로 나설 때 침묵을 지키는 것처럼, 광부의 출근길은 숙연한 의식과 같았다.

태열은 말없이 신발을 신고 문을 열였다. 지연은 아무 말 없이 남편의 뒷모습을 바라보았다. 그들의 시선에는 수많은 말들이 담겨 있었다. '부디 무사히 돌아와 주세요.' '오늘도 아무 일 없이 지나가기를.' 그 긴장감은 죽음이 늘 가까이 있다는 두려움에서 비롯된 것이었다. 매일 매일의 출근길은 이처럼 삶과 죽음의 경계에 선 광부와 그 가족들에게는 숙연한 시작이었다.

어둠 속을 걸어 나가는 태열은 한 번도 뒤를 돌아보지 않았다. 이는 단순한 습관이 아니었다. 뒤를 돌아보지 않는 것은 곧 다시 돌아오겠다는 강한 의지의 표현이자, 불안감을 떨쳐내려는 광부들의 자기 최면과도 같았다. 어민들이 "뒤돌아보지 않는 것은 곧 다시 온다는 표시"라고 믿는 것처럼, 태열도 뒤돌아보면 혹여 불길한 일이 생길까, 아니면 가족을 돌아보느라 마음이 약해질까 두려웠다. 그의 발걸음은 갱도 입구를 향해 굳건하게 나아갔다.

지연은 남편의 뒷모습이 완전히 시야에서 사라질 때까지 문간에 서 있었다. 그리고 태열이 시야에서 사라지자마자, 그녀는 재빨리 문 앞에 놓인 태열의 신발을 집어 들었다. 신발의 코가 문밖을 향하고 있던 것을, 그녀는 조심스럽게 방 쪽으로 돌려놓았다. 남편이 무사히 집으로 돌아오기를 바라는, 광부 아내의 유일하고 간절한 염원이 담긴 작은 의식이었다. 이 작은 행동 하나하나가 위험한 막장 속에서 살아가는 광부 가족의 삶을 지탱하는 힘이 되었다.

집을 나서는 태열의 발걸음은 오늘따라 무거웠다. 애써 동료들과 웃고 떠들었지만, 꿈자리가 너무도 생생했다.

'설마 아무 일 없겠지.'

태열은 아무 일 없을 거라고 자신에게 주문을 걸었다. 그러나 마음 한구석의 찜찜함은 쉬이 가시지 않았다.

갱도로 향하는 길에는 늘 규칙 같은 금기들이 광부들의 마음속에 새겨져 있었다. 여성이 앞길을 가로지르면 불운이 따른다는 말, 광부가 출근할 때 방문객이 오는 것은 좋지 않다는 속설, 그리고 쥐들의 움직임이 이상하면 사고가 날 수 있다는 경고까지.

광부들은 이를 단순한 미신으로 치부하지 않았다. 한 번이라도 금기를 어긴 날에는 기묘하게도 크고 작은 사고가 발생했기 때문이다.

점심을 먹는데 어디선가 쥐 한 마리가 나타났다. 광부들은 쥐를 피하지 않았다. 간혹 도시락 먹을 때 쥐가 나타나면 쥐에게 부스러기를 던져주기도 했다. 너희들이 있어서 좋다는 고마움의 표시였다.

갱내에서 쥐를 발견하면 광부들은 안심하고 작업을 했다. 갱내에는 유해 위험 가스가 많았는데 쥐가 살고 있다는 것은 유해 가스가 없다는 것을 의미했다.

"갱내에서는 절대 쥐를 잡으면 안돼!"

선임 광부가 태열 일행에게 말했다.

"어째서죠? 저 어릴 적에는 학교에서 '쥐잡기 운동'을 대대적으로 벌였었는데요. 쥐잡는 날에는 쥐 꼬리를 잘라서 학교에 가져가면 상도 받았거든요."

태열은 이상해서 물었다. 온 세상이 쥐를 해로운 동물로 취급하는데, 탄광에서는 쥐를 잡지 말라는 것이 무슨 이유가 있나 싶었다.

"쥐는 우리 목숨을 지켜주는 존재여!"

선임 광부가 진지한 표정으로 설명했다.

"쥐는 갱내 출수 사고나 붕락 사고를 미리 알아채거든. 땅속에서 뭔가 이상한 낌새가 생기면 쥐들이 먼저 알아채고 우르르 안전한 갱구 쪽으로 도망을 간다니까. 우리 같은 오래된 광부들은 쥐의 움직임을 보고 사고를 감지하지. 쥐들이 먼저 대피하면 우리도 따라 도망쳐서 목숨을 건진 경우가 한두 번이 아니야."

"아, 그렇군요."

태열은 고개를 끄덕였다. 간혹 막장에서 탄을 캐던 광부들을 '검은 쥐'에 비유하기도 했으니 쥐와 광부의 인연은 남다를 수밖에 없었다. 광부들에게 쥐는 단순한 동물이 아니라, 생사의 경계에서 길잡이가 되어주는 '영물'이었다.

"옛날부터 쥐는 화산, 지진, 해일 같은 천재지변의 징후를 빨리 알아챈다고 했어. 집에 있던 쥐들이 갑자기 사라지면 불길한 징조라고 하는 것도 다 그런 이유 때문이지."

광부들은 미신이라 할지라도 쥐의 예지력에 의지하며 한 줄기 희망을 놓지 않았던 것이다. 쥐가 모자를 씹으면 재물을 얻고, 쥐가 방안에서 쏘다니면 귀한 손님이 온다는 속담처럼, 이 잿빛 도시는 쥐와 함께 생존하며 희망을 꿈꾸는 곳이었다.

아무튼 광부들은 쥐의 움직임을 보고 사고의 위험을 미리 인지해 피할 수 있었다.

어둑한 갱도 입구에서 태열은 숨을 깊게 들이쉬었다. 습하고 매캐한 공기가 폐 속으로 스며들었다. 발을 내딛는 순간, 쿵, 쿵, 쿵, 쉴 새 없이 울리는 드릴 소리가 온몸을 진동시켰다. 앞서 들어간 동료들의 모자에서 빛나는 불빛이 어둠 속에서 희미하게 빛나고 있었다. 좁고 어두운 길을 따라 깊숙이 들어갈수록, 주변은 온통 검은 암석과 뿌연 먼지로 가득했다. 추운 날씨에도 불구하고 땀방울이 이마에 송골송골 맺히고, 작업복은 이내 축축하게 젖어 들었다.

"이태열 씨! 오늘따라 영 안 좋아 보이는데, 어디 아파?"

베테랑 광부인 최 팀장이 이상하다는 듯 다시 말을 걸어왔다. 태열은 어색하게 웃으며 고개를 저었다.

"아닙니다, 괜찮습니다."

하지만 태열의 목소리는 미묘하게 떨리고 있었다. 태열은 곡괭이를 움켜쥐었다. 차갑고 묵직한 감촉이 손에 느껴졌다. 그는 암벽을 향해 곡괭이를 휘둘렀다. 돌 부스러기가 튀고, 둔탁한 소리가 갱도를 울렸다. 주변에서는 드릴 소리와 망치질 소리, 동료들의 거친 숨소리가 뒤섞여 끊임없이 이어졌다. 어둠 속에서 빛나는 것은 오직 광부들의 랜턴 불빛과 땀방울뿐이었다.

작업을 하던 도중 곡괭이가 튕겨 떨어졌다. 하마터면 다칠 뻔했는데 얼른 뒷걸음을 쳐서 곡괭이는 땅으로 떨어졌다. 곡괭이를 주워 들며 태열은 휴, 한숨을 쉬었다. 곡괭이가 떨어질 것을 알리는 예지몽이었나? 그런 생각이 들자 오히려 마음이 편해졌다.

그런데 동료 중 하나가 수상하다는 말투로 중얼거렸다.

"쥐들이 왜 저렇게 분주하지? 뭔가 이상한데."

순간 태열의 얼굴이 굳어졌다. 쥐들은 광부들과 묘하게 공생 관계를 이루고 있었다. 쥐의 민감한 반응은 사고의 조짐을 알려 주는 경고음과도 같았다.

"위험해! 모두 뒤로 물러나!"

최 팀장이 순간적으로 외쳤다. 그러나 그 외침이 끝나기도 전에 엄청난 폭발음이 갱도를 뒤흔들었다.

석탄과 물이 섞여 팽창하며 터져 나온 죽탄이 밀려 들어오고, 갱도는 순식간에 아수라장으로 변했다. 앞쪽에 있던 동료들은 그대로 매몰되었고, 철제 구조물들은 엿가락처럼 휘어졌다.

태열은 기계를 붙잡고 죽탄의 압력에 맞서며 가까스로 몸을 숨길 곳을 찾았다. 그러나 죽탄은 그를 서서히 삼켜가고 있었다.

"살아야 해……, 어떻게든 살아남아야 해……."

태열은 이를 악물며 필사적으로 갱도의 벽을 더듬으며 뒷걸음질 쳤다.

그때였다.

"우르르릉……."

귓가를 찢는 듯한 또 한 번의 굉음과 함께 온몸이 격렬하게 흔들렸다. 마치 거대한 짐승이 갱도를 통째로 삼키려는 듯한 끔찍한 소리였다.

"어, 어어……!"

몸의 균형을 잡으려는 순간, 갑자기 천장이 무너져 내렸다. 쏟아지는 암석과 먼지기둥 속에서 태열은 본능적으로 머리를 감쌌다. 앞은커녕 아무것도 분간할 수 없는 암흑과 굉음만이 그의 고막을 찢을 듯 들려왔다.

"커헉…… 커헉…….."

숨 막히는 먼지 속에서 간신히 정신을 차렸을 때, 태열은 몸을 움직일 수 없었다. 왼쪽 어깨를 심하게 다쳤는지 조금만 움직여도 엄청난 통증이 느껴졌다.

"사람 살려! 살려줘요!"

어디선가 수봉이의 외침 소리가 들려왔다. 그러나 태열은 몸이 굳어 아무런 행동도 할 수 없었다. 시간이 얼마나 흘렀을까? 태열은 가까스로 무너진 탄을 헤치고 머리를 털었다. 왼쪽 어깨는 숨을 쉴 수 없을 정도로 아팠다. 태열은 다시 이어질 진동을 피해 몸을 피할 곳을 찾았다. 다행히 바로 옆에 커다란 돌덩이 두 개가 사이시옷으로 버티고 있었다. 태열은 그곳으로 몸을 웅크려 넣었다. 앉아서 겨우 머리를 들 수 있는 공간이었다. 몸을 조금만 움직여도 왼쪽 어깨가 아파서 태열을 신음 소리를 내뱉었다.

"누구……, 아무도 없어요!"

태열은 목이 터져라 외쳤지만, 무너진 갱도 안에는 그의 절규만이 공허하게 울려 퍼졌다. 그는 자신이 갇혔다는 사실을 깨달았다. 칠흑 같은 어둠 속에서 태열은 절망감에 휩싸였다.

"팀장님! 수봉아!"

"지연아!"

"진희야!"

"진우야!"

태열은 목이 터져라 이름을 불렀다.

사랑하는 가족들의 얼굴이 눈앞에 아른거렸다.

갱도 안은 점점 더워지고 습해졌다. 숨쉬기조차 힘겨웠다. 굶주림과 갈증, 그리고 어둠 속에서 엄습하는 공포감은 태열을 극한으로 몰아갔다. 어딘가 묻혀서 살려달라고 소리치던 수봉이의 신음소리도 들리지 않았다. 주변에서 아무런 소리도 들리지 않자, 너무 조용해서 태열은 이 분위기가 더 무서웠다.

시간이 지나면서 끈적이는 공기가 폐부를 짓눌러왔고, 숨을 쉴 때마다 텁텁한 먼지가 목구멍을 칼날처럼 긁었다. 며칠이나 갇혀 있었는지 시간 감각조차 희미해졌다. 뱃속에서는 쉴 새 없이 꼬르륵 소리가 났고, 바싹 마른 입술은 갈라져 피가 맺혔다. 어둠은 모든 감각을 짓눌렀다. 손을 뻗어도 눈앞조차 보이지 않는 칠흑 같은 어둠 속에서, 태열은 끊임없이 알 수 없는 형체들이 꿈틀거리는 환영에 시달려야 했다.

마치 관 속에 누워있는 듯 죽음처럼 고요했다. 그 어떤 움직임도, 소리도 느껴지지 않는 완벽한 정적은 오히려 태열에게 더욱 극심한 공포감을 안겨주었다. 어쩌면 모두 죽었을지도 모른다는 섬뜩한 생각, 그리고 혼자 남겨졌다는 절망감이 뼛속까지 스며들었다.

기절했다가 깨어났다가를 거듭하면서 태열의 의식도 희미하게 끊어졌다 이어지기를 반복했다. 깨어날 때마다 온몸의 뼈마디가 쑤시고, 짓눌린 살갗은 감각조차 느껴지지 않았다. 축 늘어진 팔다리는 자신의 것이 아닌 듯 무겁고 차가웠다. 희미하게 남아있던 정신력마저 극한의 고통과 공포 앞에서 조금씩 부스러져 내렸다.

더는 아무것도 할 수 없었다. 희망이라는 단어는 이미 오래전에 잊혀졌다. 그저 이 고통스러운 시간이 멈추기만을, 이 끔찍한 어둠 속에서 벗어날 수만 있기를 간절히 바랄 뿐이었다. 그의 귓가에는 무너져 내리는 갱도의 굉음과 함께, 가족들의 얼굴이 스쳐 지나갔다.

"살고 싶다……."

'이제 끝인가……, 다시는 사랑하는 가족을 볼 수 없는 것일까?'

정신이 들 때마다 그는 아내와 딸 진희의 맑은 웃음소리를 떠올렸다.

'안 돼, 여기서 포기할 순 없어. 지연이와 진희, 진우에게 돌아가야 해.'

그것이 그를 지탱하는 유일한 희망이었다.

'내 아이를 아비 없는 진흙탕 속에서 살게 할 수는 없어. 아, 하나님, 어딘가 살아계시다면, 저를 살려주세요. 가족들의 품으로 돌아갈 수 있게 해주세요.'

무너진 암석 틈에서 흘러나오는 검은 물방울을 핥아 태열은 목을 축였다. 몸을 뒤척일 때마다 주머니에서 바스락 소리가 들려왔다. 그러고 보니 아내가 사탕 몇 개를 주머니에 넣어주었던 일이 떠올랐다.

"이 사탕, 어제 진희가 학교 독후감 대회에서 받은 거예요. 당신한테 주고 칭찬받아야 한다고 기다리다가 조금 전에 잠들었어요."

사고가 나던 날 아침. 아내가 사탕 몇 개를 주머니에 넣어주던 것이 떠올랐다.

태열은 주머니에서 사탕 하나를 까서 입에 넣었다. 사랑하는 딸의 모습이 머릿속에 그려졌다. 태열은 사탕을 아주 천천히 녹여 먹었다. 너무 달콤하고 맛있었다. 세상에 이렇게 맛있는 것이 있을까 싶은 맛이었다.

주머니의 남은 사탕을 다 먹은 지도 꽤 오랜 시간이 흘렀다.

지연을 처음 만난 날, 지연과 손잡고 데이트하던 기억, 지연의 집에서 표독스러운 장모님에게 사람 취급을 받지 못했던 기억, 지연이 짐을 싸 들고 울면서 떠나자고 하숙방을 찾아오던 날, 새벽 기차를 타고 문경으로 흘러들어와 살던 기억, 진희와 진우가 태어나던 날, 그리고 문경새재에 소풍을 갔던 날, 체육대회 등 하나도 놓치지 않고 모두 기억해 내려고 애썼다.

다행히 좁은 바위 속에 몸을 웅크리고 있을 수 있는 것은 기적이었다. 이 바위가 무너지지 않는다면, 의식을 완전히 잃기 전에 구조대에게 발견되었으면, 그는 하나님, 부처님을 찾으며 제발 살려달라고 기도하고 또 기도했다. 그의 간절한 외침은 좁은 갱도 안에서 메아리가 되어 돌아왔다. 태열은 절망했다. 그리고 서서히 정신을 놓았다.

기적적인 생환

 문경 전체는 깊은 슬픔에 잠겼다. 은성탄광에서 발생한 붕괴 사고로 인해 많은 광부가 매몰되었다. 매일 갱도로 향하던 그들의 낯익은 얼굴들은 이제 검은 흙 속에서 싸늘하게 식은 채 들것에 실려 나왔다.
 사고 소식을 듣는 순간, 성수의 심장은 철렁 내려앉았다. 얼굴은 핏기 없이 창백하게 굳었다. 망설일 틈도 없이 그는 곧장 사고 현장으로 달려갔다. 탄광 입구는 처참했다. 소방차가 와 있었고 쉴 새 없이 구급차가 들어왔다 나갔다. 탄광 근처에는 깨진 광차 조각과 부러진 철골들이 널브러져 있었고, 매캐한 화약 냄새가 코를 찔렀다.

"구조 작업은 어떻게 되고 있습니까?"

성수는 떨리는 목소리로 관계자에게 다가가 조심스럽게 물었다. 그의 눈빛은 간절함으로 가득 차 있었다.

"아직……, 생존자 소식은 없습니다."

관계자의 짧은 대답은 성수의 머릿속을 하얗게 만들었다. 망치로 머리를 얻어맞은 듯 멍한 기분이었다.

'아니야, 그럴 리 없어.'

'태열은 분명히 살아있을 거야. 조금만 더 버텨줘, 곧 구조하러 갈 거니까.'

성수는 속으로 간절히 바랐다. 그러나 불안감은 거대한 파도처럼 밀려왔다.

탄광 앞은 이미 아비규환이 따로 없었다. 갱도에 갇힌 남편, 아들, 형제, 아버지를 기다리는 가족들의 절규와 오열이 처절하게 울려 퍼졌다. 희망과 절망이 뒤섞인 눈물은 마른 땅을 적시고 있었다. 누군가는 땅바닥에 주저앉아 하염없이 이름을 부르짖었고, 또 다른 누군가는 실신한 채로 들것에 실려 나갔다. 그들의 얼굴에는 깊은 슬픔과 절망, 그리고 분노가 뒤섞여 있었다.

멀리, 넋이 나간 사람처럼 그저 하염없이 눈물만 흘리고 있는 지연의 모습이 성수의 눈에 들어왔다. 그녀의 작은 어깨는 쉬지 않고 떨리고 있었다. 성수는 차마 다가가 말을 걸 수 없었다. 그

슬픔의 무게를 감히 짐작조차 할 수 없었기 때문이었다.

시간이 흐를수록 탄광 입구는 더욱더 비통함으로 가득 찼다. 검은 먼지를 뒤집어쓴 시신들이 하나둘씩 갱도에서 옮겨져 나왔다. 굳게 다문 입술, 감기지 않은 두 눈, 흙먼지 묻은 작업복은 그들이 얼마나 처절한 상황 속에서 마지막을 맞이했는지 고스란히 보여주는 듯했다. 시신이 나올 때마다 탄광 앞은 더욱 격렬한 울음소리로 뒤덮였다. 가족들은 끌어안고 오열하며, 믿을 수 없다는 듯 시신을 붙잡고 놓아주지 않았다.

성수는 그 참혹한 광경을 차마 눈 뜨고 볼 수 없었다. 그는 두 눈을 질끈 감았다. 갱 속에 묻힌 광부들은 누군가의 소중한 가족이었고, 삶의 전부였다. 그들의 꿈과 희망은 검은 갱도 속에서 산산이 부서져 버린 채, 차가운 시신으로 구조되고 있었다.

사고가 일어난 지 닷새째 접어들자, 지연의 희망은 이제 절망으로 바뀌어 갔다. 단순히 무너진 건물도 아니고 탄광 안에서 벌어진 사고니만큼 산소도 부족할 것이고 물은 당연히 없을 것이다. 그러니 남편 태열이 살아있을 확률은 이제 기적이나 일어나야 가능한 일이었다. 시체라도 찾으면 다행이었다.

두 아이는 은미가 맡아 돌보아주었다. 지연은 어떤 일이 있어도 아이들을 이곳으로 보내지 말라고 신신당부했다. 엄마 아버지는 일이 있어서 잠시 서울에 갔다고 말해 달라고 했다.

지연은 남편이 구조되어도 살지 못할 상황이라면 차라리 남편이 고통 없이 죽기를 바랐다. 지금으로서는 그것이 태열에게 가장 행복한 일일지도 몰랐다.

어린 두 아이는 다행히 은미가 따뜻하게 보살펴주었다. 엄마와 아버지를 찾는 아이들의 울음소리를 들을 때마다 은미의 가슴도 미어졌다. 아이들에게 아버지는 따뜻함 그 자체였다. 넓은 어깨, 장난기 가득한 웃음. 이제 아이들은 그 모든 것을 영영 잃게 될지도 몰랐다.

그렇게 절망과 슬픔 속에 뜬눈으로 밤을 지새우던 어느 날, 새벽을 뚫고 믿을 수 없는 소식이 들려왔다.

"생존자 발견! 생존자 발견됐대!"

밤새 탄광 앞에서 자리를 지키던 사람들의 입에서 터져 나온 외침은 삽시간에 온 주변으로 퍼져나갔다. 지연은 넋이 나간 채 그 사람이 남편이라면 좋겠다고 생각했다. 갑자기 심장이 미친 듯이 뛰기 시작했다.

"어딨어요? 누가……, 누가 발견됐는데요?"

목소리가 떨려 제대로 나오지 않았다. 주변 사람들은 서로를 붙잡고 울먹이며, 혹시나 자기 남편인가 하는 기대감에 술렁였다.

잠시 후, 들것에 실린 한 남자가 어둠 속에서 천천히 모습을 드러냈다. 온몸은 검은 탄 먼지로 뒤덮여 있었고, 축 늘어진 팔다리는 힘없이 흔들렸다. 얼굴은 흙먼지와 땀으로 범벅이 되어 있었지만, 지연은 그 낯익은 작업복과 듬직한 체구를 한눈에 알아볼 수 있었다.

"여보! 태열 씨!"

지연의 입에서 간신히 남편의 이름이 흘러나왔다. 믿을 수 없는 광경에 다리가 후들거렸다. 닷새 가까운 시간을 어둠 속에서 버텨낸 기적이었다.

구조대원들은 신속하게 태열을 구급차에 옮겼다. 의식을 잃은 채 미동도 없는 남편의 모습에 지연은 하염없이 눈물을 흘렸다. 살아있다는 사실만으로도 감사했다. 부디, 제발, 다시 눈을 떠주기만을 간절히 바랄 뿐이었다. 구급차는 사이렌 소리를 울리며 병원으로 달렸다. 지연은 구급차에 보호자로 탔다. 구급차가 움직이자 현장에 있던 사람들은 모두 부러워했다.

지연은 남편의 손을 잡았다. 손이 차기는 했으나 약간의 온기가 있었다. 지연은 계속 기도했다. 이제부터 시작될 또 다른 기적을 간절히 염원하면서.

사고 발생 후 닷새째 되던 날이었다. 희미하게 들려오던 환청 속에서, 태열은 낯선 소리를 감지했다. '쿵……, 쿵…….' 아주 작고 희미한 소리였지만, 그것은 분명 외부에서 들려오는 소리였다. 태열의 심장이 격렬하게 요동치기 시작했다.

'구조다! 구조대가 오고 있어!'

태열은 있는 힘껏 소리를 질렀다.

"여기……, 여기 사람 있어요!"

그의 목소리는 이미 갈라지고 쉬어 있었고 소리는 나오지 않았다. 마침내, 그의 귀에 희미한 사람들의 목소리가 들려왔다.

"안에……, 누구 계십니까!"

"네. 여기 사람 있습니다. 살아있어요!"

태열은 온 힘을 다해 외쳤다. 칠흑 같은 어둠 속에서 한 줄기 빛이 느껴졌다. 그는 빛을 보는 것을 끝으로 정신을 잃었다.

좁은 공간을 뚫고 태열을 끌어내기까지 얼마나 오랜 시간이 걸렸는지 그는 기억하지 못했다. 다만 기적 같은 시간을 버텨낸 그의 온몸은 만신창이였다. 입안에 물이 들어왔고 사람들이 그를 흔들어 깨웠다.

갱도 밖으로 나왔을 때 그는 눈이 부셔서 눈을 감았다. 그의 곁에는 퉁퉁 부은 눈으로 울고 있는 지연이 보였다. 그 순간, 태열은 그 어떤 고통도 잊을 만큼 벅찬 감격에 휩싸였다. 그는 살아남았다. 끔찍한 어둠 속에서, 절망 속에서, 그는 기적처럼 다시 세상의 빛을 보게 된 것이다.

성수는 태열의 기적적인 생환 소식을 들으며 깊은 생각에 잠겼다. 무너진 갱 속에서 삶의 희망을 놓지 않았던 태열의 강인한 의지, 그리고 그를 기다리던 가족들의 간절함. 그는 술도가에서 술을 옮기는 트럭을 몰고 병원으로 향했다.

태열이 구급차에 실려 병원으로 옮겨지자, 응급실은 갑자기 부산스러워졌다. 엑스레이 촬영 결과, 왼쪽 쇄골이 부러진 것 외에는 큰 부상은 없다는 진단이 나왔다. 밖에는 기자들이 취재하기 위해 몰려와서 북새통이었다.

성수는 환자의 안정을 위해 당분간 취재는 할 수 없다고 단호하게 말한 후 기자들을 돌려보냈다. 찰거머리 같은 기자들은 쉽게 돌아가지 않았지만, 성수가 병실 문 앞에서 철저히 그들을 막고 있었다.

며칠 동안 중환자실에서 안정을 취한 태열은 일반 병실로 옮겨져 꼬박 한 달을 병원에서 치료받았다.

하얀 천장, 희미한 형광등 불빛. 태열은 낯선 천장을 바라보며 지난 며칠간의 악몽 같은 시간을 떠올렸다. 칠흑 같은 어둠, 쏟아지는 돌덩이, 희미해져 가던 의식 속에서 간절히 불렀던 가족들의 이름. 그는 살아 돌아왔다는 사실이 믿기지 않았다.

병실 문이 조심스럽게 열리고, 지연과 진희, 진우가 들어왔다. 핼쑥해진 아내의 얼굴, 눈가에 맺힌 눈물 자국을 보자 태열의 가슴이 먹먹해졌다. 진희와 진우는 아버지를 보자마자 달려들어왔다.

"아버지!"

"아버지, 괜찮아요?"

작고 떨리는 목소리가 병실 안의 정적을 깼다. 딸 진희의 커다란 눈망울에는 눈물이 가득 고여 있었다. 진희는 아버지의 아픈 부분을 건드릴까 조심스러운 몸짓으로 주변을 맴돌 뿐, 선뜻 다가오지 못하고 있었다. 진우 역시 굳은 표정으로 아버지를 바라보고 있었다. 녀석의 작은 주먹은 잔뜩 힘이 들어가 있었다.
지연은 그런 아이들의 모습에 가슴이 저릿했다.
"얘들아, 아버지는 괜찮으셔. 걱정하지 마."
지연은 조용히 말했다. 그러나 그녀의 목소리 역시 떨리고 있었다.
태열은 힘없이 미소 지으며 아이들의 이름을 불렀다.
"우리 예쁜 딸 진희, 듬직한 아들 진우, 이리 와봐, 너희들이 정말 보고 싶었다."
그는 천천히 손을 들어 아이들의 작은 손을 잡았다. 아이들의 온기가 그의 손에 전해져 왔다. 그 순간 태열은 감격스러웠다. 다시 아이들의 손을 잡게 될 것이라고는 상상조차 하지 못했던 일이었다. 다시는 가족들의 얼굴을 보지 못할지도 모른다는 절망감에 울음도 메말랐었는데…….
"정말……, 정말 다행이에요."
지연의 목소리는 떨림을 넘어 흐느낌에 가까웠다.
며칠 밤낮을 뜬눈으로 지새웠던 시간들, 혹시나 하는 간절한 희망과 절망 사이를 끝없이 오갔던 고통스러운 기다림의 순간들이 그녀의 목소리에 고스란히 담겨 있었다.
태열은 힘없이 웃으며 아내를 보았다.
"걱정 많이 했지?"
짧은 한마디였지만, 그 안에는 이루 말할 수 없는 감사의 마음과 미안함이 담겨 있었다. 이 순간을 얼마나 간절하게 기다려왔는지…….

 진희는 조심스럽게 아버지의 곁으로 다가와 그의 뺨에 작은 손을 대었다.

 "아버지, 많이 아팠어요?"

 진희의 눈에는 걱정과 안쓰러움이 가득했다. 태열은 고개를 저으며 딸의 손을 잡았다.

 "아니, 우리 진희, 진우 그리고 엄마 생각하면서 꾹 참았어."

 진우 역시 굳게 다물었던 입을 열었다.

 "아버지, 이제 다치지 마세요."

 짧은 말이었지만, 그 속에는 어린 아들의 간절한 바람과 아버지를 잃을까 두려워했던 마음이 느껴졌다.

 태열은 두 아이의 손을 번갈아 잡고 아내의 눈을 바라보았다.

 "이렇게 다시 너희들 얼굴을 보다니……, 정말 꿈만 같다."

 그의 눈빛은 더없이 따뜻하고 깊었다. 이 얼굴들을 다시 못 보게 될까 봐 매우 힘들고 고통스러웠었다. 그에게는 이들이 삶의 희망이었다.

 서로의 손을 맞잡은 채, 병실 안에는 길고 긴 침묵이 흘렀다. 말하지 않아도 다시 만난 기쁨, 서로를 향한 애틋한 사랑, 그리고 이제 다시는 헤어지지 않겠다는 굳은 약속이 오가는 순간이었다.

 며칠 후, 성수와 은미 가족이 병문안을 왔다. 성수는 태열의 손을 굳게 잡으며 안도의 숨을 내쉬었다.

"살아 돌아와 줘서 정말 고맙네."

"많이 걱정했다며?"

태열은 성수의 따뜻한 마음에 울컥했다. 은미는 밝게 웃으며 태열을 격려했다.

"이제 푹 쉬면서 건강 빨리 회복하세요! 이이가 태열 씨 때문에 며칠이나 날밤을 새웠는지 몰라요."

민수도 진희 옆에 앉아 조심스럽게 말을 걸었다.

"진희야, 아저씨 괜찮으셔?"

"응……, 그래도 아직 다 안 나으셨어."

진희는 걱정스러운 눈빛으로 아버지를 바라보았다. 민수는 그런 진희에게 작은 꽃다발을 내밀었다.

"이거 아저씨 드리면 힘내실 거야!"

"민수야 네가 직접 드려, 우리 아버지 좋아하실 거야."

민수는 수줍게 태열에게 다가왔다.

"아저씨, 얼른 나으세요."

"아이구, 우리 민수가 병문안을 왔으니 아저씨가 힘이 불끈 나는데?"

민수는 씩 웃었다.

"진희야 이 꽃 엄마에게 가져다드려. 꽃병에 꽂아달라고."

"아버지, 제가 꽂아올게요."

"나도 갈래."

민수가 진희를 따라 나갔다.

태열은 사람들의 위로와 격려 속에 다시 일어설 힘을 얻었다. 그에게는 사랑하는 가족들이 있었고, 이웃이 있었다.

"민수 엄마 미안해. 진희아버지 퇴원할 때까지만 조금 더 아이들 부탁해."

"우리 사이에 그런 필요 없는 말은 하지 말자구. 나한테 무슨 일 있으면 자기는 모른 척 할거야?"

"무슨 그렇게 서운한 말을……."

"것봐, 당연히 봐줄거면서."

지연은 고개를 끄덕였다.

"그럼 당연하지."

합동위령제

퇴원 후, 태열은 이전과는 완전히 달라진 사람이 되어 있었다. 병원 문을 나서는 순간부터 세상은 이전과는 전혀 다른 낯선 풍경으로 다가왔다. 눈이 부신 햇살도 태열의 눈에는 창백하게 느껴졌고 바람도 늘 축축하고 퀴퀴했다. 갱도만 생각하면 온몸의 털이 쭈뼛 섰고, 밤에는 악몽에 시달리기 일쑤였다. 그는 이제 더는 탄광에서 일할 수 없다고 생각했다.

꿈을 꾸면 늘 같은 장면이 반복되었다. 무너져 내리는 갱도, 쏟아지는 암석, 그리고 마지막 순간까지 절규하던 동료들의 목소리가 생생하게 되살아나 그의 온몸을 짓눌렀다. 식은땀에 젖어 깨어나면 현실과 환상의 경계는 희미해졌고, 그는 밤새도록 떨리는 몸을 웅크린 채 괴로워했다.

합동위령제가 치러지던 날, 태열은 하염없이 흐르는 눈물을 주체할 수 없었다. 영정 사진 속의 환한 미소들이 더욱 가슴을 후벼 팠다. 늘 자신을 챙겨주던 최 팀장님의 푸근한 얼굴, 서툰 솜씨로 커피를 타오던 막내 수봉의 어리숙한 표정, 묵묵히 자기 일만 하던 구병모 선배의 조용한 눈빛. 그들은 단순한 동료가 아니었다. 갱도 안에서 서로 의지하며, 묵묵히 격려하고 등을 두드려주던 또 다른 가족이었다.

이제 그들은 싸늘한 시신이 되어 차가운 액자 속에 갇혀 있었다. 함께 했던 시간들, 나눴던 소박한 꿈들, 주고받았던 따뜻한 농담들이 한순간의 사고로 산산이 사라져 버렸다. 살아남은 것은 죄책감과 깊은 슬픔뿐이었다. 왜 나만 살아남았을까? 그 끔찍한 순간, 수봉의 살려달라는 외침이 귓전을 때렸다. 그들을 구할 수 없었다는 자책감, 자신만 살아남았다는 죄책감이 그의 심장을 아프게 했다.

제단 앞에 놓인 하얀 국화꽃을 한 송이, 한 송이 올리며 그는 오열했다.

"팀장님…… 수봉아…… 병모 형님……."

태열의 목소리는 흐느낌에 묻혀 제대로 이어지지 못했다.

"정말…… 죄송합니다. 저만 살아남았습니다……."

끝내 말을 잇지 못하고 그는 주저앉아 울었다.

태열은 자신의 일부가 그들과 함께 갱도에 묻혔다고 생각했다. 살아는 있지만, 이전과는 완전히 다른 사람이 되어 버린 자신. 남겨진 가족들을 보며 힘을 내야 했지만, 그의 마음속 깊은 곳에는 영원히 지워지지 않을 검은 그림자가 드리워져 있었다.

다시는 탄광으로 돌아가지 않겠다고 굳게 맹세했다. 가족들을 두 번 죽일 수는 없었다. 그는 읍내를 돌아다니며 일자리를 알아보았다. 그러나 변변한 기술도, 학력도 없는 그를 기다리는 곳은 어디에도 없었다.

석 달이라는 시간이 흘렀다.

태열은 떨어지지 않는 발걸음을 옮겨 탄광을 찾았다. 통장 잔액은 점점 바닥을 드러냈고, 열 살이 된 딸 진희와 일곱 살 아들 진우의 맑은 눈망울은 그의 어깨를 무겁게 짓눌렀다. 아이들은 하루가 다르게 자랐다. 두 아이를 대학 교육까지 시키려면 부지런히 돈을 벌어야 했다.

결국, 태열은 탄광 사무실 문을 다시 두드렸다.

"요새 탄광은 어떻습니까?"

"지금 상황이 좋지 않아. 연탄을 석유로 대체하는 바람에 석탄도 이제 사양길이네."

"다들 자네가 이제 탄광 일은 안 할 거라고 하던데……."

태열은 작은 소리로 말했다.

"그냥 궁금해서 와봤습니다. 옛날 일들도 생각나고 해서요……."
태열은 쓸쓸한 마음으로 은성갱을 나왔다.
그날 저녁, 태열은 아내에게 조심스럽게 말을 꺼냈다.
"여보, 나 다시 탄광에 가서 일하면 안 될까?"
지연의 얼굴은 놀란 토끼처럼 변했다.
"안 돼요! 당신 또 그러다 잘못되면……, 그보다 당신이 갱 속으로 들어가는 건 죽어도 못 봐요. 절대 안 돼요."
지연은 단호했다.
태열은 그런 아내의 손을 말없이 잡았다. 그의 마음 역시 무거웠다. 갱도의 끔찍한 기억은 아직도 생생했지만, 두 아이의 얼굴이 그의 눈앞에 아른거렸다.
"나도 당신 마음 알아. 하지만……, 우리 진희랑 진우, 저렇게 예쁘게 자라는 애들 공부는 시켜야 할 거 아냐? 당신도 알다시피 내가 할 수 있는 일이 이거밖에 없어."
"여보, 나는 이제 당신이 다시는 탄광에서 일하는 걸 보고 싶지 않아요."
아내는 벌떡 일어나더니 서랍에서 통장을 꺼내 태열에게 내밀었다.
통장에는 꽤 많은 돈이 저축되어 있었다.
"아니, 그동안 집 마련하느라고 돈을 많이 썼는데, 언제 이걸 다 모은 거야?"

"이깟 시골집 몇 푼이나 한다고요, 그리고 우리 애들은 아직 어려서 교육비도 그렇게 많이 안 들어요. 진희가 워낙 똑똑해서 아직은 학교 공부만으로 충분하구요."

"그래도……, 이건 생각했던 것보다 훨씬 많은데?"

"사실 당신 월급도 아껴 썼지만, 그동안 내가 번 돈은 따로 저축했어요. 조금 더 모이면 당신하고 슈퍼마켓이라도 하나 해볼까 생각했는데, 그런 일이 생길 줄은 상상도 하지 못했어요."

태열은 지연을 꼭 끌어안았다.

"고마워 여보. 당신과 같이 기차 타고 서울 떠나오던 날, 돈 많이 벌어서 당신 호강시켜 준다고 다짐했는데, 미안해. 마음고생까지 시켜서."

"여보, 너무 조급하게 생각하지 말고, 우리가 할 수 있는 일을 생각해 봐요."

"알았어. 당신 말대로 할게."

제3장

술도가의 시련

황진양조장

　문경의 깊은 산자락 아래 자리 잡은 황진양조장은 웅장한 기와지붕과 묵직한 나무 대문이 세월의 흔적을 고스란히 보여주는 곳이었다. 마당에는 술 익는 달콤하면서도 쿰쿰한 향이 늘 감돌았고, 커다란 가마솥에서는 하얀 김이 쉴 새 없이 피어올랐다.
　이 술도가의 주인은 굳건한 눈빛을 가진 사내, 성수였다. 그의 곁에는 똘망똘망한 눈빛의 일곱 살배기 아들 민우와 형답게 의젓한 열 살 아들 민수가 늘 함께였다.
　황진양조장은 이 마을 사람들에게 꽤 알려진 곳으로, 넓은 마당에는 술독들이 즐비했고, 곳곳에는 누룩을 만드는 방, 술을 빚는 공간, 완성된 술을 보관하는 창고 등이 자리 잡고 있었다. 서너 명의 일꾼들은 분주하게 오가며 술독을 관리하고, 쌀을 씻고, 누룩을 섞는 등 저마다의 일에 열중했다.

이 술도가는 성수가 아버지에게 물려받아 2대째 운영하는 중이었다.

성수는 어릴 적부터 술독 옆에서 자랐다. 아버지의 땀방울과 술 익는 소리를 자장가 삼아 잠들곤 했다. 그의 손에는 이미 아버지의 손때가 묻은 나무 주걱의 감촉이 익숙했고, 술의 미묘한 변화를 감지하는 후각 또한 남달랐다.

아버지 김두한의 고향은 문경 가은이었다. 기름진 땅에서 땀 흘려 농사를 짓고 살아온 그는 유난히 술을 좋아했다. 특히 하루의 고된 노동을 끝내고 마시는 막걸리 한 사발은 그의 낙이었다. 두한은 늘 아내에게 부탁해 직접 막걸리를 담가 먹었지만, 그가 바라던 깊고 시원한 맛이 나지 않았다.

두한의 어머니는 명절 때 술을 잘 담갔는데 어머니가 담가준 술맛에 익숙해져서인지 그 맛을 맛보고 싶었다. 김두한은 매번 술맛이 덜하다며 아내를 타박하기 일쑤였고, 결국 그는 팔을 걷어붙이고 직접 술을 담그기 시작했다.

처음에는 시행착오의 연속이었다. 쌀의 종류, 물의 비율, 누룩의 양, 발효 온도 등 조금만 달라도 전혀 다른 맛의 술이 나왔다. 실패를 거듭할수록 김두한의 고집은 더욱 강해졌다. 그는 밤낮으로 술 관련 서적을 파고들었다.

　농한기가 끝나면 그는 전국의 유명한 술도가를 찾아다니며 비법을 배웠다. 그렇게 오랜 시간 노력을 쏟은 끝에 그는 마침내 자신이 그토록 원하던, 깊고 풍부하면서도 깔끔한 맛의 막걸리를 빚어낼 수 있었다.

　그의 막걸리는 점차 마을 사람들의 입소문을 타기 시작했다.

　"두한 아재가 담근 술은 희한하게 다음 날 머리가 지끈거리지 않아."

　"텁텁한 맛없이 깔끔하고 시원한 게, 막걸리가 아니라 마치 정종 맛이 나는 것도 같아."

　사람들은 그의 막걸리를 칭찬했다. 그렇지만 두한은 자기가 먹을 양과 마을 사람들에게 나눠줄 양 외에는 술을 빚지 않았다.

　한번 술맛을 본 사람들은 술을 나눠달라고 졸랐고 특히 명절이면 그의 술독은 동이 났다.

　"이럴 게 아니라 기왕 만드는 거 쪼매 더 만들어서 파는 게 어떻노?"

　마을 사람 몇몇이 와서 두한에게 건의했다.

　세월이 흐르자 농사꾼이었던 김두한은 어느덧 마을 최고의 술도가 주인으로 변모해 있었다. 그것이 바로 황진양조장의 시작이었다. 그의 열정과 고집이 빚어낸 술은 이제 아들 성수의 손을 거쳐 마을 사람들에게 팔려나갔다.

술도가의 시련

이름은 '황진 막걸리'로 붙였다. 조선시대 기녀로 이름을 날렸던 황진이의 이름을 땄다. 황진이처럼 풍류를 아는 사람이 찾는 막걸리라는 의미였다.

술을 만들어 본격적으로 팔기 시작하자 처음에는 오히려 찾는 사람이 많지 않았다. 값싸게 얻어먹었던 술과 가격이 붙어 팔리는 술은 달랐다. 싸구려 막걸리에 익숙해진 사람들은 김두한의 막걸리가 비싸다고 생각했고, 처음 먹어 본 사람들은 낯선 술맛에 쉽게 지갑을 열지 않았다.

그러나 김두한은 좌절하지 않았다. 그는 매일 새벽 정성껏 술을 빚었고, 장날에는 직접 막걸리 통을 들고 나가 지나가는 사람들에게 술맛을 보게 했다. 두한의 진심이 통했던 것일까. 점차 황진양조장의 막걸리는 입소문을 타기 시작했고, 그 깊고 풍부한 맛에 매료된 사람들이 하나둘씩 황진 막걸리를 주문했다.

술맛이 좋다는 소문이 퍼지면서 황진양조장은 점차 번창해 나갔다. 작은 초가집은 넓은 마당과 술독이 즐비한 번듯한 기와집으로 바뀌었고, 일하는 사람들도 들어왔다.

김두한은 늘 새벽에 가장 먼저 일어나 누룩 상태를 확인하고, 술독 하나하나를 정성껏 닦고 관리했다. 이렇게 그의 막걸리에는 그의 땀과 열정, 그리고 전통을 지키려는 고집스러운 마음이 고스란히 담겨 있었다.

햇살이 따사로이 비추는 술도가 앞마당에 담뱃대를 늘이고 앉아서 길게 한 모금 빨아 뱉는 김두한 앞에 이제 막 20살이 된 성수가 서 있었다.

두 손을 가지런히 모으고 서 있는 성수를 보며 두한은 흐뭇한 미소를 지었다. 그때 평안한 분위기를 깨기라도 할 듯 요란스럽게 누군가 달려 들어왔다. 마침 술독을 밀고 나가는 인부와 부딪힐뻔 한 철수는 잽싸게 몸을 옆으로 비틀다 그대로 꽈당 넘어졌다.

그 모습을 바라보며 두한은 혀를 끌끌 찼다.

"저……, 저……, 쯧쯧. 저놈은 형하고 달랑 한 살 차이 나는데 하는 꼴은 영, 에잇."

두한의 혀 차는 소리에 넘어진 상태에서도 앞쪽에 서 있는 형 성수의 뒷모습을 보며 철수는 짜증 섞인 눈을 치켜떴다.

철수는 벌떡 몸을 일으키며 막 대문 앞을 지나가는 인부의 뒤에 대고 신경질적으로 말했다.

"에이씨, 왜 하필 지금 술독을 밀고 나오냔 말이야. 내가 잽싸게 피하지 않았으면 어쩔 뻔했어? 아 짜증 나."

인부들은 철수의 말을 들었는지 못 들었는지 묵묵히 하던 일을 계속했다.

철수는 인부에게 투덜대고 있었지만 실은 한 살밖에 차이가 나지 않는 너무 잘난 형을 질투하는 마음에 짜증이 일었다.

성수는 그런 철수의 마음을 아는지 모르는지 그저 아버지 두한만 바라보고 공손하게 서 있었다.

두한은 다시 담뱃대를 입에 물고 한 모금을 빨아 길게 내뱉었다.

"내일 서울로 떠난다는 거지?"

"네······."

"가더라도 내일 마을 잔치는 참석했다가 상경해라."

허허 웃으며 사람 좋은 미소를 짓는 두한의 말에 성수는 가만히 고개를 끄덕였다.

두 사람의 다정한 모습에 부아가 치밀었지만, 철수는 어쩔 수 없는 상황에 몸에 묻은 먼지를 털며 비꼬듯 한마디 던지고 안채로 들어갔다.

"아유, 머리 좋~~~은 우리 형님. 서울대 합격하셔서 서울 상경하신다고 온 동네 경사가 났네 경사 났어~~ 제기랄······."

"쯧쯧쯧. 어찌 저리 못났을꼬······. 다른 머리는 잘 돌아가는 녀석이 공부 머리는 왜 그리 모자라는지. 딱 지형 반만 닮았어도 좋았으련만."

두한이 투덜거리며 안채로 들어가는 철수에게 혀 차는 소리를 하자 그제야 마음이 놓이는 듯 철수가 들어간 쪽을 바라보며 성수는 살포시 미소 지었다.

"아버지, 그래도 철수는 술도가 일은 누구보다도 빠르게 해내잖아요. 공부를 못해서 그렇지 머리가 나쁜 녀석은 아니니까 아버지가 걱정 안 하셔도 잘 해낼 거예요!"

"그래. 뭐 다른 것보다 술도가 돌아가는 사정은 훤히 꿰고 있는

놈이니까."

두한이 고개를 끄덕였다.

"들어가서 상경할 준비 단디 해놓고 내일 동네잔치에 얼굴 비춰라! 그래도 이 가온에서 서울대 그것도 법대를 수석 합격한 천재가 나왔다는 건 이 문경 시내, 아니 전국이 깜짝 놀랄 일 아니냐?"

"아버지도 참, 저 수석은 못했어요. 그럼 들어가 보겠습니다."

"이놈아, 상위권으로 합격했으면 수석이나 마찬가지지, 이 촌에서 서울대 들어가기가 어디 쉽냐?"

성수는 아버지의 칭찬에 그동안 자신이 얼마나 아버지의 말대로 살려고 부단히 노력했는지 떠올렸다. 그리고 그에 대한 칭찬과 보답을 받았다는 것에 더없이 기쁘고 뿌듯한 마음이 들었다.

두한도 성수를 흐뭇한 표정으로 바라보았다. 힘든 세월도 자식이 잘되면 다 보상받는 기분이었다. 자식 농사 제대로 했다고 스스로 자부하면서도 문득 안채로 들어간 철수를 생각하니 못내 아쉬운 마음이 들었다. 그때 막 술도가의 집사가 두한 앞으로 와서는 내일 있을 '성수의 서울대 합격 동네잔치'에 대해 준비 상황을 설명하기 시작했다.

집사의 이야기를 들으면서 두한은 흐뭇한 마음에 연신 고개를 주억거리며 담배를 피우고 뱉기를 연거푸 해댔다.

"뭐든지 최고로 준비해. 술도 있는 대로 다 풀고."

"네. 알겠습니다."

풍물패의 신명 나는 소리가 온 마을을 울리며 흥겨움에 어깨가 들썩거리고 마을 주민들은 동네잔치가 열리는 마을 공터에 모여 술도가에서 내어놓은 음식과 술을 즐기며 성수의 서울대 합격을 축하하느라 온 사방이 떠들썩했다.

  풍물단의 꽹과리 소리가 여느 때보다 더 신명 나게 울어댔고 태평소는 그 신명의 기를 더욱 살려주듯이 박자를 맞췄다.

  징 소리가 틈틈이 묵직한 울림을 전해주고 장고와 북이 리듬 중간중간을 채우며 그야말로 공터는 축제의 도가니였다.

  한참을 떠들고 즐기며 술과 음식, 풍물패의 신명 나는 음악에 취해 휘청거릴 때쯤 집사를 필두로 하여 두한과 성수, 그리고 연신 못마땅한 표정을 억지로 참으며 철수가 뒤따랐고 그 뒤로 두한의 아내가 걸어왔다.

  주인공이 등장하자 풍물단이 얼른 가락을 바꾸며 오늘 잔치의 주인공인 성수와 그의 아버지인 두한 그리고 그들의 가족들이 나오는 것을 요란하게 동네 사람들에게 알려주었다.

  동네 사람들은 먹던 음식과 술을 멈추고는 박수와 환호로 오늘의 주인공을 반겨주었고, 성수는 그런 사람들의 모습에 얼굴이 발갛게 물들며 어정쩡하게 고개 숙여 인사했다.

  두한은 동네 사람들의 모습에 뿌듯한 마음이 들며 고개를 빳빳이 세우고 어깨를 더욱 넓게 펴 보이며 한껏 거드름을 피워댔다.

  어느새 그들이 동네 사람들 사이로 공터의 잔칫상 중앙의 마련된 자리에 와서 서자 풍물 대의 연주도 그에 맞춰 딱 멈추고 주위의 모든 시선이 두한을 바라보았다.

"여러분, 우리 큰아들 성수가 그 어렵다는 서울대 법대에 수석으로 들어갔습니다."

이 말에 사람들은 와 하고 소리를 지르며 환호했다.

"오늘은 모쪼록 실컷 드시고 코가 비뚤어지게 막걸리 마시면서 신명 나게 놀아봅시다."

사람들이 손뼉을 쳤고 잔치는 무르익어갔다.

김두한의 아들 성수가 서울로 떠난 지도 벌써 10여 년이 지났다. 성수는 그사이 군대를 다녀왔고 대학을 졸업했으며 장가를 가서 아들 둘을 낳았다. 성수는 졸업 후 서울에서 사법고시를 준비하고 있었다.

두한은 둘째 철수에게 술 빚는 기술을 전수했다. 두한은 술에 담긴 정성과 마음까지 전수하려 했지만, 철수는 호락호락하지 않았다.

따스한 햇살이 댓돌에 길게 드리운 오후, 두한은 정갈하게 닦인 술독들을 바라보며 깊은 한숨을 내쉬었다. 그의 곁에는 아직 술 익는 향기보다는 흙먼지 냄새가 더 익숙한 둘째 아들 철수가 삐딱하게 앉아 연신 손톱만 물어뜯고 있었다.

"철수야, 잠깐 이리 와 보거라."

두한의 부름에 철수는 못마땅한 표정으로 마지못해 다가왔다.

두한은 손에 묻은 누룩을 털며 조심스럽게 입을 열었다.

"너도 알다시피 네 형은 고시 공부하고 있고, 이 술도가는 너밖에 물려받을 사람이 없다. 너는 어릴 때부터 술 만드는 일에 관심이 많았고 솔직히 아버지는 너에게 이 술도가를 물려주고 싶다."

두한의 진심 어린 말에 철수의 눈빛은 흐릿하기만 했다. 밖에서 오토바이 소리가 나자 철수는 마음이 급해졌.

"아버지, 저는 자신 없어요. 형님처럼 꼼꼼하지도 못하고……."

"기술이야 배우면 되는 것이다. 중요한 것은 술을 담그는 정성과 마음가짐이 필요해. 이 술 한 병에는 우리 집안의 역사와 혼이 담겨 있는 것이거든."

두한은 술독을 어루만지며 나지막이 말했지만, 철수의 귀에는 그저 잔소리로만 들렸다.

솔직히 넘겨주면 관리를 못할 것도 없었다. 이미 술 만드는 사람들이 서너 명 있으니 그들만 잘 부리면 되는 일 아닌가? 자신은 그저 놀러만 다녀도 돈을 펑펑 쓸 수 있으니 얼마나 좋은가? 철수는 그렇게 생각했다. 그는 아버지의 잔소리가 끝나자 잽싸게 오토바이 열쇠를 챙겨 밖으로 뛰어나갔다.

며칠 뒤, 두한은 귀한 손님에게 대접할 술을 확인하러 광에 들렀다가 깜짝 놀랐다. 술독 몇 개가 깨져 있고, 그 안의 술은 이미 바닥에 흥건하게 쏟아져 있었다.

"이게 대체 어떻게 된 일이냐!"

두한의 불같은 호통에 일꾼들은 고개만 숙인 채 어쩔 줄 몰라 했다. 그때, 밖에서 요란한 오토바이 소리가 들려왔다. 흙먼지를 일으키며 철수가 동네 건달들과 어울려 술에 취한 채 비틀거리며 들어왔다. 깨진 술독 옆에는 깨진 항아리 조각들과 함께 철수의 낡은 야구 방망이가 놓여 있었다.

두한의 얼굴은 분노로 일그러졌다. 그는 더 이상 참을 수 없었다. 술도가를 물려줄 생각은커녕, 철수의 앞날조차 걱정스러웠다. 밤늦도록 술에 취해 돌아다니고, 동네 깡패들과 싸움질이나 일삼는 철수를 보며 두한은 깊은 절망감에 휩싸였다. 술독에서 풍겨오는 은은한 향기가 오늘따라 더욱 쓰게 느껴지는 듯했다.

"아버지 다녀왔습니다."

비틀거리는 철수를 보자 두한은 화가 치밀었다. 그는 철수에게 다가가 뺨을 후려쳤다. 그리고 옆에 놓여 있는 야구방망이로 철수를 패기 시작했다. 놀란 사람들과 아내가 달려와 두한을 말렸다.

"당신, 앞으로 저놈한테 한 푼도 주지 마. 만약에 또 감싸고 들었다가는 당신도 짐 싸서 나가야 할 거야."

두한은 소리를 지르며 야구 방망이를 집어던졌다.

술에 취한 철수는 생각했다. 아버지는 늘 형만 좋아하고 나는 미워한다고, 어리석게도 철없는 그는 아직도 마음이 꼬여 있었다.

그로부터 며칠 후 결국 우려했던 일이 벌어지고야 말았다. 술독 사건 이후 두한의 꾸짖음도 잠시, 철수는 여전히 술과 오토바이, 그리고 깡패들과 어울렸다. 밤이면 요란한 오토바이 소리가 동네를 휘젓고 다녔고, 철수는 매캐한 담배 연기와 술 냄새를 풍기며 비틀거리는 모습으로 돌아오곤 했다.

그러던 어느 비 오는 날 저녁, 철수는 술에 잔뜩 취한 채 굉음을 울리며 오토바이를 몰고 좁은 논둑을 질주했다. 앞이 제대로 보이지 않는 상황에서 철수는 검은색 우산을 쓴 노인을 보지 못했고 미처 피하지 못해 그대로 들이받고 말았다.

"으악!"

비명과 함께 노인은 힘없이 쓰러졌고, 철수는 그 자리에 털썩 주저앉아 멍하니 쓰러진 노인을 바라보았다. 노인의 비명소리를 듣고 주변에 있던 사람들이 달려와 구급차를 불렀다. 사람들의 웅성거림과 사이렌 소리가 섞여 울리는 가운데 철수는 그제야 자신이 저지른 끔찍한 일을 깨달았다.

며칠 뒤, 싸늘한 철창 안에 철수는 초췌한 모습으로 앉아 있었다. 오토바이 사고로 노인은 결국 세상을 떠났고, 철수는 과실치사 혐의로 구속되었다. 아버지 두한은 물론 금족령이 내린 어머니조차 두한을 면회 오지 않았다. 그는 깊은 절망과 분노를 느꼈다.

역시 아버지는 나를 자식새끼로 인정하지 않는구나, 철수는 자신의 잘못은 깨닫지 않고 오직 아버지와 멀쩡한 형을 원망하고 또 원망했다.

아버지는 합의해 주지 않았다. 물론 노인의 집에 찾아가 깊이 사죄하고 위로금을 건넸다.

"부탁이 있습니다. 절대로 합의해 주지 마세요."

두한은 이 기회에 철수가 정신을 차렸으면 했기에 절대 합의를 해주지 말라고 부탁했다.

철수는 감옥 안에서도 정신을 차리지 못했다. 그는 여전히 바깥세상의 깡패들과 편지를 주고받으며 허세를 부렸고, 사소한 일에도 주먹질하고 싸워서 교도관들의 눈살을 찌푸리게 했다. 감옥은 그에게 반성의 공간이 아닌, 또 다른 형태의 놀이터였다.

어느 날, 철수는 다른 재소자들과 패싸움을 벌이다가 크게 다쳤다. 얼굴은 멍투성이였고, 팔에는 깁스를 한 채로 독방에 갇히는 신세가 되었다. 좁고 어두운 독방 안에서 홀로 남겨진 철수는 문득 자신이 걸어온 어리석은 길을 되돌아보았다.

술도가를 물려주려 했던 아버지의 따뜻한 눈빛, 술에 담긴 정성과 마음을 전하려 했던 진심, 그리고 자신의 어리석음으로 인해 망가져 버린 모든 것들이 주마등처럼 스쳐 지나갔다. 하지만 이미 너무 늦은 후였다. 그의 주변에는 아무도 없었다. 친구들도 이제 찾아오지 않았다. 그에게 돈이 떨어지자 곁에 있던 친구들도 모두 사라졌다. 어머니만 아버지 몰래 찾아와 영치금을 넣어주고 한참을 울다가 가셨다.

황진양조장의 후계자가 된 맏아들

 졸졸졸, 섬돌 아래 작은 옹달샘에서 끊임없이 물이 흘러나왔다. 그 물소리는 수백 년 동안 문경 땅을 적셔온 시간의 숨결과 닮아 있었다.
 해 질 녘 붉은 노을이 드리운 작은 마을 어귀에 낡은 술도가 하나가 그림자처럼 기대어 있었다. 마당 한편에는 빛바랜 장독들이 굳게 입을 다문 채 서 있었고, 바람에 흔들리는 나뭇가지 그림자는 마치 술도가의 기울어진 운명을 암시하는 듯했다.
 그 적막을 깨고 굳게 닫힌 술도가의 문이 천천히 열렸다. 낡은 나무 문짝이 삐걱거리는 소리와 함께 어둠 속에서 한 젊은이가 모습을 드러냈다. 서른네 살의, 서울에서 사법고시를 공부하던 성수였다. 그는 문경의 공기가 익숙하지 않은 듯 연신 마른침을 삼켰다. 한때 문경의 자랑이라 불리던 술도가 주인 장남의 손에는 낡은 가죽 가방 하나가 들려 있었다.

서울에서의 14년 생활, 그는 빛나는 성공 대신 깊은 좌절만을 안고 고향으로 돌아왔다. 명문대 법학과 입학이라는 화려한 타이틀은 이제 빛바랜 과거의 조각일 뿐이었다.

마을 어귀를 따라 힘없이 걷던 성수의 눈에 익숙한 풍경들이 들어왔다. 어린 시절 뛰어놀던 돌담길, 해 질 녘이면 밥 짓는 연기가 피어오르던 굴뚝, 그리고 멀리 우뚝 솟은 문경새재의 웅장한 모습까지. 변한 듯 변하지 않은 고향의 풍경은 그의 굳게 닫힌 마음을 더욱 무겁게 짓눌렀다.

그때, 저 멀리 익숙한 그림자가 눈에 들어왔다. 낡은 평상에 앉아 홀로 막걸릿잔을 기울이고 있는 그의 아버지였다. 예전의 호탕한 웃음 대신, 깊은 시름이 밴 듯한 그의 모습에 성수는 차마 발걸음을 떼지 못하고 그 자리에 멈춰 섰다. 아버지의 어깨 너머로, 잡초가 무성한 술도가의 텅 빈 마당이 눈에 들어왔다.

문경의 시간은 그렇게 굽이굽이 흘러가고 있었다. 젊은 날의 꿈을 접고 돌아온 아들과, 기울어진 술도가를 홀로 지키는 아버지. 그들 사이에는 켜켜이 쌓인 시간만큼이나 깊은 침묵만이 흐르고 있었다. 과연 이 낡은 술도가에서, 멈춰버린 그들의 시간은 다시 흐를 수 있을까? 문경의 굽이진 고갯길처럼, 그들의 이야기는 이제 새로운 갈림길에 서 있었다.

술도가 마당에는 짙은 어둠이 내려앉았다. 툇마루에 걸터앉은 두한은 여전히 막걸릿잔을 손에서 놓지 않았다. 그의 시선은 어둠 속으로 녹아든 텅 빈 마당을 향하고 있었다. 한때 마을 사람들의 웃음소리와 술 익는 향기로 가득했던 이곳은, 이제 싸늘한 정적만이 감돌 뿐이었다.

"왔으면 들어오너라."

낮게 가라앉은 두한의 목소리가 어둠을 갈랐다. 그는 뒤돌아보지도 않고 나지막이 말했는데 목소리에는 오랜 고독과 체념이 묻어 있었다.

성수는 숨을 죽인 채 툇마루 아래 섰다. 아버지의 굽어진 어깨와 깊게 팬 주름은 지난 시간의 무게를 고스란히 보여주는 듯했다. 서울에서의 실패와 좌절감에 휩싸인 그는, 차마 아버지의 얼굴을 마주 볼 용기가 나지 않았다.

"아버지……."

작고 떨리는 목소리로 성수가 입을 열었다. 어둠 속에서 그의 목소리는 더욱더 희미하게 울렸다.

두한은 그제야 천천히 고개를 돌렸다. 어둠 속에서도 그의 눈빛은 날카롭게 빛났다. 오랜만에 마주한 아들의 낯선 모습에, 그는 아무 말 없이 성수를 응시했다. 빛바랜 얼굴, 초점 없는 눈동자, 그리고 어깨에 드리워진 깊은 그림자. 서울에서의 화려한 성공을 꿈꿨던 아들의 모습은 그 어디에도 남아 있지 않았다.

"늦었구나."

짧고 무뚝뚝한 아버지의 말에, 성수는 고개를 숙였다. 더 이상 변명할 수도, 거짓된 미소를 지을 수도 없었다. 그는 그저 자신이 짊어지고 온 실패의 무게를 고스란히 아버지에게 보여줄 수밖에 없었다.

"밤이 차다. 어서 들어가거라."

하고 싶은 이야기도 묻고 싶은 이야기도 많을 텐데 두한은 먼저 자리에서 일어섰다. 그의 뒷모습은 왠지 모르게 작고 왜소해 보였다. 성수는 아버지의 뒤를 따랐다. 삐걱거리는 대문을 지나, 어둠이 짙게 드리운 술도가 안으로 들어섰다. 퀴퀴한 곰팡내와 희미한 누룩 향이 뒤섞인 낯익은 공기가 성수를 맞이했다. 언제나 집에 돌아오면 맡을 수 있는 냄새였다.

마루에 걸터앉은 두한은 말없이 담뱃대에 불을 붙였다. 붉은 담뱃불이 깜빡일 때마다, 그의 깊은 눈가의 주름이 더욱 선명하게 드러났다. 성수는 어색하게 평상 한쪽에 자리를 잡았다. 두 사람 사이에는 무거운 침묵만이 흘렀다. 오랜 시간이 흐른 듯 느껴졌지만, 실제로는 몇 분 지나지 않았을 뿐이었다.

침묵을 먼저 깬 것은 두한이었다. 그의 목소리는 여전히 낮고 가라앉아 있었지만, 어딘가 모르게 조심스러운 기색이 느껴졌다.

"서울 생활은 다 접고 온 게냐?"

그 짧은 질문에, 성수는 차마 입을 열 수 없었다. 그의 머릿속에는 지난 14년간의 좌절과 고통, 그리고 후회가 뒤섞여 격렬하게 소용돌이치고 있었다. 그는 그저 고개를 숙인 채, 마른침만 삼킬 뿐이었다.

매번 한 번만 더, 한 번만 더하고 치렀던 사법고시는 열심히 두드렸지만 열리지 않는 문이었다. 결국 서른네 살이나 먹은 후 뒤돌아보니 그동안 뒤를 봐준 아버지가 떠올랐다. 더는 아버지에게 생활비를 받으면서 시험을 치르고 싶지 않았다. 아내와 두 아들 민수, 민우를 볼 낯도 없었다. 그렇게 노력해도 안 되는 거라면 이제라도 포기하고 새 삶을 찾고 싶었다.

한참 만에 성수의 입에서 힘없는 목소리가 흘러나왔다. 그의 목소리에는 모든 것을 내려놓은 듯한 깊은 절망감이 배어 있었다.
"네. 더는 못 하겠습니다. 저는 안 되나 봅니다."
어둠 속에서, 아버지는 아무 말 없이 담배 연기만 길게 내뱉었다. 그 연기는 무거운 침묵을 더욱 짙게 만들었.

낡은 술도가의 어둠 속에서, 두 부자의 멈춰진 시간이 다시 흐르기 시작했다. 그러나 그 흐름이 어떤 방향으로 향할지는 아직 아무도 알 수 없었다. 문경의 밤은 깊어만 가고 있었다.

두한은 이제 마음이 놓였다. 사실 그동안 서울에 있는 아들을 몇 번이나 불러올리고 싶었다. 철수를 보니 양조장의 앞날이 걱정되었다. 그야말로 제사에는 뜻이 없고 잿밥에만 관심이 있었던 철수에게 양조장을 물려주었다가는 말아먹기 십상이라고 생각했다.

 김두한은 어떻게든 막내를 달래서 술 만드는 방법을 전수하려 했으나 결국 철수는 사고를 치고 감옥에 들어앉았다.

 동네 사람들의 수군거리는 소리가 들리는 듯했다.

 "하이고, 서울대 법대 수석을 한 아들이라고 잔치하고 그 난리를 치더니만 결국 사법고시도 패스 못 하고 둘째는 감옥소에 가 있고, 이제 술도가가 끝이다 아이가?"

 사람들의 수군거림 따위야 얼마든지 참을 수 있었다. 그러나 자신의 손때가 묻은 이 술도가의 문을 닫을 수는 없었다.

 아내가 둘째 아들을 살리려면 합의해야 한다고 사정사정했지만, 두한은 끄떡도 하지 않았다.

 "하이고 그 많은 돈 다 싸지고 가이소. 자식이야 죽든 둥 말든 둥 돈이 그리 귀한교?"

 아내는 악을 쓰며 달려들었지만, 두한은 끝까지 들어주지 않았다.

 결국 철수는 7년 형을 선고받았다.

 김두한은 억척스럽게 일궈온 황진양조장을 이제 장남에게 물려줄 때가 되었다고 생각했다. 좋은 술에는 정성이 깃들어야 한다는 그의 철학을, 그리고 이 작은 양조장이 문경 사람들의 삶 속에 녹아든 소중한 터전이라는 것을 아들에게 전하고 싶었다.

"성수야, 네가 이 양조장을 맡아주면 안 되겠니?"

"제가요?"

어느덧 서른 살을 훌쩍 넘긴 성수에게 김두한은 조심스럽게 말을 꺼냈다. 듬직한 풍채에 곧은 눈빛은 아버지를 빼닮았지만, 성수의 생각은 달랐다. 텁텁한 누룩 냄새와 쉴 새 없이 술독을 닦아야 하는 양조장 일은 생각조차 해보지 못했다. 그는 도시의 번듯한 삶, 아버지처럼 땀 흘려 일하지 않아도 되는 편안한 생활을 하고 싶었다.

"아버지, 저는 양조장 일은 체질에 안 맞습니다. 차라리 철수에게 맡겨보시지요."

"철수는 안 된다. 그놈은 정신이 썩어 문드러져서 아마 일 년도 가지 않아 이 양조장을 말아먹고 말 게다."

성수의 단호한 거절에 김두한은 깊은 한숨을 내쉬었다. 오랜 시간 자신의 모든 것을 쏟아부어 일궈온 양조장이건만, 아들은 그 가치를 알아주지 못하는 것 같아 서운한 마음이 들었다. 하지만 강제로 아들을 붙잡아 둘 수는 없었다. 결국 김두한은 성수의 뜻을 존중하기로 했다.

그렇게 성수는 새 일을 찾아보겠다며 서울로 올라갔다.

문경에 남은 김두한은 홀로 양조장을 운영하며 힘겨운 시간을 보내고 있었다. 젊은 시절의 억척스러움은 세월의 무게에 짓눌려 점점 쇠약해졌고, 잦은 기침과 함께 몸 여기저기가 말을 듣지 않았다. 하지만 그는 아들에게 짐이 되고 싶지 않아 애써 괜찮은 척했다.

그러던 어느 날, 성수에게 급한 연락이 왔다. 아버지가 쓰러졌는데 위독하다는 소식이었다. 깜짝 놀란 성수는 모든 일을 제쳐두고 한달음에 문경으로 달려왔다.

창백한 얼굴로 병상에 누워 있는 아버지의 모습을 본 순간, 성수는 가슴이 먹먹해졌다. 그 강인했던 아버지의 모습은 온데간데없이, 앙상하게 마른 몸으로 침대에 누워 힘겹게 숨을 쉬고 있었다. 성수는 죄책감에 고개를 들 수 없었다. 자신의 꿈을 좇아 고향을 떠난 사이, 아버지는 홀로 이 힘든 양조장을 짊어지고 병까지 얻으신 것이다.

성수는 떨리는 목소리로 아버지의 손을 잡았다. 굳게 잠긴 아버지의 눈꺼풀은 미동조차 하지 않았다. 그제야 성수는 깨달았다. 자신이 그토록 벗어나고 싶어 했던 그 낡은 양조장이 아버지의 삶 그 자체였다는 것을. 그리고 그 소중한 유산을 이제 자신이 지켜야 할 차례라는 것을.

그날 이후, 성수는 다니던 회사에 사표를 제출하고 고향으로 돌아왔다. 서울에서 학교에 다니던 큰아들 민수는 시골이 싫다고 툴툴거렸다. 둘째 아들 민우는 아직 어려서인지 신이 나서 들떠 있었다.

성수는 아버지의 곁을 지키며, 쇠약해진 아버지를 대신해 양조장 일을 배우기 시작했다. 처음에는 서툴고 어색했지만, 그는 아버지의 가르침을 떠올리며 묵묵히 술독을 닦고 누룩을 빚었다. 아버지의 손길이 닿았던 곳곳에는 그의 삶의 흔적이 고스란히 배어있었다.

시간이 흐르면서 성수는 술 빚는 일에 재미를 느끼기 시작했다. 누룩이 발효되는 미묘한 소리, 술 익어가는 향긋한 내음 속에서 그는 아버지의 숨결을 느낄 수 있었다. 그리고 무엇보다, 자신이 빚은 막걸리를 맛있게 마시는 사람들의 모습을 보며 그는 이전에는 느껴보지 못했던 뿌듯함을 느꼈다.

김두한은 병상에 누워서도 힘겹게 아들에게 술 빚는 비법을 하나하나 가르쳐주었다. 때로는 엄하게 꾸짖기도 했지만, 그의 눈빛은 늘 따뜻한 애정으로 가득 차 있었다. 아들이 자신의 뒤를 이어 황진양조장을 굳건히 지켜나갈 것이라는 믿음이 그의 쇠약한 몸에 희미한 활력을 불어넣어 주었다.

그렇게 성수는 아버지의 술과 인생을 배우며 어엿한 황진양조장의 후계자가 되었다.

성수가 문경으로 돌아온 지 2년이 지난 어느 날 아버지는 운명하셨다.

아직 전수 받지 못한 것이 많았으나 아버지가 남겨준 노트에 깨알같이 적혀있는 방법을 연구하고 실습하며 성수는 하루하루를 보냈다.

술도가의 하루는 새벽이 밝기 전에 시작되었다. 성수는 새벽

닭 울음소리에 눈을 떠 가장 먼저 아궁이에 불을 지폈다. 따뜻한 아침밥을 준비하는 아내의 분주한 손길과 함께, 민수와 민우도 잠에서 깨어났다. 아침 식사를 마친 성수는 곧바로 술 빚을 준비에 들어갔다.

먼저, 그날 빚을 술의 양에 맞춰 쌀을 씻고 쪄내는 일부터 시작했다. 커다란 가마솥에 불을 지피고 쌀이 익어가는 동안, 성수는 누룩 방으로 향했다. 습도와 온도를 꼼꼼히 확인하며 누룩의 상태를 살피는 것은 좋은 술맛을 내기 위한 중요한 과정이었다. 민수와 민우는 아버지의 뒤를 졸졸 따라다니며 신기한 듯 구경하곤 했다. 특히 누룩의 독특한 냄새를 맡을 때면 코를 찡긋거리는 모습이 성수의 눈에는 귀엽기 그지없었다.

쌀이 충분히 쪄지면 차가운 물에 식히고, 잘 섞은 누룩과 함께 술독에 넣었다. 술독마다 붙어있는 짚으로 만든 덮개를 덮고, 발효가 잘되도록 온도를 유지하는 것 또한 중요한 일이었다. 오후에는 이미 발효가 끝난 술을 걸러내는 작업이 이어졌다. 뽀얗고 걸쭉한 막걸리가 쏟아져 나올 때면, 성수의 얼굴에는 흐뭇한 미소가 번졌다. 걸러낸 술은 깨끗한 항아리에 담아 시원한 창고에 보관했다.

저녁 무렵이면 하루 종일 술 빚느라 지친 몸을 이끌고 안채로 돌아왔다. 마당 평상에는 아내가 저녁 식사를 차리고 있었다. 따뜻한 밥상에 둘러앉아 하루의 고된 이야기를 나누고, 아이들의 재롱을 보며 웃는 시간은 성수에게 가장 소중한 순간이었다.

술도가의 일 년은 계절의 변화에 따라 분주하게 흘러갔다.

봄에는 겨우내 묵혀두었던 술독들을 깨끗하게 청소하고, 새롭게 술 빚을 준비를 했다. 날씨가 따뜻해지면서 술의 발효 속도가 빨라지기 때문에 더욱 세심한 관리가 필요했다. 성수는 좋은 쌀을 구하기 위해 주변 마을을 돌아다니기도 했고 미리 계약을 해서 추수가 끝나는대로 쌀을 받기도 했다.

여름은 술 빚기에 가장 힘든 계절이었다. 높은 온도와 습도 때문에 술이 상하기 쉬웠고, 모기나 벌레와의 싸움도 피할 수 없었다. 성수는 새벽부터 밤늦도록 술독의 온도를 조절하고, 주변을 깨끗하게 관리하는 데 온 힘을 쏟았다. 더위 속에서 일하는 일꾼들을 위해 시원한 막걸리를 한 잔씩 건네는 것도 잊지 않았다.

가을은 풍성한 수확의 계절이자, 술도가는 가장 바쁜 시기였다. 추석을 앞두고 술 주문이 늘어났고, 성수는 연일 밤늦도록 술을 빚고 포장하는 일에 매달렸다. 잘 익은 햇곡식으로 빚은 술은 그 맛과 향이 더욱 깊어, 찾는 이들이 많았다. 민수와 민우도 아버지의 일을 도우며 옹기종기 술병을 나르거나, 마당을 쓸기도 했다.

겨울은 비교적 한가한 시기였지만, 술도가의 일은 멈추지 않았다. 성수는 겨울 동안 다음 해에 사용할 누룩을 만들고, 술독을 손질하며 봄을 기다렸다. 눈이 내리는 날이면, 성수는 아이들과 함께 마당에 나가 눈싸움을 하거나, 따뜻한 아랫목에 앉아 동화

책을 읽어주었다.

성수의 술도가, 황진양조장은 그렇게 60년대 문경 사람들의 삶 속에 깊숙이 자리 잡고 있었다. 술 익는 향기와 사람들의 웃음소리가 끊이지 않던 그곳에서, 성수는 두 아들과 함께 희망찬 미래를 꿈꾸며 하루하루를 성실하게 살아갔다.

성수의 손길이 닿은 술독에서는 변함없이 깊고 풍부한 막걸리 향이 피어올랐고, 마을 사람들은 여전히 황진양조장의 술을 즐겨 찾았다.

성수는 아버지의 술맛을 지키는 것을 넘어, 시대의 흐름에 맞춰 새로운 시도를 하기도 했다. 쌀의 품종을 달리하거나, 숙성 방식을 연구하며 황진양조장만의 독특한 술맛을 만들어가기 위해 노력했다.

그러나 평화로운 날들은 오래가지 못했다. 아버지 김두한이 세상을 떠나고 1년 후, 막내 철수가 감옥 생활을 마치고 돌아온 것이다.

출소 후 철수는 자연스럽게 황진양조장으로 향했다. 성수는 오랜만에 돌아온 동생을 냉정하게 내칠 수 없어 그를 받아들였지만, 왠지 불안한 마음은 떨칠 수 없었다. 아니나 다를까, 철수는 양조장에 발을 들인 순간부터 문제를 일으키기 시작했다.

술에 취해 행패를 부리는 것은 예사였고, 일꾼들과 사사건건 부딪치며 싸움을 일삼았다. 술 재료로 써야 할 쌀을 훔쳐다 팔거나, 발효 중인 술독에 몰래 물을 타 망치는 일도 서슴지 않았다. 그의 행동은 단순히 개인적인 문제를 넘어, 황진양조장 전체의 신뢰도를 떨어뜨리는 심각한 문제로 이어졌다.

마을 사람들은 처음에는 성수를 안쓰럽게 여기며 이해하려 했지만, 술맛이 변하자 점점 등을 돌리기 시작했다.

"저러다 황진양조장 문 닫는 거 아니야?"

"예전 그 맛이 안 나는 것 같아."

술맛이 변했다는 소문이 돌기 시작했고, 손님들의 발길은 눈에 띄게 줄어들었다.

성수는 동생에게 수없이 타이르고, 화도 내고, 심지어 무릎까지 꿇으며 제발 정신을 차리라고 애원했지만, 철수는 들은 척도 하지 않았다. 오히려 형을 원망하며 더욱 비뚤어진 행동을 일삼았다. 그는 아버지의 유산을 독차지하지 못한 것에 대한 분노, 형에 대한 질투심으로 가득 차 있었다. 그의 눈에는 오로지 황진양조장을 망가뜨려 형에게 고통을 주는 것만이 유일한 목표처럼 보였다.

어쩌다 이렇게 된 것일까? 아버지의 땀방울로 일궈낸 소중한 양조장이, 그의 핏줄인 동생의 손에 의해 서서히 무너져가는 것을 지켜보는 성수의 마음은 타들어 갔다. 그는 밤마다 술독을 끌어안고 흐느꼈다.

아버지의 따뜻했던 미소와 술 익는 향긋한 내음은 점점 희미해져 가고, 그 자리에는 철수의 차가운 눈빛과 망가져가는 술독의 퀴퀴한 냄새만이 남았다. 과연 성수는 이 위기를 극복하고 황진양조장을 지켜낼 수 있을까? 드리워진 어두운 그림자는 쉽사리 걷힐 것 같지 않았다.

주흘산에 올라

 태열은 저녁을 먹은 후 집에서 나왔다. 누군가와 술 한잔 마시고 싶은 저녁이었다. 저녁 무렵부터 봄비가 촉촉이 내렸다. 탄광 사고 이후, 그의 삶은 텅 빈 동굴처럼 막막하기만 했다. 무엇을 해야 할지, 어디로 가야 할지 갈피를 잡지 못하고 방황하던 그는 발길 닿는 대로 걷기 시작했다. 걷다 보니 어느새 익숙한 술 냄새가 코끝을 스쳤다. 성수의 황진양조장 앞이었다.
 태열은 조심스럽게 마당으로 들어섰다. 늦은 시간이라 일꾼들은 모두 퇴근했고 술독을 바라보고 서 있는 성수의 어깨는 축 처져 있었다.

"이보게."

태열이 부르자 성수가 힘없이 고개를 돌렸다.

"어, 자네 왔나? 어서 오게."

성수의 목소리에는 짙은 피로감이 묻어났다.

태열은 성수 옆에 자리를 잡고 앉았다.

"무슨 일 있어? 안색이 안 좋아 보이네."

성수는 한숨을 쉬며 그간의 일들을 털어놓았다. 동생 철수가 나타나 술도가를 엉망으로 만들고 있다는 이야기, 속수무책으로 무너져가는 양조장을 보며 느끼는 절망감까지, 태열은 그의 이야기를 묵묵히 들어주었다.

탄광 사고로 모든 것을 잃은 자신처럼, 성수 또한 소중한 것을 잃을 위기에 처해 있다는 사실에 깊이 공감했다.

"혼자 많이 힘들었겠네……."

태열은 그의 어깨를 가만히 두드렸다.

"너무 자책하지 마. 자네 잘못이 아니잖아."

성수 또한 태열의 힘든 시간을 알고 있었다.

성수의 아내 은미가 남편을 부르러 왔다가 태열을 보고 반갑게 인사했다.

"언제 오셨어요?"

"그간 안녕하셨습니까? 방금 왔습니다."

"여보, 술상 봐올까요?"

"간단히 마시게 잔 좀 부탁해요."

잠시 후 은미가 술상을 보아왔다.

"저녁에 비가 내려서 부침개 좀 부쳤어요. 이이가 비 오는 날 파전에 막걸리 마시는 걸 좋아해서요."

"잘 먹겠습니다."

태열은 깍듯이 인사했다.

"자, 한 잔 받게."

두 사람은 술잔을 기울였다. 말없이 앉아 있어도 두 사람은 서로의 당면과제를 알 것 같았다. 빨리 해결될 성질의 것은 아니었다.

술독 위로 빗물 떨어지는 소리가 들려왔다.

"이 장독은 몇 개쯤 되지?"

"한 50개 될걸? 우리 아버님이 전국을 돌면서 오래된 독을 모은 거야. 저래 봬도 보통 80년 이상 된 독이라네."

"와, 그냥 단순한 독이 아니네."

"아버님 손길이 묻어 있는 독이지. 100년 넘은 것도 있어. 할머니가 쓰셨던 장독도 서너 개 있거든."

태열은 고개를 끄덕였다.

"우리 내일, 등산이라도 갈까?"

태열이 문득 제안했다.

"주흘산 말이야. 바람이라도 쐬고 오면 기분이 좀 나아질지도 몰라."

성수는 그의 제안에 흔쾌히 동의했다.

"좋아. 오랜만에 산에나 가보세."

다음 날 아침, 두 사람은 주흘산으로 향했다. 어제 온종일 내리던 봄비는 그치고, 촉촉하게 젖은 산길은 싱그러운 풀 내음으로 가득했다.

"자네는 이 산이 처음 아니지?"

"나야 심심하면 올랐던 곳이지. 여기가 고향이니까. 어렸을 때는 친구들하고 올랐었네."

"주흘산은 높이가 얼마나 되나?"

"1,108미터 정도인데 이래 봬도 정상은 꽤 험하네."

주흘산은 예로부터 영남 지방의 관문 역할을 했던 웅장한 산세를 자랑했다. 깎아지른 듯한 암벽과 울창한 숲, 곳곳에 숨겨진 아름다운 계곡은 등산객들의 발길을 사로잡았다. 특히 정상 부근의 조령은 옛 과거 길의 흔적을 고스란히 간직하고 있어 역사적인 의미 또한 깊은 곳이었다.

두 사람은 묵묵히 산길을 걸었다. 땀방울이 송골송골 맺힐 때쯤, 잠시 바위에 앉아 숨을 고르며 주변 풍경을 감상했다. 발아래 펼쳐진 푸른 산맥과 맑은 하늘을 바라보니 답답했던 마음이 조금이나마 씻겨 내려가는 듯했다.

"여기 정말 좋다……."

목에 두른 수건으로 땀을 닦으며 태열이 말했다.

"그러게. 가끔 이렇게 와서 보면 세상 시름이 다 잊히는 것 같아."
성수도 그의 말에 동의했다.

산을 오르는 동안, 두 사람은 자연스럽게 서로의 힘든 상황에 관해 이야기를 나누었다.

"나는 솔직히 자네한테 고마워."

"뭐가?"

"자네는 그래도 대학물도 먹고 사법고시를 준비했던 인텔리잖아."

"그게 뭐? 어차피 실패한 인생인데……."

"나는 중학교밖에 못 다녔거든."

"그거야 익히 알고 있는 거네만, 그게 자네 잘못은 아니잖나? 부모님이 안 계신데 무슨 수로 학교에 다니겠어?"

"그래도 자네 같은 사람이 없다네. 탄광에서도 관리부원과 생산자는 차원이 다르니까. 탄광에서 일하는 사람들은 대우를 못 받지."

"우리 사회 구조가 그래서 그렇지, 하지만 그런 거 따지지 않는 사람도 많다네."

"그래서 내가 자네를 좋아한다네. 자네한테는 사람을 무시하는 게 전혀 느껴지지 않거든."

"예끼 이 사람아, 사람은 다 똑같지, 누가 누구를 무시할 수 있는가?"

태열은 대답 대신 웃었다. 하도 사람 취급을 받지 못한 생활에 익숙해서인지 이렇게 사람 대접을 해주는 성수가 태열은 정말 존경스러웠다.

태열은 탄광 사고 이후 막막한 현실과 앞으로 어떻게 살아가야 할지에 대한 고민을 털어놓았다. 성수는 여전히 풀리지 않는 동생과의 문제, 그리고 아버지의 유산을 지켜야 한다는 책임감에 대한 무게감을 토로했다.

"자네 나하고 술도가 한번 키워보는 게 어때?"

성수가 말했다. 태열은 단박에 거절했다.

"친구끼리 동업하는 거 아니라네. 나는 자네를 잃고 싶지 않아."

태열의 말에 성수가 크게 웃었다.

"그보다 동생을 한번 타일러 보는 건 어때?"

"철수를? 걔가 타이른다고 들을 애가 아니네."

"그러니까 미끼를 던져보는 거야."

"미끼? 어떻게?"

"일단 철수를 데려다 놓고 술 한잔하면서 재산을 나눠주겠다고 선언하게."

"재산을? 지금은 철수가 다 망쳐놔서 나눠줄 재산도 없다네."

"그래도 술도가는 남아 있잖은가? 농사짓는 땅도 있을 테고."

"그걸 나눠 줬다가는 며칠 안에 거덜 날 걸세."

"그러니까 조건을 걸어야지."

"조건?"

"아버지의 재산을 반으로 갈라서 너한테 주겠다. 그러나 너를 믿을 수 없으니 믿게끔 행동해라. 만약 탄광에 가서 1년만 버티고 오면 주겠다든지, 그것도 아니면 농사를 지어서 일정량의 수확을 내라든지 하면서 각서를 쓰게 하는 거지."

"가만, 거 참 좋은 생각인데? 철수가 들을지는 모르겠지만 한번 시도해 볼만하겠는데?"

"그리고 자네 양조장은 다시 일어날 수 있으니 너무 조급하게 생각하지 말게."

태열은 성수를 위로했다.

"고맙네. 정말 고마워."

정상 부근에 이르자, 탁 트인 풍경이 두 사람의 눈앞에 펼쳐졌다. 운달산 너머로 멀리 소백산맥의 웅장한 모습이 시야에 들어왔고, 남쪽으로는 백화산, 서쪽으로는 조령산의 아름다운 능선이 그림처럼 펼쳐졌다. 성수는 깊게 숨을 들이마시며 가슴 속까지 시원해지는 기분을 느꼈다.

"정말……, 올라오길 잘했네."

태열 또한 감탄하며 주변 풍경을 눈에 담았다.

"이렇게 멋진 세상을 두고 너무 힘들어만 할 수는 없다는 생각이 들어."

성수는 그의 말에 고개를 끄덕였다.

산 정상에 이르러 두 사람은 목이 터지라 외쳤다.

"야호!"

"야호!"

주흘산의 맑은 공기를 마시며 두 사람은 준비해 온 도시락을 먹었다.

산에서 내려오는 발걸음은 올라갈 때보다 훨씬 가벼웠다.

산의 북쪽과 동쪽 사면은 깎아지른 듯한 암벽으로 이루어져, 발걸음을 옮길 때마다 숨 막힐 듯한 절경이 펼쳐졌다.

"이렇게 멋진 곳이 가까이에 있었는데, 그동안 너무 앞만 보고 살았나 봐."

산길을 따라 졸졸 흐르는 물소리가 청량하게 귀를 간질였다.

성수는 내려가는 길에 발원 높이가 10m쯤 되는 여궁폭포 쪽으로 태열을 안내했다.

두 사람은 혜국사 앞에 섰다.

"혜국사는 신라 시대에 창건되어 고려시대 공민왕이 홍건적의 난을 피해 머물렀다는 이야기가 있네."

태열은 잠시 발걸음을 멈추고 절터를 바라보았다.

"오래된 절인데 이런 깊은 산속까지 임금이 피난을 왔었다니, 어지간히 다급했던 모양이군. 역사 속 이야기는 참 신기해."

성수 또한 고개를 끄덕이며 말했다.

"문경새재도 그렇잖아. 예전에 얼마나 많은 사람들이 저 고개를 넘나들었을까. 우리 아버지도 젊은 시절에는 저 길을 걸어 다니셨겠지…….."

성수의 목소리에는 아버지에 대한 그리움이 묻어있었다.

"사실 아버지가 돈이 없어서 동생을 교도소에 넣었겠나? 다 사람 만들려는 생각에서겠지. 그런데 동생은 그런 생각은 전혀 없이 오직 원망으로만 똘똘 뭉쳐있네."

"그러니까, 자네가 동생의 그런 마음을 어루만져주면 동생도 깨닫는 바가 틀림없이 있을 거야. 나는 그렇게 못된 동생이라도 하나 있으면 좋겠네."

태열은 동생 이야기가 나오자 잠깐 수봉의 얼굴이 스쳐 지나갔다. 지금까지 함께 살아 있었다면 얼마나 좋았을까? 그러나 이제 다 지난 이야기가 되었다.

"그나저나 자네 아직도 악몽을 꾸나?"

"요즘엔 많이 좋아졌네."

"자네는 뭐 해보고 싶은 일 없나?"

"하고 싶은 일 있지."

"어떤 일인데?"

"실은 아내가 나 모르게 악착같이 모아놓은 돈이 꽤 많더라고."

"역시 지연 씨답군. 우리 집사람도 지연 씨 칭찬 많이 한다네."

"그래서 땅을 좀 살까 해."

"땅을? 농사 지을 생각인가?"

"아니, 사과 농장을 해볼 생각이네."

"사과 농장이라, 거 괜찮은 생각 같은데?"

"일단 땅은 조금씩 사서 모으고, 남의 농장에 가서 일해볼까 해. 나한테는 마지막 기회인데 잘못되면 우리 아이들 교육 시키는 데 차질이 생길까 봐."

"역시 자네는 신중하구먼. 나 같으면 땅 사서 바로 시작했을 텐데……, 자네 생각이 맞는 것 같네."

주흘산의 맑고 깨끗한 기운이 그들의 마음을 깨끗하게 만들어 주었다. 산에서 내려오며 두 사람은 훨씬 홀가분한 마음으로 각자 집으로 돌아갔다.

그로부터 며칠이 지난 어느 늦은 저녁, 성수는 텅 빈 마당에 홀로 앉아 술독을 하염없이 바라보고 있었다. 달빛 아래 옹기들은 왠지 모르게 쓸쓸해 보였다. 한참 후, 그는 결심한 듯 자리에서 일어나 굳은 표정으로 철수를 찾았다.

"철수야."

성수의 부름에 철수가 방에서 얼굴을 빼죽 내밀었다. 그의 얼굴은 술기운에 붉게 상기되어 있었고 눈빛은 여전히 냉랭했다.

"왜?"

"우리……, 술이나 한잔하자."

성수의 말에 철수는 비웃듯 코웃음을 쳤다.

"술? 맨날 술독만 껴안고 사는 형이 나랑 술을 먹겠다고?"

"그래. 술 한잔하면서……, 이야기하자."

성수는 애써 침착한 목소리로 말했다. 그는 먼저 마당 한쪽에 놓인 평상으로 걸어가 앉았고, 철수는 마지못해 방에서 나와 그의 맞은편에 자리를 잡았다.

성수는 막걸리 한 병과 두 개의 사발을 가져왔다. 성수는 먼저 자신의 잔을 채우고 동생의 잔을 채워준 후 한 모금 마셨다. 씁쓸한 술맛이 목울대를 타고 내려갔다.

"철수야."

성수가 다시 입을 열었다.

"네가……, 원하는 게 뭐니?"

철수는 대답 없이 술잔만 노려보았다. 그의 입술은 굳게 다물려 있었다.

"솔직히 말해봐. 왜 이렇게 양조장을 망치려고 하는 거야? 나한테……, 무슨 불만이라도 있는 거니?"

침묵 끝에 철수가 낮고 차가운 목소리로 입을 열었다.

"불만? 당연히 있지. 형은 아버지 사랑 다 독차지하고, 이 양조장까지 혼자 다 물려받았잖아! 나한테 남은 건……, 감옥에서 보낸 끔찍한 시간뿐이었어!"

"그건……."

성수는 안타까운 표정으로 말을 꺼내려 했지만, 철수가 말을 끊었다.

"됐어. 변명은 듣고 싶지 않아. 어차피 형은 내가 어떤 기분인지 절대 이해 못 할 테니까."

철수는 거친 숨을 몰아쉬며 술잔을 비웠다.

성수는 잠시 침묵했다. 동생의 깊은 원망과 분노를 마주하자 가슴이 먹먹해졌다. 그는 조심스럽게 다시 입을 열었다.

"만약……, 재산을 원하는 거라면……, 네가 원하는 만큼 떼어 줄게."

형의 뜻밖의 말에 철수는 놀라서 형을 바라보았다.

"뭐?"

"정말이야. 네가 원하는 만큼……, 내가 가진 모든 걸 다 줄 수도 있어. 대신 재산을 가져가려면 나하고 약속해야 해."

"양조장을 떠나라는 거겠지."

"아니, 네가 원하는 대로 재산은 나눠줄 거야. 그러나 지금의 너는 믿을 수 없어. 나눠줘야 얼마 못 가서 다 들어먹고 또 올 거니까."

철수는 한동안 말이 없었다.

"조건이 뭔데? 조건이나 들어보고."

"두 가지가 있어."

"두 가지? 말해봐."

"첫째는 이 양조장을 나하고 같이 일으키는 거야. 함께 일해서 남는 금액은 딱 반으로 나눠서 너에게 줄게. 물론 재산도 반을 뚝 떼어서 네 앞으로 등기 해줄 거고."

"……."

"또 한 가지는 나하고 일하기 싫으면 탄광에 가서 딱 1년만 근무하고 와. 아니면 남의 집 농사를 1년 동안 짓고 와도 돼. 그러면 군소리 없이 재산 나눠줄 테니까."

"결국 주기 싫다는 말이네."

"만약 이 두 가지를 네가 다 싫다고 한다면 나는 너한테 단 한 푼도 주지 않을 거야. 아버지가 너한테는 재산을 주지 말라고 공증해 놓고 떠나셨거든."

그 말에 철수의 눈이 복잡하게 흔들렸다. 돈이라면 그도 필요했다. 감옥에서 나온 후, 그에게 남은 것은 아무것도 없었다. 하지만 그의 마음속 깊은 곳에는 단순한 돈 이상의, 형에 대한 뿌리 깊은 증오와 질투가 자리하고 있었다.

"돈……, 좋지. 하지만 형."

철수는 싸늘하게 웃으며 술잔을 내려놓았다.

"내가 정말 원하는 건……. 형이 이 모든 걸 잃고 나처럼 고통스러워하는 모습을 보는 거야. 아버지의 사랑도, 이 망할 양조장도 전부 다!"

성수는 철수의 말에 단호하게 말했다.

"이제 너의 어리광은 받아주지 않을 생각이야. 며칠 생각할 시간은 줄게. 이제 가도 좋아, 참, 그리고 네가 끝까지 나에게 복수하기를 원한다면 내게도 생각이 있어."

"무슨 생각?"

"너 우리 술도가에 약 탄 거 내가 다 알아. 그걸 본 사람이 있어. 이미 고소도 해 놓았고. 아마 내일 아침에 경찰이 너를 잡으러 올 거야. 너한테는 더 이상 기회가 없어. 내 말을 듣던지, 아니면 다시 감옥으로 가든지."

철수는 용수철 튀듯이 자리에서 일어나 밖으로 뛰쳐나갔다.

철수가 나가자 성수는 기분이 우울해졌다. 어쩌면 돈으로 해결될 문제가 아니었다. 동생의 마음속에는 이미 너무나 깊은 미움이 자리하고 있었다.

밤은 더욱 깊어졌다. 성수는 술잔에 담긴 막걸리를 천천히 마셨다. 이제 주사위는 던져진 셈이었다. 철수는 과연 어떻게 나올 것인가? 그는 내일 일이 궁금해졌다.

다음 날 아침, 어디서 밤을 새우고 들어왔는지 퀭한 눈으로 철수가 술도가로 들어왔다. 성수는 아침 일찍 일어나 평소대로 장독을 들여다보고 있었다.

성수는 먼저 말을 걸까 하다가 잠시 기다렸다. 장독을 몇 개 닦은 후 뒤돌아보니 철수는 아직도 그 자리에 서 있었다.

"왜? 할 말 있어?"

"경찰에 신고했다는 말 정말이야?"

"왜 경찰은 겁이 나니? 어떻게 하기로 결정했어?"

"집문서 내 앞으로 등기는 언제 해줄 건데?"

"오늘 당장이라도, 그런데 내가 말한 대로야. 둘 중 하나를 선택하고 1년 후에 주겠다는 공증을 할 거야."

"좋아. 나는 형하고 같은 공간에서 일하는 건 아직 싫어."

"그러면?"

"탄광에 가서 일할게. 대신 약속은 지켜야 해."

"당연하지. 너나 약속 지켜."

잠시 후 경찰 두 명이 술도가로 들어왔다.

"김성수 씨가 누구십니까?"

"제가 김성수입니다. 무슨 일로 오셨습니까?"

"술도가 약을 탄 사건, 신고 건으로 왔습니다. 김철수 씨는 어디 있습니까?"

철수의 눈이 불안하게 흔들렸다.

"아, 이거 죄송하게 됐습니다. 그 건은 고발을 취소하겠습니다."

"예? 왜요?"

"그냥 제 선에서 해결할 생각입니다. 죄송합니다."

"경찰서로 직접 오셔서 취소해 주십시오. 여기 사인해 주세요."

두 사람의 경찰은 돌아갔다.

이후 약속대로 철수는 탄광으로 일하러 들어갔다. 성수는 동생을 탄광으로 보내는 마음이 아팠지만, 동생을 위해서 어쩔 수 없는 선택이라고 입술을 깨물었다.

커가는 2세들

꼬맹이였던 진희와 민수는 어엿한 중학생이 되었다. 키도 훌쩍 자라고 제법 어른스러운 분위기를 풍겼지만, 학교 성적 앞에서 보이는 불꽃 튀는 경쟁심은 여전했다.

중학교에 올라와서도 두 아이는 나란히 전교 1, 2등 자리를 굳건히 지켰다.

중간고사 시험이 끝나고 성적표가 발표되던 날, 교실 안에는 묘한 긴장감이 감돌았다. 아이들은 저마다 떨리는 마음으로 자신의 이름을 찾아 성적을 확인했다. 진희는 자신의 이름 옆에 빛나는 '전교 1등'이라는 글자를 확인하고 미소를 지었다. 역시 이번에도 놓치지 않았다는 안도감과 함께 은근한 성취감이 그녀의 얼굴에 떠올랐다.

그때, 민수가 굳은 표정으로 진희의 책상 앞에 섰다. 그의 손에는 역시 최상위권 성적표가 들려 있었다.

"이번에도 네가 1등이네."

민수의 목소리는 평소의 활기찬 모습과는 달리 약간 가라앉아 있었다.

"응. 너도 정말 잘 봤더라. 거의 모든 과목에서 만점이잖아."

진희는 애써 밝게 말했지만, 민수의 표정이 어두운 것을 눈치챘다.

"딱 한 문제 차이로 또 졌어."

민수는 책상에 성적표를 툭 내려놓으며 실망감을 감추지 못했다.

"다음번 시험에는 절대 안 질 거야."

그의 눈빛은 새로운 결의로 타올랐다.

진희는 그런 민수의 모습이 얄밉기도 하면서 한편으로는 이해가 되기도 했다. 그녀 역시 민수에게 1등 자리를 빼앗기지 않기 위해 밤낮으로 공부에 매달렸으니까. 묘한 경쟁심 속에서도 서로의 노력을 인정하는 감정이 두 사람 사이에는 존재했다.

쉬는 시간이 되자, 아이들은 삼삼오오 모여 시험 이야기로 꽃을 피웠다. 진희의 주변에는 친구들이 몰려와 축하 인사를 건넸다. 그때, 민수가 진희에게 다가와 작은 상자를 내밀었다.

"생일 축하해, 진희야."

뜻밖의 선물에 진희는 민수를 바라보았다.

"오늘 내 생일인 건 어떻게 알았어?"

"네 알림장에 적혀있는 거 봤어."

민수는 약간 수줍은 듯 머리를 긁적였다.

"별건 아니지만……, 네가 잘 써주면 좋겠어."

상자 안에는 예쁜 꽃 그림이 그려진 손수건이 들어 있었다. 진희는 민수의 선물에 기분이 좋아져 환하게 웃었다.

"고마워, 민수야. 정말 예쁘다."

쑥스러운 듯 민수는 자기 자리로 돌아갔다.

진희는 손수건을 소중하게 펼쳐보았다. 경쟁심 넘치는 말과는 달리, 따뜻한 마음이 느껴지는 선물이었다. 그녀의 입가에는 미소가 번졌다. 공부에서는 양보할 수 없는 라이벌이었지만, 서로에게 좋은 감정을 품고 있다는 것을 진희는 어렴풋이 느끼고 있었다. 두 사람은 그렇게 경쟁과 호감을 오가며, 풋풋한 중학교 시절을 함께 보내고 있었다.

여느 때처럼 학교는 활기 넘쳤다. 점심시간, 진희는 친구들과 함께 운동장으로 향하고 있었다. 복도 끝 게시판 앞에서 민수가 심각한 표정으로 서 있는 것을 발견했다. 게시판에는 얼마 전에 치러진 수학 경시대회 결과가 붙어있었다. 민수의 이름은 당당히 1등 자리에 빛나고 있었고, 진희의 이름은 그 아래 2등에 머물러 있었다.

진희는 민수에게 축하 인사를 건네려 했지만, 그의 주변 분위기가 심상치 않음을 감지했다. 민수의 얼굴은 굳어 있었고, 그의 손에는 구겨진 종이 조각이 들려 있었다.

"민수야, 축하해. 역시 네가 해낼 줄 알았어."

진희가 조심스럽게 말을 건넸다.

민수는 홱 고개를 돌려 진희를 쏘아보았다. 그의 눈빛은 평소의 순수하고 맑은 모습과는 달리 차갑고 날카로웠다.

"너……, 정말 그렇게까지 해야 속이 시원해?"

진희는 갑작스러운 민수의 공격적인 태도에 깜짝 놀랐다.

"무슨 소리야?"

민수는 손에 든 구겨진 종이 조각을 진희의 눈앞에 던졌다.

"이거 안 보여? 내 답안이랑 똑같은 부분이 몇 군데나 있는지!"

진희는 떨리는 손으로 종이 조각을 펼쳐보았다. 그것은 누군가가 민수의 답안지를 베껴 쓴 듯한 흔적이 역력한 메모였다. 몇몇 문제의 정답과 풀이 과정이 민수의 답안과 놀랍도록 흡사했다.

"나는……, 정말 몰라. 이건 내 글씨 아니야. 너도 내 글씨체를 알잖아?"

진희는 당황한 목소리로 해명했다.

"나는 정말 그런 적 없어."

"거짓말하지 마!"

민수는 목소리를 높였다.

"네 성격이 얼마나 치졸한지 내가 모를 줄 알아? 늘 1등만 하려고 안달이고, 나보다 조금이라도 잘하면 어떻게든 끌어내리려고 하잖아!"

진희는 민수의 격앙된 반응에 놀랐다. 그녀는 늘 정정당당하게 경쟁해 왔다고 믿었다. 민수의 의심은 그녀에게 큰 상처로 다가왔다.

"나는 너를 그런 식으로 생각한 적 한 번도 없어. 우리는……, 좋은 친구잖아."

"좋은 친구?"

민수는 냉소적으로 웃었다.

"결과 앞에서까지 그렇게 말할 수 있어? 이번 경시대회, 네가 어떻게든 내 답안을 본 게 분명해!"

주변에 있던 다른 아이들도 웅성거리기 시작했다. 진희는 억울함과 당혹스러움에 얼굴이 붉어졌다. 그녀는 결백했지만, 민수의 완고한 태도에 어떻게 해명해야 할지 알 수 없었다.

"정말 아니야, 민수야. 제발 내 말을 믿어 줘."

진희는 간절하게 호소했지만, 민수는 차가운 눈빛으로 진희를 쏘아보더니, 매몰차게 돌아서서 나가 버렸다.

진희는 그 자리에 멍하니 서 있었다. 믿었던 친구였던 민수의 의심과 비난은 그녀에게 큰 충격이었다.

하굣길 발걸음이 무거웠다. 억울하고 서운했다. 민수에 대한 복잡한 감정들이 진희의 마음속에서 소용돌이쳤다. 두 사람 사이에는 이제껏 느껴보지 못했던 차갑고 어색한 기류가 감돌기 시작했다.

제 4 장

전통 도예가와 한지 장인

사과 농장을 시작하다

 푸른 하늘 아래, 땀방울이 송골송골 맺힌 태열의 얼굴에는 희미한 미소가 번졌다. 오랫동안 가슴속에 품어왔던 꿈이 드디어 현실로 다가오는 순간이었다. 그는 아내가 내민 통장에서 돈을 꺼내 조금씩 조금씩 사두었던 야트막한 언덕배기 땅에 드디어 첫 삽을 뜨고 사과나무 묘목을 심었다.
 오늘 심은 사과나무는 모두 백 그루였다. 흙을 파고 조심스럽게 묘목을 내려놓은 뒤, 정성껏 흙을 덮고 물을 주었다. 어린 사과나무들은 아직은 왜소했지만, 태열의 눈에는 이미 탐스러운 붉은 사과들이 주렁주렁 열린 풍성한 농장의 모습이 선명하게 그려지는 듯했다.

　탄광 사고 이후, 그는 막막한 절망감 속에서 헤어 나오지 못했다. 하지만 그는 자신이 가장 잘할 수 있는 일, 땅을 일구고 자연과 함께 살아가는 삶을 선택하기로 마음먹었다.

　사과나무를 선택한 것은 우연이 아니었다. 문경은 예로부터 사과의 고장으로 유명했고, 아내 지연은 사과를 좋아했다. 아내가 좋아한다는 이유 하나만으로도 그는 사과나무 농장을 할 이유가 충분하다고 생각했다. 그는 자신이 가장 잘 아는 것, 가장 좋아하는 것에서 새로운 시작을 하고 싶었다.

　혼자서 모든 일을 감당하기는 쉽지 않았지만, 태열은 묵묵히 자신의 몫을 해나갔다. 새벽부터 일어나 땅을 고르고, 묘목을 심고, 물을 주고, 주변의 잡초를 제거했다. 그의 손은 거칠어졌지만, 땅에 뿌리 내리는 사과나무들을 보면 힘든 것이 다 사라졌다.

　가끔 성수가 찾아와 그의 일을 돕기도 했다. 함께 땀 흘리며 사과나무를 심고, 막걸리 한 잔을 기울이는 시간 속에서 두 친구는 변함없는 우정을 확인했다. 성수 역시 철수와의 어려운 문제들을 조금씩 해결해 나가며 황진양조장을 다시 일으켜 세우기 위해 노력하고 있었다.

　"철수는 잘 버티고 있어?"

　"힘든가 봐, 오면 곯아떨어져."

　"요새도 오토바이 타나?"

"가끔은, 옛날 친구들이 몰려오는데 잘 안 어울리는 것 같아."
"다행한 일이야."
"조금 더 두고 봐야지."

태열의 작은 사과나무 농장은 아직 열매가 없었다. 그러나 곧 빨간 사과가 주렁주렁 열리는 날이 올 것을 그는 믿어 의심하지 않았다. 그는 하루도 빠지지 않고 농장에 나와 어린 사과나무들을 살펴보았다. 진희와 진우도 이 농장이 우리 사과 농장이라며 무척 좋아했다.

"나는 광부 아버지도 좋지만, 사과 농장 주인인 아버지도 좋아요."
진희는 엄지 '척' 하며 아버지를 응원했다.

사과 농사를 처음 시작하려면 토양 관리, 묘목 선택, 심는 방법, 물 관리, 가지치기, 병충해 방제 등 여러 단계를 거쳐야 했다. 가장 중요한 것은 빛과 바람이 잘 통하도록 심고, 정기적으로 가지치기하여 햇빛이 잘 들게 하는 것이었다.

초기 투자 비용은 묘목, 관수 시설, 방재 시설 등에 투자했다.

"여보, 드디어 사과나무를 심기 시작했어. 잘 자라도록 우리가 정성을 다해야 할 거야."
"우리 힘을 합쳐서 최고의 사과를 만들어봐요."
"우선 땅을 잘 고르고 묘목을 심는 게 중요해. 그리고 물도 충분히 줘야 하고."
"가지치기도 잊지 말아야 해요. 햇빛이 잘 들어야 사과가 맛있게 익을 거예요."

"맞아. 병충해 방제도 꾸준히 해야 하고. 우리 사과 농장, 꼭 성공시켜 보자!"

"네."

"그나저나 당신 안 힘들어?"

지연은 몇 년 전부터 가은장터에 작은 수선집을 하나 운영하고 있었다.

"제 솜씨가 워낙 좋아서, 일거리가 끊이지 않지만, 돈을 버니 재미있어요."

"당신이 자랑할 때도 다 있네."

태열이 큰소리로 웃었다. 솔직히 지연은 태열이 광산을 다닐 때보다 훨씬 더 많은 돈을 벌었다. 시골이라 옷을 고쳐서도 많이 입지만 가끔 옷감을 끊어다 양장을 지어달라는 아낙네들이 늘면서 지연은 양품점도 겸하고 있었다. 이름은 '진희양품점'이었다.

문경과 점촌에서 돈이 좀 있는 여인들은 양품점의 단골이 되었다. 돈은 순식간에 벌렸다. 지연은 집을 더 늘리고 TV와 냉장고 등 가전제품도 들여놓았다.

자신의 힘으로 돈을 벌어 집안의 가재도구를 바꾸고 남편에게 땅을 많이 사줄 수 있어 지연은 무척 행복했다.

태열은 그동안 사과 농장에서 일하며 많은 기술을 터득했다. 그러나 아무리 열심히 한다고 해도 날씨가 도와줘야 했다.

태열은 흙덩이를 손으로 조심스럽게 으깨며 아내에게 말했다.

"다른 농장에서 2년이나 일했지만, 내 땅에 직접 나무를 심으니 기분이 또 다르네. 근데 솔직히 걱정도 많이 돼."

아내는 옆에서 물뿌리개로 어린 묘목에 물을 주며 웃었다.

"당연하죠. 남의 밭일 도와주는 거랑 내 농사짓는 건 천지 차이일 거예요. 뭐가 제일 걱정돼요?"

"일단 우리 땅이 어떤 흙인지 제대로 모르잖아. 사과나무가 좋아하는 흙인지, 물 빠짐은 괜찮은지……, 그리고 제일 어렵다는 병충해는 또 어떻게 막아야 할지."

태열의 얼굴에는 복합적인 근심이 스쳤다.

아내는 호미로 흙 주변을 가볍게 다듬으며 말했다.

"땅이야 차차 알아가면 되죠. 전문가한테 토양 검사도 한번 받아보면 좋을 것 같고요. 물 빠짐 안 좋은 곳은 배수로를 좀 더 신경 쓰면 되지요. 너무 걱정하지 말아요."

당신이 벌지 않아도 양장점이 잘 되니 아이들 가르치는 건 문제 없어요, 자신만만하게 말하고 싶었지만, 지연은 입을 다물었다. 남편의 자존심을 위해서였다.

태열은 고개를 끄덕였다.

"맞아. 그리고 병충해……, 이게 정말 골치 아파. 미리 예방하는 게 중요하다고는 하는데, 어떤 약을 언제 쳐야 하는지, 또 얼마나 자주 해야 하는지 감이 안 와."

"그건 당신이 일했던 농장의 이 씨 아저씨한테 여쭤보면 어때요? 오랫동안 사과 농사를 지으셨으니까, 경험이 많으실 거예요."

"그래야지. 이 씨 아저씨 한번 찾아뵙고 조언을 구해야겠어. 그리고 농촌지도소 같은 곳에 교육 프로그램이 있으면 그것도 한번 알아봐야겠어."

태열의 얼굴이 조금 밝아졌다. 혼자 막막하게 느끼던 문제들을 함께 고민하고 해결해 나갈 사람이 있다는 사실만으로도 큰 힘이 되었다.

아내는 그의 손을 잡으며 말했다.

"너무 걱정하지 마세요. 차근차근 배우고 노력하면 분명히 좋은 결실을 맺을 수 있을 거예요. 제가 옆에서 항상 도울게요. 그래서 우리 욕심부리지 않고 100그루만 심었잖아요."

태열은 아내의 따뜻한 격려에 미소 지었다.

"고마워, 여보."

두 사람은 말없이 어린 사과나무들을 바라보았다.

1979년 10월 27일 문경 가은읍에 있는 태열의 사과 농장에도 늦가을 서리가 내리기 시작했다. 빨갛게 익은 사과들은 풍작이었고 이미 추수가 끝나서 한가했다.

그러나 마을 사람들의 얼굴에는 불안한 감정이 밀려들고 있었다. 며칠 전부터 알 수 없는 불안감이 잿빛 하늘처럼 마을을 덮고 있었다.

태열은 이른 아침부터 과수원을 둘러보고 있었다. 라디오에서는 온통 박정희 대통령 피살 사건에 대한 뉴스뿐이었다. 연일 이어지는 국가적인 비극 보도에 사람들은 충격에 빠져 있었고, 태열 역시 마음이 무거웠다.

"이거 또 전쟁나는 거 아닌가 모르겠네."

당시는 반공정신이 투철할 때였고 박정희 대통령의 죽음으로 국가는 비상사태에 빠졌다.

그때, 마을 어귀에서 김 씨 아저씨가 잔뜩 상기된 얼굴로 뛰어왔다. 평소 점잖던 그였기에 태열은 불길한 예감에 숨을 죽였다.

"이보게, 자네도 소식 들었나?"

김 씨 아저씨의 목소리는 갈라져 있었다.

"무슨 일이시길래 그렇게 급하게……, 전쟁이라도 났나요?"

태열이 물었다.

김 씨 아저씨는 밭둑에 주저앉아 거친 숨을 몰아쉬며 겨우 말을 이었다.

"은성……, 은성광업소에……, 큰불이 났다고 하네……."

태열의 심장이 쿵 하고 내려앉았다. 1973년 그 지옥 같은 매몰 사고 이후, 그는 다시는 갱 속에 발을 들이지 않겠다고 맹세했다. 하지만 탄광은 여전히 그의 삶의 한 부분이었고, 그곳에는 여전히 그의 동료와 이웃들이 있었다.

"불? 큰불이라니요? 다들 무사하답니까?"

태열의 목소리가 떨렸다.

김 씨 아저씨는 고개를 떨구었다.

"사망자가……, 사망자가 무려 마흔네 명이라네. 마흔네 명!"

태열은 믿을 수 없다는 듯 뒷걸음질 쳤다. 마흔네 명이라니. 과거 단 한 명의 희생자가 생겨도 온 나라가 떠들썩했던 탄광 사고였다. 대통령이 직접 위로 전화를 걸어올 정도로 국가적인 관심사였다. 그런데 마흔네 명이나 되는 광부들이 목숨을 잃었다는데, 어째서 아무도 모른단 말인가?

"말도 안 돼……, 어째서 아무도 몰랐지? 뉴스에서도 한마디 없었는데……."

태열은 분노에 찬 목소리로 되물었다.

김 씨 아저씨는 한숨을 쉬었다.

"대통령 죽음 때문에……, 그 난리통에 모든 뉴스가 거기에만 쏠렸어. 하필이면 어제 그런 일이 있어서 오늘은 아무도 관심을 갖지 않아서겠지. 갱도 깊숙한 곳에서 불이 나서 유독가스가 퍼지고……, 대피할 시간도 없었을 거라더군."

태열의 머릿속에는 칠흑 같은 갱도, 귓가를 때리는 굉음, 그리고 유독가스에 질식해 쓰러져가는 동료들의 모습이 섬광처럼 스쳐 지나갔다. 44명. 그들은 이름 없는 영혼처럼 세상에 알려지지도 못한 채 막장 속에 묻힌 것이나 다름없었다.

사과밭 저 멀리, 한동안 발길을 끊었던 은성광업소 방향을 태열은 망연히 바라보았다. 검은 석탄이 국가의 산업 발전의 핵심 에너지라며, 그토록 광부를 영웅시했던 나라가 어찌 이렇게 무관심할 수 있단 말인가.

그의 눈에는 보이지 않는 검은 연기가 은성광업소 위로 솟아오르는 듯했다. 석탄을 캐기 위해 수많은 광부의 영혼이 숨져갔지만, 44명의 광부들은 그저 숫자로만 남은 채 역사의 뒤안길로 쓸쓸히 사라져 버린 것이다.

태열은 그 자리에서 한참을 움직이지 못했다. 그의 가슴에는 알 수 없는 먹먹함과 분노가 뒤섞여 올라왔다. 석탄이 다 타고 연탄재로 부서지는 운명처럼, 그들의 존재를 증명해 줄 아무것도 남지 않은 광부들의 모습이 그의 마음에 깊이 각인되었다.

멀리 지연이 헐떡이며 뛰어왔다.

"여보, 들었지요? 은성탄광에 불이, 불이 나서 사람이 많이 죽었대요."

태열은 고개를 끄덕였다.

지연은 태열의 두 손을 잡았다.

"거봐요, 당신 내말 안 들었으면……."

"아마도 지금쯤 저들과 같이 타 죽었겠지."

태열은 담담하게 말했다. 자신이 죽지 않아서 다행이라는 생각보다 탄광에서 광부로 살아가는 광부의 숙명이 너무나 가슴 사무치게 안타까웠다.

"참, 철수는? 어떻게 됐지?"

"안 그래도 은미랑 통화했어요. 철수 씨는 오늘 몸이 아파서 집에서 쉬었대요. 간밤에 성수 씨 아버님이 나타나서 성수 씨에게 오늘 철수를 아무 데도 못 가게 하라고 신신당부하는 꿈을 꿨다나 봐요."

"정말 다행이네. 큰일 날 뻔했어."

태열은 마치 자신의 일인 양 가슴을 쓸어내렸다.

오늘 아침, 간밤 꿈이 심상치 않았던 성수는 출근하는 철수를 불렀다.

"철수야, 오늘은 내가 일이 바쁜데 좀 도와주지 않을래?"

탄광에서 일하기로 약속한 뒤 철수는 험한 일을 하면서 철이 들었다.

철수도 뭔가 찜찜한 기분이 들어서인지 형이 잡는다는 핑계로 출근하지 않았다. 형과 술 배달을 가려고 트럭에 술 박스를 싣는 사이 멀리 은성탄광 쪽에서 시커먼 연기가 뭉게뭉게 피어올랐다.

놀란 철수가 탄광에 전화를 걸어보니 전화를 받지 않았다. 발만 동동 구르던 철수는 가만히 있을 수 없어 탄광으로 뛰어갔다.

"형, 아무래도 탄광에 가봐야겠어. 배달은 오후에 하자."

철수가 뛰어나가고 성수는 가슴을 쓸어내렸다.

만약 꿈이 아니었으면, 철수가 자신의 말을 듣지 않고 출근했더라면, 정말 아버지 얼굴을 어떻게 볼 수 있었을까 생각만으로도 아찔했다.

성수는 동생이 돌아오면 이제 탄광 일은 그만두고 본격적으로 술도가를 함께 해나가자고 말해야겠다고 생각했다.

1979년 10월 28일 은성광업소에 대형사고가 터졌다. 원래 탄광의 매몰사고가 있거나, 사고 희생자가 1명이라도 있으면 언론을 통해 알려졌었다. 그런데 우리나라 석탄업계 사상 최대 규모의 사상자가 발생한 은성광업소 탄광노동자 44명의 사망 사건은 묻히고 말았다. 사고일이 박정희 대통령 피살 사건 바로 다음 날에 일어났기 때문이었다. 모든 뉴스는 대통령 서거 소식으로 쏠렸다.

평소에는 대통령이 생존자에게 축전을 보내거나, 병원으로 전화를 걸어 구조된 광부를 직접 위로하기도 했다. 당시만 해도 석탄은 공업화를 위한 국가산업 발전의 핵심 에너지이기 때문이었다.

뒤늦게 밝혀진 사고는 끔찍했다. 오전 6시 40분경, 은성광업소 본갱 제 2컨베이어 사갱 12편과 13편 중간지점(갱구에서 2250m)에서 화재가 발생하여 약 1km의 벨트컨베이어가 연소되면서 생긴 유독가스에 의해 지하에서 작업 중이던 126명 중 44명이 사망하였다.

사고 원인은 전동기에서 발생한 열이 전동기를 덮어 놓은 고무벨트 컨베이어에 전도되면서 불이 붙은 것으로, 당시 컨베이어 운전공이 일찍 퇴갱하여 조기에 진화하지 못함으로써 대형화재가 되었다. 탄광 역사상 가장 많은 사망자를 낸 사고였다.

엇갈린 사랑

　세월은 야속하게도 흘러 민수와 진희는 어엿한 고등학생이 되어 대학 입시를 눈앞에 두게 되었다. 어릴 적부터 책상에 붙어 살았던 두 아이에게 서울 소재 대학 진학은 당연한 순서처럼 여겨졌다. 하지만 이상하게도 두 사람 사이에는 냉랭한 기류가 감돌았다.

　사건의 발단은 사소한 오해였다. 답안지 사건 이후로 진희는 민수를 모른 체 했다. 너무 화가 치밀었다. 아무리 아이들이 진희를 범인으로 몰아도 민수만큼은 자신을 믿어줄 줄 알았다. 그런데 민수의 태도는 배신 그 자체였다. 기껏해야 한 문제 차이로 두 사람의 등수가 달라질 정도로 전교 1, 2등을 다투는 진희였다. 자기가 뭐가 아쉬워서 민수의 답안지를 베낀단 말인가?

진희는 마음을 닫았다. 민수 쪽으로는 쳐다보지도 않았고 민수가 보이면 다른 길로 돌아갔다.

한편 민수도 자신의 잘못을 알았다. 기껏해야 1문제 차이로 진희에게 지기는 했지만 자존심이 상하지는 않았다. 그런데 언제부터인지 민수가 진희에게 건넨 격려의 말이 윤정의 교묘한 거짓말로 인해 진희에게는 비아냥거림으로 전달되었고, 그런 일이 반복되자 두 사람은 굳게 닫힌 문처럼 서로를 외면하게 되었다. 민수는 답답한 마음에 몇 번이고 진실을 말하려 했지만, 그때마다 윤정이 묘한 분위기를 조성하며 둘 사이를 가로막았다.

윤정은 민수를 향한 은밀한 애정을 숨기지 않았다. 쉬는 시간은 물론이고, 등하굣길까지 그림자처럼 민수의 곁을 맴돌았다. 진희는 그런 윤정의 행동과 민수의 무관심한 듯한 태도에 점점 지쳐갔다. 이제는 정말 민수의 마음이 윤정에게로 완전히 기울어져도 어쩔 수 없었다. 아니 차라리 둘이 사귀면 자신의 마음이 편할 것 같았다.

민수 역시 진희를 볼 때마다 가슴 한쪽이 꽉 막힌 듯 답답했다. 차갑게 돌아선 진희의 눈빛은 날카로운 칼날처럼 그의 마음을 후벼팠다. 오해를 풀고 싶었지만, 윤정의 방해는 교묘하고 끈질겼다. 게다가 진희의 완고한 태도에 민수 또한 점점 지쳐가고 있었다.

결국, 학력고사가 끝나고 며칠 뒤, 세 사람은 각각 서울행 기차에 몸을 실었다. 민수와 진희는 원하던 서울의 명문대학교 합격 통지서를 손에 쥐고 있었고, 윤정 역시 서울의 괜찮은 여대에 합격했다.

서울에 도착한 후에도 세 사람의 어색한 관계는 이어졌다. 넓고 낯선 서울에서 민수와 진희는 서로에게 가장 익숙한 존재였지만, 보이지 않는 벽이 그들 사이를 갈라놓고 있었다. 윤정은 여전히 민수의 주변을 맴돌았고, 진희는 그런 두 사람을 애써 외면하며 혼자만의 시간을 보냈다.

그러던 어느 날, 대학교 캠퍼스 축제에서 우연히 마주친 민수와 진희는 어색하게 마주보았다. 멀리서 윤정이 밝게 웃으며 민수에게 다가오는 모습이 진희의 눈에 들어오자 진희는 씁쓸한 표정으로 발길을 돌리려 했다.

"진희야!"

민수의 다급한 목소리가 진희의 발걸음을 붙잡았다. 민수는 윤정을 잠시 멈춰 세우고 진희에게 다가섰다.

"잠깐만 이야기 좀 하자."

진희는 망설이는 듯했지만, 결국 민수의 시선을 피하지 않고 가만히 서 있었다. 축제의 떠들썩한 소음 속에서 두 사람 사이에는 묘한 긴장감이 흘렀다.

민수는 떨리는 목소리로 조심스럽게 입을 열었다.

"진희야, 그때 일은 정말 오해야. 윤정이가……."

"이제 와서 그게 무슨 소용이야?"

진희의 목소리는 차갑게 식어 있었다.

"이미 다 끝난 일이야."

"아니야, 끝나지 않았어. 나는……, 나는 항상 네가 신경 쓰였어."

민수는 진심을 담아 말했지만, 진희의 표정은 여전히 굳어 있었다.

그때, 윤정이 밝게 웃으며 두 사람에게 다가왔다.

"민수야, 여기서 뭐 해? 같이 게임 부스 가야지. 저기서 친구들이 기다리잖아."

윤정은 민수의 팔짱을 끼었다. 윤정의 등장에 진희의 얼굴은 더욱 굳어졌다.

"난 약속이 있어. 또 보자."

싸늘한 한마디를 남기고 진희는 뒤돌아섰다.

민수는 그런 진희의 뒷모습을 안타깝게 바라보았다. 윤정은 그런 민수의 표정을 놓치지 않고 그의 팔에 매달리며 애교스럽게 말했다.

"민수야, 가자."

민수는 잠시 망설이는 듯했지만, 결국 윤정에게 이끌려 발걸음을 돌렸다. 하지만 그의 시선은 여전히 멀어져 가는 진희의 뒷모습에 머물러 있었다.

며칠 후, 민수는 진희에게 장문의 편지를 보냈다. 그동안 윤정의 방해 때문에 오해가 쌓였던 일, 그리고 진희를 향한 자신의 진심을 담은 내용이었다. 하지만 진희에게서는 아무런 답장이 오지 않았다.

민수는 답답한 마음에 진희가 아르바이트하는 음악다방을 찾아갔다. 음악다방은 손님들로 북적였고, 진희는 표정 없이 커피를 내리고 있었다. 민수를 발견한 진희는 잠시 당황한 듯했지만, 이내 차가운 눈빛으로 그를 외면했다.

민수는 그런 진희의 태도에 낙담했지만, 포기할 수 없었다. 그는 매일 음악다방 앞에서 진희를 기다렸고, 때로는 편지를 남겨두기도 했다. 윤정은 그런 민수의 행동을 눈치채고 더욱 적극적으로 그에게 매달렸지만, 민수의 마음은 돌아서지 않았다.

어느 비 오는 날 저녁, 민수는 여느 때처럼 음악다방 앞에서 진희를 기다리고 있었다. 우산을 쓰고 웅크리고 앉아 있는 민수의 모습이 안쓰러웠는지 진희가 무거운 표정으로 음악다방 문을 열고 밖으로 나왔다.

"민수야, 나는 네가 윤정이랑 사귀든 말든 아무 관심 없어. 나는 공부 열심히 해서 내 미래를 설계하기에도 지금 시간이 벅차."

진희의 목소리는 여전히 차가웠지만, 어딘가 모르게 흔들리는 듯했다.

"너에게 할 말이 있어."

민수는 우산을 내려놓고 젖은 얼굴로 진희를 바라보았다.

"정말 미안해. 그리고……, 나는, 아직도 너를 좋아해."

진희는 아무 말 없이 민수를 바라보았다. 빗방울이 두 사람 사이를 하염없이 적시고 있었다. 오랫동안 굳게 닫혀 있던 진희의 마음 문이 조금씩 열리기 시작하는 순간이었다. 하지만 윤정의 존재는 여전히 두 사람의 관계에 드리워진 어두운 그림자였다.

사실 민수만 아니라면 진희는 윤정이가 그리 싫지 않았다. 그동안 자신에게 못되게 군 것도 모두 민수를 사이에 두고 일어난 일이고 윤정이가 민수를 더 좋아해서 생긴 일이었다.

윤정의 아버지는 문경에서 이름난 도자기 장인이었고, 윤정 역시 자연스럽게 흙의 매력에 빠져 도자기과에 진학했다. 섬세한 손길로 빚어낸 도자기처럼, 그녀의 마음속에도 예술가의 뜨거운 열정이 자리하고 있었다.

반면, 민수는 아버지의 오랜 꿈을 대신 이루기 위해 법학의 길을 택했다. 냉철한 이성과 논리로 세상을 헤쳐 나가고자 하는 그의 눈빛은 굳건했다. 진희는 아름다운 우리말과 글의 향기에 매료되어 국문학을 전공했다. 그녀의 감수성 풍부한 마음은 때로는 섬세하게, 때로는 강렬하게 세상을 담아내는 글쓰기를 통해 표현되곤 했다.

그렇게 각자의 길을 걸어가던 세 사람은 2학년을 마쳤다. 민수는 국방의 의무를 다하기 위해 군에 입대했다. 입대 전, 민수는 용기를 내어 진희의 음악다방을 다시 찾았다. 서먹했던 분위기는 여전히 감돌았지만, 빗속에서의 짧은 만남 이후 두 사람 사이에는 희미한 온기가 되살아났다.

그러나 민수의 곁을 굳건히 지킨 것은 결국 윤정이었다. 그녀는 민수를 진심으로 좋아했기에, 매주 먼 길을 달려가 군부대로 면회를 다녔다. 손수 만든 음식과 따뜻한 격려는 지친 민수에게 큰 힘이 되었다. 윤정의 헌신적인 모습은 민수의 마음을 조금씩 흔들기 시작했다. 진희에 대한 미안함과 그리움은 여전했지만, 곁에서 묵묵히 자신을 챙겨주는 윤정에게 점점 마음이 기울어지는 것을 느꼈다.

진희는 멀리서 들려오는 듯한 민수의 소식을 애써 외면하려 했다. 음악다방에 찾아왔던 민수의 흔들리던 눈빛을 떠올리며 작은 희망을 품기도 했지만, 윤정이 매주 면회 하러 간다는 이야기를 들을 때마다 가슴 한쪽이 싸늘하게 식어갔다. 그녀는 자신의 감정을 숨긴 채 묵묵히 아르바이트와 학업에 집중했다. 그러나 자신도 모르는 깊은 곳에서는 여전히 민수를 향한 그리움이 메아리치고 있었다.

세월이 흘러 민수가 군 복무를 마치고 다시 캠퍼스로 돌아왔을 때, 세 사람의 관계는 또 다른 국면을 맞이했다.

민수가 제대하고 학교에 처음 나오던 날, 캠퍼스 정문 앞에는 윤정이 꽃다발을 들고 환한 얼굴로 서 있었다. 오랜만에 만난 민수는 늠름한 모습이었고, 윤정은 그런 민수를 뜨겁게 끌어안았다. 그 모습을 멀리서 지켜보던 진희는 애써 침착한 표정을 지으며 갈 길을 갔다.

복학 후, 민수는 예전과는 조금 달라져 있었다. 윤정의 헌신에 감동한 그는 그녀에게 고마운 마음을 넘어선 특별한 감정을 느끼기 시작했다. 함께하는 시간이 많아질수록 윤정의 따뜻함과 순수함에 점점 더 빠져들었다.

하지만 마음 한구석에는 여전히 진희에 대한 아련한 감정이 남아있었다. 교정에서 왔다 갔다 마주칠 때마다 애써 외면하는 진희의 차가운 눈빛은 그의 마음을 무겁게 짓눌렀다. 그는 진희에게 다시 한번 진심을 전하고 싶었지만, 윤정과의 관계 때문에 쉽사리 용기를 내지 못했다.

그러던 어느 날, 학교 축제에서 민수는 우연히 혼자 앉아 있는 진희를 발견했다. 망설이던 그는 조심스럽게 진희에게 다가가 옆자리에 앉았다. 민수는 3학년에 복학하고 진희는 대학원에 진학했다.

"오랜만이네."

민수의 어색한 인사에 진희는 잠시 멈칫하더니 짧게 대답했다.

"응, 오랜만이야."

두 사람 사이에는 어색한 침묵이 흘렀다. 축제의 시끌벅적한 소음 속에서도 그들의 주변에는 왠지 모를 냉랭함이 감돌았다.

"윤정이는 잘 지내지?"

진희의 입에서 먼저 이야기가 나왔다.

"응……, 잘 지내고 있어."

민수는 솔직하게 대답했다.

"윤정이 덕분에 힘든 군 생활 잘 버틸 수 있었어."

진희는 씁쓸한 미소를 지었다.

"다행이네."

"진희야……."

민수는 조심스럽게 말을 이어갔다.

"그때 일은 정말……."

"이제 그만해."

진희는 단호하게 민수의 말을 잘랐다.

"다 지난 일이야. 그리고……, 너도 네 사람 잘 챙겨. 솔직히 너 아니었으면 나도 윤정이랑 좋은 친구가 됐을 거야. 윤정이 좋은 아이야."

진희의 말에 민수는 더 이상 아무 말도 할 수 없었다. 그는 씁쓸한 표정으로 자리에서 일어섰다. 멀어져 가는 민수의 뒷모습을 바라보던 진희의 눈가에 미세한 떨림이 일었다.

축제가 끝난 후, 민수는 윤정에게 자신의 솔직한 마음을 털어놓았다. 그는 윤정의 따뜻함에 감사하지만, 아직 진희에 대한 감정이 완전히 정리되지 않았다고 고백했다. 윤정은 잠시 충격받은 표정을 지었지만, 이내 민수의 솔직함에 고개를 끄덕였다.

"괜찮아, 민수야. 네 마음 이해해. 하지만……, 나는 절대로 너 포기 못 해. 기다릴게, 네 마음이 정리될 때까지."

윤정의 눈빛은 굳건했다.

진희는 더욱 학업에 몰두했다. 여전히 민수를 향한 그리움이 남아있다는 것을 깨달았지만, 그녀는 어떻게든 감정을 떨어내려고 노력했다.

세 사람은 각자의 마음속에 복잡한 감정을 품은 채 캠퍼스 생활을 이어갔다. 민수는 윤정에 대한 고마움과 진희에 대한 미련 사이에서 갈등했고, 윤정은 꿋꿋하게 자신의 사랑을 기다렸다. 진희는 애써 냉정함을 유지했지만, 문득문득 떠오르는 민수의 모습에 가슴 아파했다.

도예가 할아버지

1987년 여름 방학이 시작되자 윤정은 설레는 마음으로 문경행 기차에 몸을 실었다. 서울에서의 대학원 생활도 즐거웠지만, 흙냄새 가득한 아버지의 작업실과 따뜻한 집밥이 늘 그리웠다. 특히 이번 방학에는 아버지께 꼭 보여드리고 싶은 것이 있었다. 며칠 밤낮으로 물레를 돌리고 불과 싸워가며 정성껏 빚은 도자기들이었다.

기차에서 내리자마자 윤정은 집으로 향하는 대신 아버지의 작업실로 발걸음을 옮겼다. 낡은 나무문을 열자 특유의 흙냄새와 뜨거운 가마의 열기가 그녀를 맞이했다. 작업실 한쪽에는 아버지의 혼이 담긴 듯 다양한 모양과 색깔의 도자기들이 가지런히 놓여 있었다.

"아버지!"

윤정의 밝은 목소리에 손에 흙을 잔뜩 묻힌 채 작업에 열중이던 아버지가 고개를 들었다. 딸의 환한 미소를 본 아버지의 얼굴에도 잔잔한 미소가 번졌다.

"윤정이 왔나. 어서 오니라."

"아버지, 제가 이번 학기에 만든 도자기 좀 보세요!"

윤정은 조심스럽게 보자기에 싸 온 자신의 도자기들을 아버지 앞에 내밀었다. 투박하지만 정성이 느껴지는 형태, 은은한 색감의 도자기들을 아버지는 꼼꼼히 살펴보았다. 흙을 만지고 다듬은 딸의 손길에서 느껴지는 노력과 열정에 아버지는 흐뭇한 표정을 지었다.

"많이 늘었구나. 네 솜씨가 제법 아비 흉내를 내는 걸 보니 이제 정말 도예가의 딸이 다 되었어."

아버지의 칭찬에 윤정의 얼굴에는 자랑스러움과 기쁨이 가득 찼다. 흙을 매개로 아버지와 딸은 말없이 서로의 마음을 나누었다.

저녁 식사 시간, 윤정은 아버지와 마주 앉아 서울에서의 생활과 도자기에 관한 이야기를 나누었다. 아버지 역시 문경의 도자기 공방 소식과 새로운 작품에 대한 영감을 이야기하며 딸과 즐거운 시간을 보냈다.

밤이 깊어져 갈수록 윤정의 마음은 평온함으로 가득 찼다. 사랑하는 가족, 익숙한 흙냄새, 그리고 자신이 빚은 도자기를 바라보는 아버지의 따뜻한 눈빛 속에서 윤정은 비로소 진정한 휴식을 느꼈다. 서울에서의 복잡했던 마음들은 어느새 깨끗하게 정화되는 듯했다. 아버지의 작업실 작은 창문으로 쏟아지는 달빛 아래, 윤정은 앞으로 자신이 만들어갈 아름다운 도자기들의 꿈을 꾸었다.

다음날 윤정은 할아버지 집을 방문했다.

할아버지의 작업실을 찾은 윤정은 조심스럽게 보자기에 싼 도자기를 풀었다. 할아버지는 흐뭇한 미소로 손녀가 만든 도자기를 바라보았다.

"할아버지, 제가 이번 학기에 만든 도자기예요."

할아버지는 인자한 표정으로 말했다.

"어서 온나, 우리 윤정이. 이게 네 솜씨가? 꽤 많이 늘었구나. 할아버지 눈에는 아주 곱고 예쁘다."

"정말요? 아버지도 칭찬해 주셨어요! 할아버지, 교수님께서 그러시는데, 우리 집 가마가 아주 특별하다고 하시더라고요. '망댕이 가마'라고…… 그게 뭐예요?"

"허허, 그 늙은 누에 닮은 가마 말이지? 그게 우리 집안의 보물이란다. 수백 년 동안 문경 도자기를 빚어온 살아있는 증인이고, 우리 조상님들의 숨결이 깃든 곳이지. 여기서 청화백자랑 분청사기가 다 나왔단다."

"정말 신기해요! 우리 집이 그렇게 오래된 도자기 명가인 줄은 몰랐어요. '조선요', 이름도 참 멋있어요."

"암, 멋있고말고. 240년 전에 증조할아버지 위로 또 그 윗대 할아버지께서 이 터전을 잡으셨지. 조선의 고운 흙으로 그릇을 만들어서 대대로 전하셨어. 험한 세월 속에서도 묵묵히 이 자리를 지키면서 조선 도자기의 자존심을 이어온 곳이 바로 여기, 조선요란다. 우리 집안의 삶의 터전이기도 하고."

"할아버지, 아버지께서 8대째 도예 가업을 잇고 계신 거잖아요. 8대째라니…… 정말 대단하신 것 같아요."

"쉬운 일은 아니었지. 네 증조할아버지, 또 그 위 할아버지들 모두 흙이랑 불하고 평생을 싸우셨단다. 네 아버지도 어릴 때부터 흙 만지면서 자랐어. 망댕이 가마 있는 작업장이 유일한 놀이터였지."

"아버지께서 늘 흙 만지는 모습이 멋있어 보였어요. 저도 아버지처럼 훌륭한 도예가가 되고 싶어요."

"그래, 우리 윤정이도 분명히 훌륭한 도예가가 될 수 있을 거다. 네 아버지처럼 묵묵히 자기 길을 가면 되는 거야. 참, 네 아버지 작품 중에 청화백자에 나비 그림 그린 거 봤니? 그게 아주 특별한 문양이다. 우리 집안에서 대대로 아껴 써온 건데, 오래되어 모습이 많이 변하기는 했지만, 그 안에 담긴 의미는 아주 깊단다."

"네, 봤어요! 신비롭고 예뻤어요. 할아버지, 우리 집 가마가 경북 민속자료로도 지정됐다면서요?"

"그렇단다. 우리나라에서 가장 오래된 전통 가마거든. 지금은 원형 그대로 보존하려고 불은 안 지피고 있다. 이 귀한 가마를 우리 후손들에게 그대로 물려줘야 하지 않겠니? 원래는 더 컸는데, 근처 흙을 파서 쓰다 보니 조금 허물어지기도 했지. 그래도 문경에서 나오는 흙이 아주 좋아서 우리 집안만의 특별한 도자기 색깔을 만들어낸단다. 고려청자나 조선백자 못지않은 귀한 도자기가 여기서 나왔어. 신의 예술품이라고 불릴 정도였다."

"정말 자랑스러워요! 저도 할아버지랑 아버지처럼 훌륭한 도예가가 돼서 저희 집안의 자랑스러운 역사를 계속 이어가고 싶어요."

"그래, 우리 윤정이라면 충분히 해낼 수 있을 거다. 도자기는 단순히 흙으로 만드는 게 아니란다. 흙과 물과 불의 조화 속에서 도공의 숨결이 불어 넣어져야 비로소 살아있는 예술품이 되는 거지. 우리 조선요의 불 속에서 구워진 백자, 분청, 찻그릇들은 다 저마다의 이야기가 있고, 우리 집안의 혼이 담겨 있지."

"네, 할아버지. 저도 손의 감각을 더 키워서 아버지, 할아버지처럼 멋진 도자기를 만들 거예요. 전통에 대한 믿음과 사랑을 담아서요!"

"그래, 우리 윤정이 뜻대로 꼭 이루길 바란다. 우리 집안의 자랑스러운 역사를 네 손으로 다시 한번 꽃피워 보렴."

윤정과 할아버지는 마주 보며 웃었다.

윤정은 늦여름 햇살이 쏟아지는 작업실 한구석에서 흙덩이를 만지작거리고 있었다. 할아버지의 옆모습은 언제나처럼 묵묵했다. 할아버지는 흙을 보듬는 손길만큼이나 다정하고 깊은 눈빛으로 윤정을 바라보았다.

"할아버지, 여기 이 흙은 왜 이렇게 푸르스름한 거예요? 제가 학교에서 쓰는 흙이랑은 색깔이 좀 다른 것 같아요."

윤정의 손에 든 흙은 옅은 푸른빛을 머금고 있었다.

할아버지는 빙긋 웃으며 윤정의 옆에 앉았다.

"음, 윤정아. 그게 바로 우리 문경백자의 비밀이란다. 다른 지역 백자랑 우리 문경백자가 다른 가장 큰 이유가 바로 이 흙 때문이야. 우리는 수십 년 전부터 이 흙에 청색을 가미한 색상을 구현해 왔거든. 같은 흰색 같아도, 우리 백자는 자세히 보면 약간 푸른 빛이 돌지? 그걸 청백색이라고 한단다."

윤정은 고개를 끄덕였다.

"아, 그래서 할아버지가 늘 청백색 청백색 하셨구나! 그럼 이 흙은 다 문경에서 나는 거예요?"

할아버지는 잠시 먼 산을 보듯 눈을 가늘게 떴다.

"예전에는 그랬지. 우리 문경이 옛날부터 도자기로 유명했던 이유가 바로 이 풍부한 도자 원료 덕분이야. 하늘재 너머에서 물류가 유통되던 중심지였으니, 자연스럽게 이곳이 도자문화의 산실이 된 거지. 이 망댕이 가마도 그 시절부터 이어져 온 거란다. 하지만 지금은 아쉽게도 모든 흙을 문경에서 구할 수는 없어. 흙 채취 과정이나, 항아리를 만들 때의 점성, 열의 화도 같은 부분에

전통 도예가와 한지 장인

서 좀 차이가 나거든."

윤정은 할아버지의 손에 들린 작은 도자기 조각을 만져보았다.

"할아버지, 아무리 봐도 이 망댕이 가마는 정말 신기한 것 같아요. 망댕이라는 진흙 덩어리로 가마를 만들다니…… 제가 학교에서 본 벽돌 가마랑은 너무 달라요."

할아버지는 망댕이 가마가 있는 산허리 쪽을 가리켰다.

"맞아. 망댕이라는 건 사람 장딴지 모양의 진흙덩어리를 말하는데, 이걸 촘촘히 박아서 반구형의 가마칸을 여러 개 연결한 게 바로 이 망댕이 가마란다. 우리 조상들의 지혜가 담겨 있는 거지. 벽돌 가마와 다르게, 불을 지피면 그릇이 더 견고해지지. 이 가마는 단순한 가마가 아니야. 아빠가 어렸을 때부터 할아버지와 증조할아버지가 여기서 도자기를 구웠단다. 그분들이 힘들게 지게로 도자기를 나르던 길도 그대로 남아 있지. 어릴 때부터 보고 도우며 자랐으니, 아빠가 가업을 잇는 건 너무나도 당연한 일이었어."

"그러면 할아버지도 망댕이 가마 만드는 법을 증조할아버지께 배우신 거예요?"

윤정이 눈을 반짝이며 물었다.

"음, 배웠다기보다는 어깨너머로 보고 자라면서 자연스럽게 익혔지. 증조할아버지가 일찍 돌아가셔서 더 많이 배우지 못해서 아쉽지만, 어릴 때 보았던 기억들을 되살려 재현하다 보니 여기까지 온 거란다. 우리 문중 13대 할아버지 때부터 시작해서 아빠까지 20대째 이어지고 있는 가업이니, 그만큼 책임감도 크지."

할아버지는 가만히 망댕이 가마가 있는 곳을 바라보았다.

윤정은 할아버지의 얼굴에 스쳐 지나가는 아쉬움과 자부심을 동시에 느꼈다.

"저도 나중에 할아버지처럼 멋진 도자기를 만들 수 있을까요?"

할아버지는 윤정의 머리를 쓰다듬었다.

"그럼! 우리 윤정이도 지금 학교에서 도자기를 배우고 있으니, 이 가업을 또 이어나갈 수 있을 거야. 문경 백자의 전통 기법을 열심히 연구해서 언젠가 국가무형문화재에도 오르고, 우리 조선요가 더 널리 알려지는 게 할아버지의 꿈이란다."

"국가무형문화재요?"

윤정의 눈이 휘둥그레졌다.

"응. 대한민국 문화예술상도 받고, 경상북도 무형문화재 사기장으로 지정받기도 했지만, 그걸 넘어서 우리 조선요가 대한민국을 대표하는 도자 문화로 인정받는 게 중요하다고 생각한다. 할아버지는 우리 문경 백자의 우수성을 알리려고 망댕이 박물관도 짓고, 일본 등 국내외에서 전시회도 여러 번 열었어."

윤정은 할아버지의 눈빛에서 활활 타오르는 가마의 불꽃처럼 뜨거운 열정을 보았다.

"할아버지, 저도 할아버지처럼 멋진 도자기 만들어서 우리 조선요를 더 많이 알릴 수 있도록 노력할게요!"

할아버지는 윤정의 작은 손을 꼭 잡았다. 늦여름 햇살이 작업실을 가득 채우고, 망댕이 가마 너머 하늘재에는 고요한 평화가 감돌았다.

닥나무밭 주인

1989년, 태열은 50세가 되었다.

어느 날 성수가 태열의 사과농장에 들렀다. 사과농장에는 사과를 보관하기 위한 꽤 큰 막사가 지어져 있었고 막사 안에는 작은 방도 있었다.

성수는 봉지에 담긴 막걸리 두 병을 흔들며 들어왔다.

"어서 오게, 오랜만이군."

"어때, 올해 사과 농사도 풍작인가?"

"뭐, 그럭저럭. 현상 유지는 되고 있어."

"요즘 우루과이 라운드 파동으로 우리 막걸리는 문 닫게 생겼네."

"사람들이 속상하니 술을 더 찾는 거 아니구?"

"농담 아니고, 심각하네. 빚어놓은 술이 안 나가. 무슨 방도가 있어야 할 텐데."

"사과도 마찬가지야. 그나마 추석 세느라 조금 팔렸고, 이번에는 워낙 작황이 좋지 않아서 물량이 없었어. 집사람 몸이 안 좋아서 병원 따라다니느라 소홀해서 반타작했네."

"지연 씨가 어디 아픈가?"

"은미 씨가 말 안 해?"

"못 들었어. 어디가 아픈데?"

"갑상선암……, 어찌나 놀랬던지. 한평생 고생만 시켰는데 이제 아이들 다 컸는데 덜컥 아프니 세상 참 허무하더라구. 그래서 농사를 반 정도 줄였는데, 차라리 잘 된 셈이지. 안 그랬으면 다 썩어서 갈아엎어야 했는데……, 참 불행 중 다행이라고 해야 하는지 나 원."

"경과는 어떤가?"

"수술은 잘 됐고, 다행히 예후가 좋아서 잘 먹고 잘 쉬면 된대. 다른 데 전이가 되지 않길 바라야지."

성수가 막걸리를 따르며 조용히 말했다.

"무소식이 희소식이 아니었구먼. 그동안 애썼네."

"고마워, 안 그래도 나도 자네가 보고 싶었네."

한쪽에 틀어놓은 TV에서는 뉴스가 방송되고 있었다.

"최근 문 닫는 탄광이 많아졌습니다."

아나운서의 말에 태열이 말했다.

"요즘 불황으로 문을 닫는 탄광이 많다네……, 믿기지 않아. 들리는 소문에 은성탄광도 많이 어렵다고 하던데."

태열이 씁쓸하게 입을 열었다. 그의 시선은 멀리 산등성이 너머, 한때 시커먼 연기를 뿜어내던 광업소를 향하고 있었다.

성수는 고개를 끄덕였다.

"벌써 여기저기 탄광들 문 닫는다는 소리가 파다했지. 석탄산업 합리화사업단인가 뭔가 생기고 나서부터는 더 심해졌고."

"합리화…… 글쎄, 그게 맞는 말인지 모르겠어."

태열은 손에 쥔 막걸리잔을 만지작거렸다.

"우리가 젊었을 땐 석탄이 없으면 나라도 안 돌아가는 줄 알았는데. 연탄 한 장에 온 식구가 겨울을 났고, 공장들도 석탄으로 굴러갔잖나."

"그랬지. 석유 파동 때는 난리도 아니었지. 그때 석탄이 없었으면 어쩔 뻔했어. 생각만해도 아찔하네."

태열은 그때를 회상하며 눈을 감았다. 탄광촌의 활기 넘치던 모습, 검은 얼굴로 웃던 광부들의 모습이 스쳐 지나갔다.

"근데 이젠 석탄이 기후 위기 주범이라니……, 세상 참 빨리 변해."

태열은 씁쓸한 미소를 지었다.

"저러니 평생 석탄 캐고 산 광부들은 이제 와서 죄인 취급받는 기분이랄까."

"죄인이라니, 그건 아니지. 한때는 광부들이 나라 경제를 살린 일등 공신이었지. 안 그래?"

성수가 힘주어 말했다.

"하지만 시대가 변하면 따라가야 하는 것도 맞는 말이고……, 그렇다고 이렇게 한순간에 싹 다 정리해 버리는 게 옳은가 싶어."

태열은 고개를 끄덕였다.

"그럼. 석탄 뒤로 석유가 득세하더니, 이제는 가스라지? 이제 석탄은 완전히 설 자리를 잃었어. 그나마 몇 군데 안 남았으니, 우리한테는 그저 '까만 돌덩이'가 아니었는데 말이야."

그의 목소리에는 깊은 아쉬움이 묻어났다.

"아직도 발전소나 제철소에서는 수입 석탄을 쓴다는데, 왜 국내 석탄은 이렇게 빨리 없애버리는지 모르겠어. 좀 더 합리적인 방법이 있었을 텐데……."

두 남자는 한동안 말이 없었다. 한때는 태열의 삶의 전부였던 석탄산업의 몰락은 단순한 산업의 쇠퇴를 넘어, 한 시대를 살아낸 사람들의 자부심과 추억이 사라지는 것과 다름없었다.

그로부터 며칠 후 태열 보다는 조금 나이가 어려 보이는 사내가 사과 농장을 찾아왔다.

"혹시 사과 남은 거 있습니까?"

사과는 대부분 장에 내다 팔았고 태열과 친한 사이가 아니면 직접 와서 사과를 사는 사람은 별로 없었다.

"네, 있기는 합니다만, 어디에서 오셨습니까?"

"아, 이웃인데 처음 뵙습니다."

"이웃이라면 어디······."

태열이 말을 흐리자 남자는 손으로 가리켰다.

"저기 닥나무 많은 데 있잖아요. 거기서 왔습니다."

"아, 한지 만드신다는 남 선생님이시군요."

"어떻게 저를 아십니까?"

"아이구, 이 동네 살면서 선생님 모르면 간첩이지요. 안 그래도 한번 뵙고 싶었습니다."

"그런데, 저 배달도 됩니까?"

"네, 해 드리겠습니다."

"오늘은 늦었으니까 내일 두 박스만 가져다주세요. 여기 사과가 맛있다고 소문이 나서 일부러 사러 왔습니다."

"네, 알겠습니다. 내일 몇 시쯤 가면 되겠습니까?"

"저는 아침부터 늦게까지 집에서 작업합니다."

"네, 감사합니다. 내일 뵙겠습니다."

다음 날 날이 밝자 태열은 사과 두 박스를 자전거에 싣고 한지 만드는 작업실로 갔다. 한지 장인은 문경에서 모르는 사람이 없었다. 성수에게도 이야기를 들었던 것 같았다.

전통 도예가와 한지 장인　259

"문경에 아주 귀한 한지 장인이 산다더구먼. 자네 사과나무 농장 근처에 작업실이 있다던데, 그가 만드는 한지는 정말 최고라고 사람들이 칭찬하던데 혹시 오가다 만난 적은 없었나?"

태열은 자전거 페달을 밟으며 생각에 잠겼다. 끝없이 심어진 닥나무밭을 지나 작업실 앞에 다다르자 나무로 된 작은 간판이 눈에 들어왔다.

'한지나라'.

투박하지만 정감이 가는 간판이었다. 자전거를 세우고 태열은 사과 상자를 조심스럽게 내렸다. 그는 어깨에 사과 상자를 둘러메고 나무로 된 문을 열었다.

문을 열자 강렬한 냄새가 확 끼쳐왔다. 퀴퀴하면서도 알싸한, 풀 같기도 하고 흙 같기도 한 묘한 향냄새였다.

작업실 안은 생각보다 넓었다. 여기저기 닥나무들이 쌓여 있었고, 한쪽에서는 무언가를 삶는 듯 김이 피어오르고 있었다. 벽에는 얇게 펴진 종이들이 빼곡하게 붙어 건조되고 있었는데, 햇빛을 받아 반투명하게 빛나는 것이 마치 잠자리 날개 같았다.

작업실 한가운데, 어제 만난 사내가 닥나무 섬유를 물에 넣고 막대기로 젓고 있었다. 그의 손놀림은 흐트러짐 없이 정확했다.

"안녕하십니까? 사과 가지고 왔습니다."

일하던 그가 고개를 들었다.

"어서 오세요."

"잠시만요, 한 상자 더 있습니다."

태열은 밖으로 나가 사과 한 상자를 다시 어깨에 메고 들어왔다.

"감사합니다. 시간 되시면 차 한 잔 드릴까요?"

"아이구, 영광입니다."

그가 잠깐 자리를 비운 사이 태열은 한지를 구경했다.

"녹차 괜찮으십니까?"

"맛은 모르지만, 괜찮습니다."

태열의 솔직한 대답에 그는 웃었다.

"사과농장 시작하신 지가 꽤 되셨지요? 처음에 농장 시작할 때 얼마나 버틸까 생각했는데 꽤 오래 하십니다. 이제는 자리 잡으셨지요?"

"제가 원래 일밖에 모르는 사람이라서요, 뭐든 하면 우직하게 합니다. 탄광에서도 10년을 버텼습니다. 거기서도 버텼는데 사과농장쯤이야 아무것도 아니지요. 그런데 선생님은 언제부터 이 일을 하셨습니까?"

"저야 10살부터 시작했으니 올해로 34년째입니다."

"와, 대단하십니다."

"그래도 저보다 나이가 많으신 거 같은데요?"

"올해 50살 됐습니다."

"그러면 저보다 형님이신데요? 저는 올해 43살입니다."

"아, 그렇습니까?"

"말 놓으시지요."
"아닙니다. 그래도 장인이신데 제가 말을 놓을 수 없지요."
태열은 진심으로 존경하는 마음으로 그에게 말했다.
"저는 남상욱이라고 합니다."
"저는 이태열입니다."
통성명이 끝난 후 두 사람은 또 보자고 인사를 나누고 헤어졌다.
얼마 후 성수와 안부 전화를 하다가 태열은 한지 장인 남상욱을 만난 이야기를 꺼냈다.
"오, 드디어 만났구나, 언제 나도 한번 소개시켜 줘."
"한 번 봤는데, 사람이 좋아보이던데."
"그 사람 문경에서는 이미 유명한 사람이야."
"그래? 나야 뭐 무식해서 뭘 알아야 말이지."
"예끼, 이 사람 그런 소리 하지 말게."
두 사람은 웃으며 전화를 끊었다.

한지나라 남상욱 장인

　남상욱 장인의 작업장 한지나라는 이곳에 터를 잡은 지가 벌써 34년 되었다. 그는 이곳에서 닥나무를 찌고 껍질을 벗기는 작업을 했다. 밖에는 넓은 닥나무밭이 있었다. 1,000여 평에 5천 포기의 닥나무가 자라고 있었지만, 그는 계속 땅을 늘려나가고 있었다.
　사람들은 문경이 전통 한지를 만드는 데 좋은 이유로 맑은 물과 풍부한 햇볕을 꼽았다. 하지만 남상욱은 고개를 저었다. 정작 중요한 것은 다른 데 있었다.
　사실 옛날부터 닥나무는 태양을 많이 보는 게 좋다고 알려져 있었다. 그래서 햇빛이 좋은 전라남북도에서 자란 닥나무를 사용해 봤는데 오히려 전통 한지를 만드는 데 적합하지 않았다.

20년 전, 그는 직접 닥나무를 트럭에 싣고 전라도로 팔러 다녔다. 워낙 생산량이 많았기 때문에 이 지역에서는 다 소진할 수가 없어서였다. 그곳에 간 김에 닥을 가지고 왔는데 이상하게 종이가 되지 않았다. 그리고 오랜 세월 연구 끝에 그는 깨달았다. 닥나무는 태양이 아니라 토질이 더 중요하다는 사실이었다.

사실 한지의 원료는 오직 닥나무뿐이었다. 그는 11월에서 2월 사이에 채취하는 1년생 햇닥을 사용했다. 섬유가 여리고 부드러워야만 질 좋은 한지를 만들 수 있었다. 닥나무 중에서도 으뜸은 단연 참닥(조선닥)이었다.

채취한 닥나무는 솥에 120~150단 정도 넣어 비닐을 여러 겹 덮고 밀폐했다. 그 뒤 증기가 빠져나가지 않게 불의 세기를 조절하며 8시간을 푹 쪘다. 1시간 정도 뜸을 들인 뒤 비닐을 벗기고 꺼낸 후 하나씩 잡아 밑에서부터 껍질을 벗겼다. 이 피닥(닥껍질)은 햇볕 잘 드는 곳에서 말려 묶어 그늘에 보관했다.

피닥을 물에 불린 후 칼로 껍질을 긁어내면 초록빛의 청태가 나왔다. 이 청태까지 완전히 긁어내야 비로소 하얀 백피(백닥)가 되었다. 백피를 얻기 위해서 남상욱은 12시간을 작업했다. 그래야 겨우 6kg 남짓 백피를 생산할 수 있었다.

힘들게 얻은 백닥은 하루 정도 맑은 물에 담근 뒤 메밀대, 콩대, 목화대 등을 태운 재가 들어간 잿물에 넣고 4~5시간 삶았다.

전통 한지가 누런색을 띠는 이유는 바로 이 잿물 때문이었다.

    종이를 하얗게 만들고 당분이나 기름을 제거하기 위해 흐르는 물에 담가 일광 표백을 하는데 맑은 날에는 4일, 흐린 날에는 일주일 정도의 시간이 필요했다. 일광 표백이 끝난 백닥은 닥돌 위에 올려놓고 닥 방망이로 60~70분간 두들겨 닥 섬유로 만들었다. 이것을 물에 넣고 막대기로 저어주면 솜처럼 풀리는데, 여러 번 깨끗이 씻어 이물질을 걸러내는 티 고르기 작업이었다.

    종이를 뜨기 위해서는 닥풀이 필수였다. 황촉규라는 식물의 뿌리를 물에 넣고 으깨면 끈적한 점액이 나오는데, 이것을 닥 섬유와 일정한 비율로 섞어 막대기로 잘 저었다. 그리고 대나무로 만든 발로 우물 정(井)자 형태로 물질을 했다. 한지의 두께는 물질의 횟수에 따라 결정되었다.

    이렇게 만들어진 한지는 아직 물기가 많은 습지 상태였다. 한 장씩 포갤 때 긴 실로 된 베개를 끼워 나중에 쉽게 떼어낼 수 있도록 했다. 한지의 질을 높이기 위해 굴렁대로 왼쪽에서 오른쪽으로 굴리며 눌러 물을 뺐다. 물이 빠진 습지는 한 장씩 떼어내 갈대로 만든 빗자루로 주름이 생기지 않게 건조대에 붙였다. 그 뒤 건조된 한지는 100장 단위로 포개어 소중히 보관했다.

    이렇게 남상욱의 손끝에서 태어나는 한 장의 한지에는 세월의 고뇌와 땀방울, 그리고 잊혀가는 전통을 지켜내려는 굳건한 혼이 고스란히 담겨 있었다.

남상욱은 가난한 집에서 태어났다. 아버지는 일찍 여의었고 누나는 한입이라도 덜기 위해 일찍 출가시켰다. 그는 어머니와 둘이 막막한 삶을 버티며 하루하루 연명했다.

가난해서 학교는 당연히 가지 못했다. 그는 3대째 한지 만드는 집으로 시집간 누나네 집으로 가서 한지 만드는 일을 거들었다. 그의 나이 겨우 10살이었다. 그렇게 먹고 살려고 뜨기 시작한 한지가 한평생 그의 업이 되었다.

물론 지금은 그가 종이를 처음 뜨던 때와 전혀 다른 세상이 되었다. 종이가 기계에서 쏟아져 나오는 흔하디흔한 시대지만, 그는 전통을 고수하며 꼬박 1년에 걸쳐 만들어지는 종이를 만들고 있었다.

열 살이 되던 해 겨울, 그는 자형의 집으로 한지를 만들기 위해 갔던 시간을 떠올렸다. 닥나무를 삶는 냄새가 코를 찔렀다. 차가운 겨울바람 속에서 재료가 썩지 않도록 한지를 만드는 전통 방식을 배우며 그는 일을 거들고 끼니를 때웠다.

그러나 여름에는 어머니를 따라 품팔이를 해야 했다.

"니도 돈 한번 벌어봐라."

어느 날 어머니는 어린 그에게 말했다.

"논을 매든 밭을 매든 무조건 내 옆에 와서 해라. 주인 모르게 내가 니 골에 풀도 매주고 할 테니까네."

어머니는 상욱에게 다른 어른들과 똑같이 품삯을 받게 하려는 생각이었다. 그러나 불가항력이었다. 상욱은 결국 주인에게 들켜 일을 하다 말고 쫓겨났다.

"쪼그만 한 기 밭을 매고 모를 숨굴라고 하나. 너 집에 가라."

그는 터덜터덜 걸어서 집으로 돌아왔다. 그러나 어린 나이에 할 수 있는 일이라고는 산에 가서 나무를 하는 일 밖에는 없었다.

아침과 점심은 건너뛰기 일쑤였고, 어머니가 겨우 얻어온 밥을 나눠 먹으며 그는 독기를 품었다.

"나도 일을 배울끼다."

상욱은 모심기부터 연습했다. 남들이 심고 남은 모를 주워 밤낮으로 혼자 연습했다. 열두 살 무렵, 그는 동네에서 둘째가라면 서러워할 모심기 기술자가 되었다.

하지만 나이가 어린 데다 키까지 작았기에 일거리가 주어지지 않았다. 그는 동네 어른들에게 떼를 썼다.

"다른 동네로 모를 숨구러 갈 때 저를 딜고 가줘봐요. 가서가지고 '야는 나보다 더 잘 숨군다' 이렇게 얘기해서 모를 숨도록 해주세요."

어렵사리 얻은 기회를 상욱은 놓치지 않았다. 그는 빠르고 정확하게 모를 심었다. 다른 사람들이 하루 평균 100평을 심을 때, 그는 무려 300평을 거뜬히 해냈다. 그때 그는 깨달았다.

"무엇이든 깊이 파고 들어가고, 이를 악물고 열심히 하면 안 되는 게 없구나."

그는 무슨 일이든 열심히 했다.

자형은 그의 형님과 함께 작업하고 있었다. 상욱은 자형의 형님에게 전통 한지 만드는 법을 배웠다. 열일곱 살이 되자 이제 혼자서도 할 수 있겠다는 자신감이 생겼다. 그는 집 한쪽에 4평 남짓한 작은 작업장을 만들고 한지 작업을 혼자 시작했다. 열 살부터 시작한 그의 한지 인생은 그렇게 이어지고 있었다.

며칠 후 사과나무 농장을 하는 이태열이 남상욱을 찾아왔다.

"혹시 막걸리 좋아하십니까? 제 친구가 술도가를 하고 있어서 가끔 막걸리를 가져다 주는데 한번 드셔보시겠습니까?"

남상욱은 고개를 끄덕였다. 한때 막장에서 근무했다는 태열은 왠지 고생했던 자신의 어린 시절을 그가 이해할 수 있을 것 같은 생각이 들었다.

남상욱이 안주할 것을 찾아보겠다며 자리에서 일어났다. 태열은 작업실을 둘러보았다.

"안주로 할만한 게 김치뿐입니다."

"김치면 됐습니다."

두 사람은 서로 주거니 받거니 몇 순배 술을 마셨다.

"한지는 어떻게 시작하신 겁니까? 저는 무식해서 잘 모르는데 제 친구가 선생님이 꽤 유명한 장인이라고 하던데요."

남상욱은 그저 웃었다.

"대체 어떤 한지를 만드시길래 장인이 되신 건지 궁금합니다."

태열이 묻자 남상욱은 한지를 바라보다가 대답했다.

"한지는 겨울 중에서도 한겨울에 만들어야 좋은 한지가 나옵니다. 서리가 내리고, 눈까지 맞아 제법 단단히 얼어붙은 닥나무라야 진짜 한지가 나오거든요."

그때 태열의 눈에 벽에 붙어 있는 신문이 들어왔다. 문화재연구소에서 조선왕조실록을 복원하며 남상욱의 한지를 선택했다는 기사였다. 태열은 일어나서 기사를 마저 읽었다. 과학적인 실험 결과, 남상욱 장인의 한지는 그 어떤 한지보다 수명이 길고 품질이 뛰어나며, 무엇보다 전통적인 제작 방식과 특성이 가장 잘 드러난 종이라는 결론이 나왔다고 쓰여있었다.

"저는 어려서부터 너무 가난해서 고생하고 살았습니다. 마침 누나가 시집을 갔는데 하필 그 집이 한지 장인을 3대째 이어온 집이었어요. 겨울에 한지가 바빠서 거기 가서 일을 도왔죠, 그러다 시작하게 됐습니다."

그는 3대 장인에게 기술을 전수받았고 경상북도 무형문화재 제23호로 지정되었다.

"가장 좋은 한지는 가장 전통적인 한지입니다. 한지의 전통은 무조건적인 답습이 아니에요. 지킬 것은 지키는 원칙이죠. 세상이 알아주는 종이가 아니라, 어제 만든 종이보다는 내일 만든 종이에 희망을 겁니다. 그게 바로 제 한지가 지닌 진짜 힘입니다."

작은 체구에서 하는 말이라고는 믿어지지 않을 정도로 그의 말에는 힘이 실려 있었다.

태열은 고개를 끄덕였다.

"한지의 주원료인 닥나무는 오직 참닥(조선닥)이 최곱니다. 닥나무에도 참닥, 먹닥, 외닥이 있는데, 먹닥과 외닥(일본닥)은 껍질이 얇아 종이를 만들면 쉽게 찢어져요. 그래서 직접 참닥을 재배하기 시작했어요. 좋은 종이의 출발이 닥나무에 있기 때문이라고 생각했습니다."

태열은 깊은 깨달음을 얻은 사람처럼 남상욱의 말에 귀를 기울였다. 그리고 그로부터 시간이 날 때마다 남상욱의 작업장을 찾았다.

최고의 한지를 만들기 위해

　남상욱은 좋은 닥을 쓰기 위해 매년 12월 25일 전후로 닥을 채취했다. 참닥은 껍질이 두꺼우면서도 잡티가 적고, 섬유질이 깨끗하고 강했다. 닥나무는 한해살이이지만, 종이를 만드는 데는 지름 3cm 미만의 1년생 햇닥만을 고집했다. 섬유질이 여리고 부드러워야 종이뜨기가 좋았다.

　닥나무는 늦가을부터 한겨울까지 채취하는데, 닥나무의 주성분인 리그닌과 펙토신, 홀로셀룰로오스가 가장 강해지는 시기였다. 특히 겨울 닥나무는 추위와 눈을 견디며 섬유의 힘을 강하게 만들었다.

닥나무는 20kg을 기준으로 1단씩 묶는데, 1단에서 약 20장의 종이가 생산되었다. 옛날에는 이를 기준으로 닥나무를 거래했다. 20kg 한 단에 종이 10장, 이렇게 닥나무 값이 정해지던 시절이었다. 그리고 그 해 생산한 닥은 그해에 모두 소진하는 것이 원칙이었다. 해를 묵힌 닥나무는 종이의 질을 떨어뜨리기 때문이었다.

조선시대 자료를 보면 소백산맥의 남쪽 사면, 특히 문경 지역에서 양질의 닥나무가 많이 생산되었다는 기록이 있었다. 남상욱은 이러한 전통을 잇고자 야생 닥나무가 아닌 자신이 직접 재배한 닥을 사용했고, 닥풀의 재료가 되는 황촉규 또한 직접 재배하여 한지를 만들고 있었다.

채취한 닥나무는 제일 먼저 삶았다. 종이 재료가 되는 닥나무 껍질을 분리하기 위해서였다. 닥나무를 삶는 솥은 '대닥솥'이라 불리는 철제 솥으로, 폭 1.2m, 길이 2.4m에 높이는 30cm 정도였다.

닥나무 단들을 솥 안에 담그는 것이 아니라, 대닥솥 뒤로 닥나무 단들을 쌓아 올려 삶는 방식이었다. 대닥솥은 한 번에 100단, 즉 2,000kg까지 삶을 수 있었다. 70~80단을 삶을 때도 있지만, 50단 이하는 삶지 않았다. 삶는 양이 적으면 바닥에 깔린 닥나무를 건져내기가 어렵기 때문이었다.

높이 쌓아 올린 닥나무 더미 위로 비닐 마대를 여러 겹 덮고 끈으로 단단히 고정했다. 10여 년 전만 해도 이엉으로 만든 거적을 덮고 그 위로 흙을 덮었으나, 흙물이 닥나무에 스며드는 단점이 있었다. 닥나무를 다 넣은 다음, 대닥솥에 3분의 2 높이인 22cm 정도까지 물을 채웠다. 비닐 마대 위에 단열재를 덮고 다시 통나무를 올려 압력을 주는 동시에, 돌까지 얹어 단단히 고정했다. 물에 닥나무를 삶기보다는, 흙 가마에서 뽑아내는 수증기로 닥나무가 쪄지는 원리였다.

아궁이는 솥 바로 밑에 있었는데 대닥솥은 장방형의 큰 흙 가마 위에 얹혀 있었다. 땔감은 닥채를 이용했다. 닥나무 껍질을 벗겨내고 남은 속대를 묶였다가 썼다. 4시간 정도 불을 때면 마대가 한껏 부풀어 오르는데 이는 김이 올랐다는 신호였다.

김이 오르고 나서 3시간가량 더 불을 땠다. 이때부터는 특히 불 조절이 중요했다. 삶은 닥나무에 뜸을 들이는 시간이 필요하기 때문이었다.

아침 6시부터 시작된 닥무지는 보통 오후 2시쯤 끝났다. 꼬박 8시간이 걸리는 고된 작업이었다. 좋은 종이를 얻기 위해서는 좋은 닥나무를 잘 삶는 데서부터 시작되기에 남상욱은 하나도 허투루 하지 않았다. 덜 삶기면 껍질을 벗기기가 어렵고, 닥이 너무 삶기면 껍질이 약해져 작업하기가 어려웠다. 남상욱은 하루에 평균 2~3솥의 닥나무를 삶았다.

불 때기가 끝난 다음에도 1시간 정도 충분히 뜸을 들인 뒤에 닥나무를 꺼냈다. 대닥솥에서 꺼낸 닥나무는 옆에다 큰 닥나무 더미를 만들어 쌓았는데, 삶긴 닥나무는 물을 먹어 무거운 데다 뜨겁기까지 했다. 하지만 뜨거운 기운이 남아있을 때라야 닥나무 껍질을 벗기기가 한결 쉬웠다. 옮겨진 닥나무 더미에는 찬물을 뿌렸다. 닥나무를 식히는 역할도 했지만, 뜨거운 닥나무에 찬물이 닿으면서 닥채와 껍질 사이를 순간적으로 분리시키는 효과도 있었다. 삶은 닥나무에 찬물을 뿌려 식히더라도 열과 수분이 남아있을 때 곧바로 벗겨야 껍질이 잘 벗겨졌다. 대닥솥 바로 옆에서 작업을 하는 이유가 여기에 있었다.

껍질을 벗기는 데도 요령이 있었다. 닥채를 잡은 오른손을 오른쪽으로 구부리면서 왼손으로 닥나무 껍질을 잡아당기면, 왼손에 잡고 있던 껍질이 뒤집어지며 껍질과 닥채가 분리되었다. 이때 껍질을 오므라들게 벗겨서는 안 된다. 반드시 피닥이 뒤로 뒤집어지게 벗기는 것이 원칙이었다. 이렇게 하는 이유는 백닥을 만드는 과정에서 피닥을 긁어내기가 어려워지기 때문이었다.

이렇게 12시간을 꼬박 쪼그려 앉아 작업을 해도 얻어지는 백닥은 6kg 남짓한 양이었다. 하지만 백닥의 품질이 곧 종이의 품질로 이어지기에, 그는 백닥을 얼지 않도록 햇볕이 잘 드는 곳에서 완전히 말린 상태로 보관하고 그때그때 꺼내 사용했다.

말린 백닥은 찬물에 넣어 불렸다. 전통 한지는 한겨울 석 달 동안만 작업을 했는데 그 이유는 여름에는 높은 기온으로 닥이 썩어버리기 때문이었다.

2시간 정도 찬물에서 불린 백닥은 섬유질이 부드러워져 잿물이 잘 스며들게 하는 효과를 냈다. 백닥의 길이를 자르고 가닥가닥 올을 풀어가며 손질하는 이유 역시 마찬가지였다. 자연 잿물을 사용하기 때문에 거쳐야 하는 과정으로, 양잿물의 경우 이런 절차가 필요치 않았다.

  잿물은 백닥이 잘 삶기도록 돕는 역할을 했다. 단순히 닥나무를 삶는다고 치면 양잿물이 뛰어나고 구하기가 손쉽고 삶는 시간도 짧았다. 하지만 강한 독성 때문에 백닥의 섬유 조직까지 파괴시키는 치명적인 문제가 있었다. 자연 잿물은 만들기가 어렵고 시간도 오래 걸리는 반면, 오히려 삶는 과정에서 섬유의 힘을 강하게 만들었다. 당연히 종이의 수명에 큰 차이가 났다. 그가 굳이 자연 잿물을 고집하는 이유가 여기에 있었다.

  어떤 잿물을 쓰느냐에 따라 한지의 색깔도 달라졌다. 콩대는 흰색에 가까운 반면, 메밀대는 황색에 가까웠다. 주로 고급 한지에는 메밀대 잿물이 사용되었다. 남상욱은 직접 메밀대를 키워 재까지 만들었다. 메밀대에 그냥 불을 붙여 태운다고 재가 만들어지는 것은 아니었다. 순식간에 타버리는 메밀대의 특성상 불 조절이 특히나 중요했다. 좋은 재를 얻기 위해서는 불이 아닌 연기를 피우는 게 핵심이었다. 메밀대를 완전히 태우는 것이 아니라, 물을 뿌려가며 불완전 연소를 통해 재료를 얻었다. 1톤 트럭 두 대 분량의 메밀대를 태워야 겨우 한 가마니의 재를 얻을 수 있었다. 들어가는 비용과 시간만 따진다면 비효율적이었지만, 좋은 종이를 얻기 위해서는 결코 대체될 수 없는 것이 바로 자연 잿물이었다.

여러 종류의 재를 만들어도 재를 섞는 경우는 드물었다. 잿물의 종류에 따라 종이의 색깔이 달라지기 때문이었다. 메밀대에 뜨거운 물을 붓고 휘저으면 잿물이 만들어졌다.

백닥을 삶기 전에 반드시 잿물의 농도를 확인했다. 잿물을 흘려 색과 점도를 보기도 하고, 손으로 만져 확인하는 방법 등 오랜 경험에 의해 농도가 감지되었다.

아버지의 땀과 혼이 담긴 전통, 아들이 이어받아

지천년 견오백(紙千年 絹五百).

종이는 천년을 가고, 비단은 오백 년을 간다는 말처럼, 한지의 우수성은 예로부터 잘 알려져 있었다. 그러나 시대의 흐름 속에서 전통 한지의 맥은 위태로웠고, 남상욱 장인은 그 맥을 잇는 몇 안 되는 이들 중 하나였다. 그의 작업장 '한지나라'에는 빛바랜 간판만큼이나 깊은 세월의 흔적이 켜켜이 쌓여 있었다. 진실, 양심, 전통. 이 세 가지를 지키겠다는 그의 묵묵한 다짐이 고스란히 배어 있는 곳이었다.

열 살 어린 나이에 시작된 그의 한지 인생은 수십 년이 흐르는 세월 동안 오직 전통 방식만을 고집하며 이어져 왔다. 그의 손에서 태어난 한 장 한 장의 종이에는 헤아릴 수 없는 정성이 담겨 있었다. 하지만 그 길은 외롭고 고된 길이었다. 값싼 개량 한지가 범람하는 시대에 모든 공정을 수작업으로 한다는 것은 조금 모자라야 할 수 있을 정도로 힘든 일이었다.

남상욱은 한지 작업의 대를 이을 사람이 없다는 근심이 마음 한구석에 늘 자리 잡고 있었다. 힘겹게 지켜온 전통이 자신과 함께 사라질까 두려웠다.

그동안 수많은 사람이 전통 한지를 배워보겠다고 문을 두드렸다. 그러나 짧으면 두 달 길어야 다섯 달을 견디지 못하고 모두 도망갔다. 그만큼 모든 일을 일일이 손으로 하는 작업은 힘들었다.

그러던 어느 날, 막내아들 찬호가 그를 찾아와 심각하게 말했다. 아들은 대학에서 전자공학을 전공하고 있었다.

"아버지, 저도 한지를 배워보고 싶어요."

찬호의 말에 남상욱은 가슴이 철렁 내려앉았다. 그마저도 일이 힘에 부쳐 올해 그만두느냐 내년에 그만두느냐 고민하던 때였다. 그는 아들이 자기의 뒤를 이어 힘든 일을 하는 것을 원치 않았다.

"나는 워낙 가난해서 돈도 못 벌고 먹고살기 힘들어서 이 일을 시작했지만, 너는 대학 졸업도 했으니 큰 도시로 나가서 사회 진출을 해라. 죽어도 한지는 하지 마라."

찬호는 막내 아들이었는데 엄마가 병들어 누워 있자, 네 살 때부터 심부름을 하던 착한 아들이었다.

"아버지가 평생을 고생했는데 너까지 고생할 필요는 없다."

그는 단호히 안 된다고 말했으나 찬호는 고집을 꺾지 않았다.

"사실 몇 달 전부터 제가 전국을 돌아다니며 조사를 했습니다. 지금 전국에서 전통 한지를 이어가는 사람은 아버지 하나뿐이었습니다. 그래서 꼭 해야겠습니다."

찬호는 전국을 다녀봐도 아버지처럼 전통 한지를 만드는 곳이 단 한 곳도 없다는 것을 알게 되었다. 그는 아버지의 땀과 혼이 담긴 이 소중한 전통을 자신이 이어가야 한다는 사명감을 느꼈다.

"꼭 해야겠습니다, 아버지."

남상욱은 아들이 그저 자신을 등에 업고 쉽게 돈을 벌려고 한다고 생각했다.

"그러면 너는 애비 덕택에 쉽게 돈이나 벌겠다는 속셈이냐?"

아들은 단호히 고개를 저었다.

"그건 절대 아닙니다."

아버지의 완강한 반대에도 불구하고 아들의 눈빛은 흔들림이 없었다. 남상욱은 아들에게 조건을 걸었다.

"그러면 지금부터 3년 동안 인생 공부를 하고 돌아와라. 대신 아버지는 한 푼도 지원해 주지 않을 것이다."

찬호는 그 길로 집을 떠났다.

잿물에 손 담그지 않으려고 그토록 발버둥쳤는데 이제는 아들까지 나서서 기꺼이 잿물에 손 담근다고 하니 그는 가슴이 저렸다.

찬호는 2년 넘게 자동차 영업사원을 하며 돈을 벌었다. 아들의 각오가 그냥 해본 말이 아니라 진심이었음을 알게 된 그는 아들에게 다시 말했다.

"이번에는 100원짜리, 1,000원짜리 장사하는 곳으로 가서 일해봐라. 작은 돈도 아까워하고 큰 돈도 쓸 줄 알아야 한다."

아들은 다시 1년 반 동안 주유소에서 세차하며 돈을 모았다. 어느 날, 아들이 이제 집으로 가겠다고 말했을 때 그는 아들을 더는 말릴 수 없었다. 금쪽같은 아들만은 잿물에 손을 담그지 않기를 바랐지만, 아들의 뜻을 꺾지 못했다.

귀향한 아들은 대학교 전통한지연구실에서 연구원으로 활동하며 전통 한지의 이론적인 뒷받침을 공부했다. 그리고 마침내 그와 함께 일하게 되었다.

아버지의 땀과 혼이 담긴 이 소중한 전통을 아들이 기꺼이 이어받은 것이다. 천년의 세월을 견뎌낼 한 장의 종이, 그 안에 담길 무수한 이야기를 위해 뛰어들었다.

"쌀은 88번 손이 가야 좋은 쌀을 수확할 수 있고, 종이는 100번이 넘는 손길이 가야 비로소 얻어진다."

"명심하겠습니다."

"값싼 중국 한지가 밀려들어 오고, 화학약품으로 손쉽게 만든 개량 한지가 전통 한지로 둔갑하는 현실 속에서 모든 공정을 수작업으로 한다는 것은 힘든 일이다. 아버지는 한겨울 눈 덮인 산길을 120리씩 걸어 시장에 가도 종이 한 장 팔지 못하고 돌아오는 날이 허다했었다. 배고픔과 추위에 지쳐 눈밭 위에서 잠이 들기도 여러 번, 동상에 걸리고 죽을 고비를 넘기기도 했다."

"알고 있습니다."

찬호는 힘든 한지 작업에 뛰어들었다. 닥나무를 채취하고, 찌고, 껍질을 벗기는 일은 물론, 백닥을 만들고 삶고 두드리는 전 과정은 그의 상상보다 훨씬 고되었다. 특히 대나무 발을 앞뒤 좌우로 50번 이상 흔들며 종이를 뜨는 '외발뜨기' 방식은 종이 한 장에 20~40분이 걸리는 고된 작업이었다.

아버지보다 힘은 좋았지만, 일하는 양은 절반도 따라갈 수 없었다. 50kg도 안 되는 몸무게로 종일 일하는 아버지를 보며 찬호는 종종 마음이 아팠다. 하지만 동시에 아버지의 강인함과 우직함에 깊은 존경심을 느꼈다.

"진실하고, 양심을 지키고, 전통을 따르는 것. 이 세 가지가 한지를 만드는 데 가장 중요한 마음가짐이다."

아버지의 가르침을 되새기며 찬호는 묵묵히 닥나무를 긁고, 물을 뜨고, 종이를 말렸다. 그는 단순히 종이를 만드는 기술을 넘어, 한지에 담긴 장인의 정신과 천년의 생명력을 체득해 나갔다.

남상욱 장인은 솔직히 마음이 든든했다. 만약 아들이 없었다면 자신이 지켜온 이 한지는 과연 어떻게 되었을까? 생각하면 고맙고 대견한 아들이었다.

찬호가 한지 현장에 뛰어들면서 작업하는 방식도 과학적으로 조금씩 바뀌었다. 아들은 pH 측정기로 농도를 쟀다. 전통 한지의 지속 가능성을 위해서는 반드시 과학적인 수치의 계량화가 필요하다는 판단에서였다.

잿물을 빼낸 백닥의 물기를 짜낸 뒤, 백닥을 닥판에 올리고 두드렸다. 닥을 두드리는 건 비로소 백닥을 종이가 되는 섬유 상태로 만드는 과정이었다. 평평한 닥돌 위에 삶은 백닥을 올린 뒤 방망이로 닥을 두드렸는데 네 번을 두드리는 걸 한 벌이라고 하고 방망이는 주로 닥나무나 자작나무를 썼다. 남상욱은 자작나무를 선호했다.

한 벌을 두드리고 난 후, 두드린 백닥을 뒤집어 다시 한 벌을 두드리는 식으로 반복했다. 평균적으로 네 벌을 두드리는 게 일반적이지만, 닥 섬유가 풀린 상태를 확인해 가며 닥 섬유가 완벽히 풀어질 때까지 두드렸다. 닥돌에는 백닥 10벌 정도가 올라갔다. 500g을 기준으로 닥돌을 두드리는데 20분 정도가 걸렸다. 물론 종이의 종류나 두께에 따라 횟수는 달라졌다. 두껍고 질긴 종이를 만들 때는 횟수가 줄어들고, 얇고 부드러운 종이를 만들 때는 닥을 두드리는 횟수도 평균보다 훨씬 늘어났다.

백닥을 찢어 두드려진 상태를 확인한 뒤, 닥통에 담고 물을 부으면 솜처럼 풀어졌다. 비로소 백닥이 닥 섬유로 만들어진 상태가 되는 것이다.

닥통에 풀어둔 닥 섬유를 흔든 뒤, 덜 풀렸다 싶으면 물을 부어가며 다시 두드리고 확인하기를 반복했다. 이 과정에서 잡티와 같은 이물질을 골라냈다. 과학적 상태를 만드는 과정까지가 가장 힘들고 복잡했다.

남상욱이 여전히 방망이질을 멈추지 못하는 이유는, 양잿물을 풀고 모터로 갈아 만든 한지보다는 자연 잿물을 쓰고 손으로 두드려 풀어 만든 그의 전통 한지가 훨씬 오래가고 좋은 종이라는 것을 누구보다 그 자신이 잘 알고 있기 때문이었다.

남상욱은 전통적인 한지 제조 공정을 고집스럽게 지키려는 태도가 다른 어떤 한지 장인에 비해서도 두드러지는 면이 있었다. 수년 전 국립문화재연구소에서 실험을 해본 결과, 그의 한지는 다른 어떤 한지보다도 우리나라에서 가장 전통 한지의 특성을 잘 간직하고 있는 것으로 입증되었다.

세상이 알아주는 것은 중요치 않았다. 50년 동안 밭에서 종이를 만들어도 그는 매번 아쉬움이 남았고, 끊임없이 변화하는 종이를 고민하는 이유가 여기에 있었다.

닥풀의 재료는 황촉규였다. 황촉규는 9월 가을에 심어 1m 이상 자랐다. 닥풀은 황촉규의 뿌리로 만드는데, 황촉규 뿌리를 풀통에 넣고 밟고 짓이겨서 나오는 즙이 바로 닥풀이었다.

"이거 이제 미끄러워 나오지? 이걸 묵이라 한다."

끈적한 닥풀은 종이 조직을 튼튼하게 하고 닥 섬유가 서로 잘 붙도록 돕는 역할을 했다. 닥풀을 섞은 한지는 미끄럽고 잘 찢어지지 않으며, 종이의 수명도 오래갔다. 황촉규로 만든 자연 닥풀은 낮은 온도에서는 풀기가 살아있는 특징이 있었다. 닥 섬유 역시 자연 재료라 여름에는 썩어버렸다. 전통 한지가 겨울에만 작업을 하는 이유가 여기에 있었다.

"종이를 뜨는 통의 이름을 지통이라고 한다. 풀어둔 백닥을 지통에 넣고 닥 채꽂이로 저어주는데 이를 풀 때기라고 한다. 닥 섬유를 하나하나 풀어주는 과정인데 풀 때기로 잘 섞인 닥 섬유에 닥풀을 섞으면 된다."

닥풀의 양을 가늠하는 것은 오직 남상욱의 몫이었다.

"닥의 두드려진 상태에 따라 닥풀의 양이 다르고, 날씨에 따라서도 닥풀의 양이 달라진다. 닥풀의 주성분은 점액으로 닥 섬유의 정착을 돕고 종이의 강도를 높이는 역할을 한다. 얇은 종이가 가능한 것도, 젖은 종이가 찢어지지 않고 쉽게 떨어지는 것도 다 닥풀의 힘이다."

남상욱은 아들에게 하나라도 더 알려주기 위해 최선을 다했다.

"닥풀을 섞은 후 다시 풀 때기를 한다. 이것은 닥풀과 닥 섬유를 잘 섞어주는 과정이다. 닥풀의 풀기는 종이가 완성된 후 자연적으로 사라지니까 걱정할 것 없다. 그런데 전통 한지가 통풍과

투과성이 좋은 이유가 바로 여기에 있는 거다. 만약 여기서 화학 풀을 쓰면 굳어버리는 성질이 있어 닥 섬유 사이를 막아버린다. 통풍도 안 되고 당연히 종이의 수명도 떨어진다."

닥풀을 섞는 풀 때기가 끝나면 발틀을 걸어 물질 준비를 했다.

남상욱의 물질은 외발뜨기였다. 가장 전통적인 방식으로 종이를 뜨는 발이 하나라고 해서 외발뜨기라고 했고 물을 흘린다고 해서 흘림뜨기라고도 했다.

"종이 한 장을 뜨는 데 일곱 번의 물질을 한다. 외발뜨기는 반물질과 연물질을 교차해 닥 섬유를 우물 정자로 엮어내는 것이 핵심이다. 물질의 횟수에 따라 종이의 종류도 달라지지만, 일반적으로 종이의 종류는 물질의 횟수보다는 종이와 종이 사이에 놓는 비계에 따라 정해진다. 비계는 종이와 종이를 구분하는 일종의 숨결이다."

남상욱은 비계를 넣을 때마다 굴통 작업을 병행하고 있었다. 물질로 떠낸 종이를 발에서 떼어내는 작업으로, 굴통을 굴려 물기를 빼내는 과정이었다. 물질과 교대로 이루어지기 때문에 품이 더 들고 시간도 훨씬 많이 걸렸다. 굴통은 15cm가량의 소나무로 만들었다.

"소나무 굴통을 굴려 물기를 빼내는 작업은 물질로 엉키고설킨 닥 섬유를 단단하게 조여 주는 효과를 낸다. 그래서 굴통 작업을 거친 종이와 그렇지 않은 종이의 수명에 차이가 나는 것이다.

번거로운 데다 생산량이 떨어지는데도 불구하고 아버지가 굴통 작업을 빠뜨리지 않는 이유다."

종이에 따라서는 15번에서 30번의 물질을 하기도 했다. 암 물과 염 물을 교차해 우물 정자를 만드는 과정에서 닥 섬유 조직은 위와 아래, 좌와 우로 얽히고설킨다. 외발뜨기로 만든 전통 한지가 얇아도 질기고 수명이 오래가는 이유가 여기에 있었다. 외발뜨기가 전통적인 물질인 반면, 계량화된 쌍발뜨기도 있었다. 발틀에 물을 가둬 뜬다고 가득이라고도 하는데, 물질 한 번에 두 장의 종이가 나왔다. 이 방법은 기술 습득이 비교적 쉽고 생산량이 많은 반면, 외발 뜨기에 비해 종이의 품질은 떨어졌다.

"외발 뜨기는 물질의 횟수에 따라서도 종류가 달라지지만, 닥에 따라서 종이가 구분된다. 발 하나에 한 장의 종이가 만들어지는 것을 외물지라고 한다. 반면 이물지는 외물지 두 장을 뜨고 난 후 비계 하나를 얹어 한 장을 만드는 방식이다. 삼합지는 외물지 세 장을 겹친 것으로, 그 두께가 창호지의 1.5배에 해당한다. 삼합지에서 한 장씩 늘어남에 따라 두 장모, 석 장모 이하로 명칭도 달라진다. 가장 두꺼운 한지는 창호지 25겹의 두께를 자랑하는 갑옷지로 구분된다."

굴통 작업을 끝낸 종이는 물기가 남아 있는 무정으로 젖은 상태였다. 차곡차곡 쌓은 무정 위로 마른 종이 한 장을 올린 다음, 물 빠짐이 좋은 천을 덧댄다. 그 위로 우뚝대라 불리는 송판을 얹는다. 송판 위로 다시 빈틈없이 각목을 맞춰 끼워 무정에 남은 물기를 강제로 빼내는 압착 과정을 거친다.

"무정의 물을 빼는 데는 '작개'라는 압착기가 사용된다. 작개는 양쪽에 철근 기둥을 버팀목으로 해서 인위적인 압력을 가하는 수동식 기계다. 압착기인 작개는 1970년경부터 사용되었는데, 이전에는 철근 대신 통나무를 사용했고, 그 이전에는 그저 큰 돌을 눌러 종이의 물을 뺐다. 당연히 물을 빼는 데도 시간이 많이 걸렸다."

한지는 종이를 말리는 별도의 건조실이 있었다. 압착이 끝난 종이는 물기 없이 고슬고슬한 상태가 되었다. 이 종이를 배때기라 부르는 막대기에 하나씩 감았다. 예전에는 나무를 다듬어 만든 배때기를 사용했으나, 매끄러운 표면과 만들기가 쉽다는 장점으로 인해 최근에는 플라스틱 봉으로 바뀌었다. 건조대에 붙이기 쉽도록 준비하는 과정이었다.

한지는 철판 건조대를 사용했다. 가열된 철판에 한 장씩 붙이고 주름이 생기지 않도록 빗자루로 쓸어주면 끝이다. 빗자루는 갈대를 엮어서 만드는데 이것이 마지막 단계였다.

"좋은 종이의 마지막 완성은 건조에 있다. 아무리 종이를 잘 만들어도 건조를 잘못하면 종이의 운명도 달라진다. 옛날 내 스승은 '토방 벽'이라고 해서 흙으로 만든 토방 벽에다 종이를 붙여 말렸다. 그런데 이 방법은 시간이 많이 걸리는 데다 종이가 고루 마르지도 않아 아무리 종이를 잘 만들어도 좋은 종이를 얻기 힘들었다."

그래서 남상욱은 나무로 된 합판을 거쳐 함석판으로 바꾸어 해보고 다시 철판 건조대로 바꿔서도 해봤지만, 철판을 가열하는 연료는 반드시 장작을 썼다. 가스로 가열해 말리는 종이와 장작을 쓰는 종이는 질감부터가 달라지기 때문이었다.

2005년부터는 자연풍에 말린 목판 건조도 병행하고 있었다. 조선왕조실록 밀랍 원본에 들어가는 종이 역시 목판 건조로 종이를 만들었다. 목판 건조는 열이 아니라 차가운 바람을 이용했다. 종이가 마르는 동안 온 신경을 집중해야 했다. 날씨의 영향을 받는 터라 생산량에 한계가 있지만, 그만큼 종이의 수명은 길어졌다.

천년만년 가는 한지

 남상욱은 다양한 종류의 종이를 생산하고 있지만, 그중에서도 사고지, 보서지, 창호지의 비중이 컸다. 사고지는 얇은 외물지로, 주로 부적이나 제사에서 태우는 소지지였다. 보서지는 외물지와 이물지로 세분화되는데, 족보를 만드는 종이나 고서가 해당되었다. 삼합지는 외물지를 세 번 붙인 것처럼, 삼합지에서 한 장씩 늘어남에 따라 두 장모, 석 장모 이하로 구분되었다.

 남상욱이 만드는 한지의 우수성을 아는 사람들은 주문 생산을 했다. 전통 한지를 아는 사람만이 그의 종이를 쓰는 셈이다. 천 년을 간다는 종이의 수명도 빈말이 아니었다. 남상욱은 국내 최초로 백호지를 개발 생산하는 등, 끊임없이 보다 나은 전통 한지를 고민하고 있었다. 모르는 종이에 대한 열정, 그것이 바로 남상욱이 한지를 만드는 힘이었다.

남상욱이 가장 보람을 느끼는 일은 그의 한지가 조선왕조실록을 만드는 종이로 쓰였다는 사실이었다. 그는 이 종이를 만들 때 상당한 정성을 들였고 아무도 근처에 오지 못했다. 누가 옆에서 말을 붙이는 것도 허용하지 않았다. 우리나라 역사를 기록하는 종이니 귀중하게 쓰여야 했고 그래서 더 정성껏 만들었다.

"최고의 한지를 만드는 비법은 단순하다. 추위를 피하지 않고 겨울에만 종이를 만들고 1년생 햇닥만을 사용하며 오직 전통식으로 더 나은 종이를 만드는 것이 목표다. 나는 닥과 씨름하며 수작업만으로 좋은 백닥을 만들었고, 더디고 번거로운 자연 잿물을 고집했다. 어깨가 빠지도록 닥을 두드렸고, 닥 풀질을 멈추지 않았으며, 전통적인 외발뜨기를 포기하지 않았다."

아버지의 가르침에 남찬호는 고개를 끄덕였다.

남찬호 역시 세상이 알아주는 한지가 아니라, 스스로가 만족할 수 있는 최고의 한지. 천년을 가고 만년을 가는 한지를 만들기 위해 노력할 것이라 다짐했다.

"우리 땅에서 난 닥나무로, 우리 전통 방식으로 만든 종이만이 진짜 '우리 종이'다. 비록 힘들고 어렵지만, 이 맥을 끊을 수는 없다."

아버지 옆에서 묵묵히 작업을 이어가던 찬호는 아버지 말이

백번 옳다고 생각했다.

"아버지의 고집 덕분에 문경 한지가 프랑스 루브르 박물관에서도 인정을 받았으니, 언젠가는 이 가치를 알아주는 사람들이 더 많아질 겁니다."

작업장 한쪽 벽에는 프랑스 루브르 박물관 국제학술회의 초청장과 문경 한지가 전통 한지 데이터베이스 작업의 표준으로 선정되었다는 증서가 자랑스럽게 걸려 있었다. 어쩌면 전통과 현대, 과거와 미래는 서로 대립하는 개념이 아니라, 조화롭게 공존하며 새로운 가치를 창출하는 가능성을 품고 있는지도 모른다는 생각이 들었다.

제 5 장

차세대의 귀환

은성광업소 문을 닫다

1989년부터 탄광은 문을 닫기 시작했다. 사업단은 단계별로 폐광하려고 계획을 세웠으나, 폐광 희망 탄광이 폭주하면서 탄광촌의 지역경제는 마비 상태에 이르렀다. 대규모 폐광이라는 석탄합리화 정책이 몰고 올 파장을 미리 대비할 수 있는 대체산업은 사실 없었다. 그래서 그 정책은 지금도 졸속정책이라는 비판을 받고 있다.

선진국에서는 석탄업계나 탄광촌의 충격을 완화하기 위해 석탄합리화 진행기간을 30~40년에 걸쳐 서서히 시행했다. 그런데 우리나라의 석탄산업합리화는 예고도 없이 갑작스럽게 시행되었다.

석탄이 유일 산업이던 탄광촌은 석탄 합리화 정책 이후 폐허로 변했다. 1988년 전국 347개에 이르던 탄광은 1996년 11개로, 줄었고 6만 명이 넘던 탄광노동자는 1996년 만 명 정도로 감소했다. 도시는 바로 불똥이 튀었다. 탄광이 문을 닫으면서 사람들이 떠나자 갑자기 도시 인구가 줄어든 것이다. 우리나라 석탄 소비량의 20%를 담당하던 문경군과 점촌시 역시 하나의 도시로 통합되었다.

1994년, 마침내 은성탄광이 문을 닫았다. 1938년에 개광한 은성광업소는 1994년 폐광되기까지 문경광업소와 더불어 문경시를 대표하는 기업이자 경북 최대 규모의 탄전권을 이루는 핵심 광업소였다.

해가 뉘엿뉘엿 지는 저녁나절, 마음이 착잡한 이태열은 김성수의 술도가를 찾았다. 오늘은 은성광업소가 문을 닫는 날이었다.

"자네, 기분은 어때?"

김성수가 이태열에게 담배 한 개비를 권하며 물었다.

"기어코 이날이 오고야 마는구먼. 한때는 내 목숨 줄과 같았던 탄광이었네."

"자네한테는 특별한 날이겠네."

"서울에서 밤도망 치듯 내려와 처음 몸 던진 곳이 여긴데. 그때가 70년대 중반이었지. 참, 그때는 상상도 못 했네, 이런 날이 올 줄은."

이태열은 담배 연기를 길게 내뿜었다.

"그때만 해도 이곳 문경은 개들도 만 원짜리를 물고 다닌다는 소리가 돌았지. 가은 장터 신발가게에 장화가 없어서 못 팔았으니까. 나도 초년병 시절에는 월급이 나오는 날이면 제일 먼저 장화부터 사러 갔었네."

이태열이 씁쓸하게 웃었다.

"그랬지. 탄광이 한창 번창할 때는 말 그대로 흥청망청이었어. 마을마다 요정이 서너 개씩 있었고. 문경에만 탄광이 73개나 있었지 않나. 은성광업소는 물론이고 대성탄좌, 봉명광업소, 등등 7천 명 넘는 광부들이 이 땅을 먹여 살렸으니 말이야."

이태열은 먼 산을 응시했다.

"그런데 언제부터인가 바람이 바뀌었어. 연탄 대신 석유를 쓰고, 탄광은 생산비가 높아진다며 정부에서도 정리하기 시작했지. 85년부터 석탄산업합리화 사업인가 뭔가 한다더니, 결국 87년에 단산광업소부터 문을 닫기 시작했어. 그때부터였네, 이 땅이 시들어가기 시작한 게."

"맞아. 30개나 되던 탄광이 전부 문을 닫았으니……, 우리 술도가도 타격을 받았지."

김성수도 고개를 끄덕였다.

"광부들이 새 일자리를 찾아 다 떠나면서 인구가 절반 이하로 뚝 떨어졌지. 74년에 16만 명이 넘던 인구가 지금은 7만 6천 명이라니. 시내는 텅 비고 빈집도 늘고……."

김성수가 말을 이어 나갔다.

"맞아, 우리가 너무 안일했지. 호황을 누릴 때 폐광을 생각이나 했겠나? 대비책도 없이 그저 정부나 업체만 쳐다봤으니. 몸 성한 사람들은 다른 도시로 갔지만, 진폐증 걸린 사람들은 사실 떠나지도 못하고 병원에서, 집에서 겨우 목숨만 이어가고 있지 않나."

태열은 과거를 회상하듯 눈을 감았다.

"탄광이 참 많은 것을 주었지만, 참 많은 것을 빼앗아 가기도 했어. 79년 갱내 화재로 44명이나 희생됐지. 은성광업소에서만 지난 56년간 166명이 목숨을 잃었다고 하네. 그러니 그들의 피와 땀이 이 땅에 고스란히 스며들어 있지 않겠나?"

이태열은 잠시 침묵하다가 말했다.

"그래도, 그래도 말이야. 이 모든 게 헛된 건 아닐 거야. 지금은 흉물스럽게 버려진 폐석더미도, 시커먼 폐수 흐르던 하천도 언젠가는 제 모습을 찾겠지. 탄광 흔적은 사라질지 몰라도, 우리가 여기서 겪었던 삶과 문화는 남을 걸세."

"그렇지. 전국에서 사람들이 모여들었던 탄광촌이라 텃세도 적었고 개방적이었어. 이런 기질이 언젠가는 문경을 다시 일으켜 세울 힘이 될 거라고 나는 믿네."

55살이 된 두 남자는 지는 해를 바라보며 한동안 말이 없었다.

그리고 5년 뒤인 1999년, 은성탄광이 있던 자리에는 문경석탄박물관이 개관했다.

감홍 사과밭의 새바람

 이태열의 아들 이진우가 이어받아 가꾸는 문경의 드넓은 사과밭은 봄의 생기로 가득했다. 갓 피어난 연둣빛 새잎들이 햇살을 받아 반짝였고, 곧 터져 나올 꽃망울들은 붉은 기운을 머금고 있었다.
 문경은 중산간 지역으로 높은 일교차와 비옥한 토질, 청정 자연환경으로 육질이 단단하고 향이 짙으며 당도가 높은 꿀사과를 재배할 수 있는 조건을 갖추고 있었다.
 날이 좋은 오후, 진우는 익숙한 듯 능숙하게 나무 사이를 오가며 가지치기 작업을 하고 있었다. 그의 손길이 닿을 때마다 묵은 가지들이 삭삭 떨어져 나갔다.

진우가 아버지의 사과 농장을 이어받은 지 어느새 22년이 지났고 다시 그의 아들 태호가 진우를 돕게 된 것도 벌써 3년이 지났다.

도시에서 직장 생활을 정리하고 고향으로 돌아왔을 때, 진우는 아버지 혼자서 벅차게 농사짓는 사과 농장을 함께 돕기로 마음먹었다. 아버지와 함께 '감홍'이라는 품종에 도전했고 마침내 결실을 맺었다.

감홍 사과는 1993년부터 보급된 품종으로, 껍질이 검붉은색이 되는 단점이 있지만, 봉지를 씌우면 선홍색 줄무늬가 나타나 외관이 뛰어났다. 감홍사과는 보기에도 좋을 뿐 아니라 과즙이 많고 당도도 매우 뛰어났다. 단 냉장 저장이 되지 않아 상온에서 60일 정도 보관이 가능했다.

"아버지, 이 가지는 이렇게 자르는 게 맞나요?"

태호가 묻자 진우는 아들에게 다가가 말했다.

"우리 감홍이는 다른 사과랑 달라. 이맘때 이렇게 가지를 쳐줘야 나중에 열매가 실하게 열리지."

진우는 아직 서투른 손길의 아들에게 친절하게 가위질하는 법을 가르쳐주었다. 태호에게 아버지는 든든한 스승이었다. 그리고 진우는 50여 년을 사과와 함께해 온 아버지의 지식과 경험을 더없이 소중한 자산으로 여겼다

진우는 아버지에게 감홍 사과의 재배 노하우를 배우는 동시에, 새로운 기술과 젊은 감각을 접목하려 노력했다. 드론을 이용

한 농장 관리를 도입하고, SNS를 통해 감홍 사과의 매력을 알리는 데도 적극적이었다.

"아버지, 이번에는 온라인 예약도 시작해 보려고요. 감홍 사과가 제철 아니면 구하기 어렵잖아요. 그러니까 온라인으로 사전에 미리 주문을 받아서 딱 제철에 맞춰 보내드리려고 합니다."

진우의 말에 태열은 일리가 있다고 고개를 끄덕였다. 확실히 영업은 나이가 젊을수록 더 낫다는 생각에 태열은 가급적 아들에게 힘을 실어주었다. 이제 86살에 접어든 태열은 농장에 나와 앉아 있는 것도 사실 버거운 나이가 되었다.

감홍 사과는 저장이 안 되기 때문에 10월 중순부터 12월 중순까지만 판매했다. 사실 그 이후에는 팔고 싶어도 물량이 없었다. 한 번 먹어본 사람이 계속 찾고 농장에 미리 주문했다가 수확하면 바로 찾으러 오기도 했다.

온라인 판매를 통해 더 많은 사람들이 감홍 사과를 접할 수 있게 되면서 사전 예약도 활기를 띠었다.

물론 그동안 쉬운 길만 있었던 것은 아니었다. 예측할 수 없는 자연재해와 갑작스러운 병충해는 한해 열심히 지은 농사를 망쳐놓기도 했다. 그러나 사람이 날씨까지 좌우할 수는 없었다. 날씨는 그저 하늘에 맡기는 수밖에 달리 방법이 없으니까.

이태열은 늘 아들에게 일렀다.

"자연은 정직하다. 땀 흘려 일한 만큼 결실을 맺을 수 있으니,

늘 최선을 다하면 결코 실패하지 않는다."

10월 중순, 감홍 사과의 수확철이 다가오면 농장은 온통 붉은 색으로 물들었다. 탐스러운 감홍 사과들이 주렁주렁 매달린 모습은 마치 보석이 나무에서 빛나는 것 같았다. 일일이 봉지를 씌워 선홍색 줄무늬를 뽐내는 감홍 사과는 진우의 노력과 열정이 빚어낸 결실이었다.

최고의 감홍 사과는 무게 400~450g에 달하는 큼직한 크기와 긴 원형의 형태, 황백색의 속살, 풍부한 과즙, 뛰어난 산미와 당도의 밸런스를 유지하고 있었다.

"아버지, 올해 첫 수확한 사과예요, 한번 드셔보세요."

아들이 건넨 사과를 한입 베어 문 이태열의 얼굴에는 은은한 웃음꽃이 피어났다.

"우리 아들 덕분에 감홍이가 더 맛있어진 것 같구나. 올해도 애썼다."

진우는 아버지의 말을 들으며 한 해의 힘든 일들을 말끔히 잊었다. 아버지의 칭찬 한마디가 그렇게 좋을 수가 없었다.

"아버지, 요새 농협 공판장에 가면 사과 품종 중 '감홍'이 제일 인기라고 난리입니다. 특유의 새콤달콤한 맛이 좋아 '감홍'만 찾는 마니아층이 따로 있다고 합니다."

"감홍사과는 다 좋은데 값이 조금 비싼 게 흠이지."

"맞습니다. 요즘 출하 중인 '감홍'은 당도가 최대 19브릭스(Brix)까지 올라가니 다른 사과와 비교가 안 됩니다. 그런데 값이 3배

정도 차이가 나니까 이제 그 부분도 신경을 써야 할 것 같습니다."

진우는 아버지의 바람처럼 3대, 아니 그 뒤를 계속 이어서 사과를 재배할 수 있기를 바랐다.

문경에 가을이 오면, 붉은 사과 향기가 바람을 타고 솔솔 전해진다. 올해도 어김없이 문경사과축제가 열렸다. 진우는 아들 태호와 새벽부터 서둘러 길을 나섰다. 특히 우리 감홍 사과의 맛을 제대로 알릴 기회라 생각하니 발걸음이 가벼웠다.

축제가 열리는 문경새재 도립공원 근처에 도착하니, 맑은 공기가 벌써 관계자들이 도착해 축제를 준비하고 있었다. 문경새재는 언제 와도 기분이 좋은 곳이다.

공원 바로 옆에 있는 축제장은 차를 주차하고 조금 걸었다. 축제장 입구 주변에는 다양한 식당과 음악다방이 즐비했다. 거리는 벌써부터 활기가 넘쳤다. 버섯과 함께 문경의 자랑인 사과 등 다양한 특산물을 무료로 시식하거나 구매하는 사람들로 북적였다.

"자, 이 사과 좀 잡숴봐요! 둘이 먹다가 하나가 죽어도 모르게 맛있습니다."

상인들의 정겨운 외침에 웃음이 나왔다.

진우와 태호는 자신의 부스로 가서 손님들을 맞을 준비를 했다.

옛길박물관 앞에 마련된 부스에서는 여러 종류의 사과를 맛볼 수 있었는데, 역시 우리 감홍 사과의 인기는 독보적이었다.

"이게 바로 제가 키운 감홍 사과입니다! 한번 드셔보세요."

진우의 목소리에는 자부심이 가득했다. 시식 코너를 지나던 사람들이 진우가 내민 감홍사과를 한입 베어 문 다음 눈이 휘둥그레졌다.

"달콤하네요. 이건 무슨 사과예요?"

놀라움과 감탄이 섞인 반응에 진우는 어깨가 으쓱했다. 많은 사람들이 사과를 구매했고 택배 주문도 많았다.

문경 사과가 맛있는 이유는 단순히 품종 때문만은 아니었다. 문경 농부들은 소비자를 먼저 생각하는 마음으로 욕심 부리지 않고 농사를 짓는다. 또한 맛있고 안전한 사과를 생산하기 위해 기술 교육과 연구를 게을리하지 않는다.

진우 역시 아버지에게 배운 지식에 새로운 기술을 접목하며 더 좋은 감홍 사과를 만들기 위해 노력했으니 그 마음을 누구보다 잘 이해할 수 있었다.

홍보관에서는 사과에 대한 재미있는 상식들도 배울 수 있었다. 흔히 '아침 사과는 금사과, 저녁 사과는 독사과'라고 잘못 알고 있는 사람들이 많은데, 사과는 언제 먹든 심신을 상쾌하게 하고 소화 및 흡수를 돕고 배변 기능에도 도움을 주는 과일이다. 다만 위장 기능이 좋지 않은 사람은 위액 분비 촉진으로 속이 불편할 수 있으니 저녁에는 피하는 것이 좋다.

또 하나, 사과를 다른 과일과 섞어 보관하면 안 된다. 왜냐하면 사과에서 나오는 에틸렌 가스가 다른 과일을 빨리 무르게 할 수 있기 때문에 각각 따로 보관하는 것이 좋다.

문경사과 축제의 메인 축제장은 조령 제1관문 가는 길에 있는 넓은 잔디밭이었다. 사람들은 사과를 구경하고 대부분 문경새재 관광에 나섰다.

매일 다양한 행사와 이벤트가 열리는 축제장에서는 사과로 만든 포토존이 눈에 띄었다. 일부 사과밭을 만들어 주렁주렁 매달린 사과나무를 가까이서 보는 것 자체가 색다른 경험이었다. 관광객들은 사과나무와 함께 사진을 찍으며 행복해했다.

아이들을 위한 놀이 체험도 마련되어 있어 온 가족이 함께 즐길 수 있는 축제였다. 다양한 사과와 문경 특산물 시식, 재미있는 체험 활동, 그리고 아름다운 포토존까지, 축제에 참가한 사람들은 매우 만족해했다.

사과를 사면서 사람들은 관광지에 관한 질문도 했다.

"어디가 가장 볼만합니까?"

"문경새재 1관문에서 3관문까지 둘러보면 가장 좋습니다. 힘드시면 저 앞에서 버스를 이용하면 2관문까지 올라갑니다."

"버스를 타도 놓치지 않고 다 볼 수 있나요?"

"아닙니다. 버스를 타면 조령 1관문은 제대로 구경을 못하세요. 버스가 저쪽 계곡으로 올라가거든요. 제 생각에는 일단 버스를 타고 오픈세트장 앞에 내리셔서 세트장 둘러 보시고요, 2관문까지 다시 버스 타고 가셨다가 내려올 때 천천히 걸어오시는 게 가장 좋습니다."

"버스가 3관문도 가나요?"

"아니요, 3관문까지는 안갑니다. 3관문은 길이 경사가 조금 가파르니까 운동 하시려면 올라가시는 걸 추천드립니다."

"감사합니다."

아버지가 관광객들에게 설명하는 걸 본 태호가 말했다.

"아버지, 완전히 문경새재 가이드 다 되셨네요."

"당연하지, 아버지도 시간만 있으면 조령3관문까지 자주 올라간다."

"언제 저도 한번 데리고 가주세요."

"너 어렸을 때 할아버지 댁에 오면 내가 많이 데리고 갔는데. 생각 안 나나?"

"생각납니다. 그런데 아버지랑 한번 올라가고 싶어서요."

"자식, 싱겁긴."

몇 시간 뒤에 아까 올라갔던 손님이 다시 내려와서 물었다.

"덕분에 알차게 보고 왔어요. 아직 시간이 많이 남았는데 어디를 가면 좋을까요?"

"시간이 많으시면 돌리네습지 한번 가보시죠, 아니면 고모산성이나 봉명산 출렁다리도 좋구요."

옆에 섰던 태호가 거들었다.

"저는 석탄박물관 추천합니다. 볼만하니 한번 들러보시죠."

손님은 감사하다고 몇 번이나 인사를 하고 갔다.

막걸리에서 와인까지

　오래된 철길이 정겹게 반겨주는 경상북도 문경 석현터널, 한때 이곳은 탄광 산업의 중심지였지만, 이제는 붉은 오미자의 향기가 가득한 땅으로 거듭났다. 1954년 석탄 운반을 위해 건설되었던 540m 길이의 석현터널이 폐광 이후 오랫동안 방치되었다가, 오미자 테마터널로 화려하게 변신한 것이다.
　터널 안으로 들어서자, 다채로운 조형물과 예쁜 불빛들이 환상적인 분위기를 자아냈다. 이곳저곳에서 사진을 찍는 사람들의 발걸음이 분주하게 이어졌다. 인상 깊은 포토존도 있었고 오미자에 관해 상세하게 알 수 있도록 입구에서부터 오미자에 대한 소개가 계속해서 이어진다. 문경 오미자는 산간 고랭지대에서 잘 자라는 특성 덕분에 전국 생산량의 45%를 차지할 만큼 품질이 뛰어나다. 이곳이 세계적인 오미자 산업의 메카로 떠오르고 있다는 사실은, 문경에서 오미자 와인 양조장을 운영하는 우리 형제에게 큰 자부심이었다.

"형, 이번 오미자 수확량도 역대급이야!"

철수가 흥분한 목소리로 외쳤다.

"올해 와인도 기대되는군!"

성수가 미소 지으며 대답했다.

성수는 직접 운영하는 오미자 와이너리를 방문했다. 양조장에 들어서자마자 코끝을 스치는 깊고 향긋한 와인 향기에 저절로 기분이 좋아졌다. 거대한 스테인리스 발효통과 묵직한 참나무 숙성통들이 위용을 뽐내고 있었다.

오미자는 보통 9월쯤 수확해서 깨끗이 세척 후 즙을 짜서 발효 숙성시켰다. 성수는 이곳에서 세계 최초로 오미자 스파클링 와인을 생산하고 있었다.

오미자 와인은 3년의 기다림 끝에 탄생했다.

"스테인리스 통에서 발효하고, 발효가 끝나면 이제 참나무 통에서 숙성합니다. 일반 와인 중 세계적으로 유명한 보졸레 누보(프랑스 부르고뉴 지방에서 생산되는 포도 와인) 같은 경우는 9월 중순에 수확해서 2달이면 완제품이 되죠. 하지만 오미자 와인은 저희 사장님이 최초로 제조했는데, 보통 3년이 걸립니다."

공장에는 기자가 찾아와 공장장을 인터뷰하고 있었다.

"그런데 많고 많은 재료 중에 왜 하필 오미자를 선택하셨는지 이유가 궁금합니다."

"저희 사장님이 평소 우리나라에서 나는 농산물로 어떻게 세계 명주를 만들 수 있을까 고민하셨습니다. 그래서 수십 가지를 만들어 보았는데 그중 오미자가 가장 탁월해서 만드셨다고 합니다."

"사장님과 직접 인터뷰할 수는 없습니까?"

"사장님이 지금 연세가 많으시고, 인터뷰하는 걸 별로 좋아하시지 않습니다."

"새로 오신 젊은 부장님이 있다고 들었습니다만."

"아, 사장님 아드님인데 지금 다른 일로 바쁘셔서 자리에 안 계십니다."

성수는 동생과 함께 수십 가지 재료를 가지고 씨름하며 수많은 시행착오를 겪었다. 우리나라 농산물로 어떻게 하면 세계적인 명주를 만들 수 있을까 하는 고민을 밤잠을 설쳐가며 했다. 그렇게 찾아낸 해답이 바로 오미자였다.

오미자의 다섯 가지 맛인 신맛, 쓴맛, 짠맛, 매운맛, 단맛을 모두 살리면서 와인으로 만드는 것은 쉽지 않은 여정이었다. 오미자의 독특한 향을 유지하며 와인의 깊은 풍미를 더하는 과정은 예술에 가까웠다.

그동안 성수는 프랑스를 9번이나 방문하며 와인 제조 기술을 익혔고, 섬세한 노력과 정성 끝에 비로소 영롱한 빛깔의 오미자 와인이 탄생할 수 있었다.

"아버지 한 잔 드셔보세요."

둘째 아들 민우가 영롱한 빛깔의 오미자 와인을 잔에 따랐다. 예쁜 루비색 와인은 눈으로 먼저 즐기고, 향을 맡은 후 음미하며 마셨다. 한 모금 마시자 오미자의 다섯 가지 맛이 조화롭게 어우러져 쌉쌀하면서도 향긋한 맛이 입안 가득 퍼졌다.

"이제는 맛이 고르구나. 민우 애썼다. 고생한 보람이 있어. 이제는 네가 회사를 맡아도 되겠다."

성수는 엄지를 치켜세웠다. 옆에서는 공장장이 인터뷰 하는 소리가 제법 크게 들려왔다.

"세계적인 명주라는 게 단순히 우리가 그렇다고 말한다고 되는 게 아니지 않습니까? 품격을 아는 분들이 공정하게 평가하고, 늘 마실 수 있을 때 비로소 세계적인 명주라고 할 수 있다고 생각합니다. 올가을부터는 아마 세계 유명 레스토랑에서 우리 오미자 와인을 만나 볼 수 있을 겁니다."

"공장장이 밥값을 하는구먼."

자신감 넘치는 공장장의 말을 들으며 성수는 집으로 가겠다고 했다.

동생과 함께 힘들게 만든 오미자 와인은 이미 한국을 대표하는 와인으로 각종 국빈 행사의 공식 만찬주로 이용되고 있었다. 이제는 국내를 넘어 세계로 뻗어나갈 차례였다.

석현터널을 개조해서 만든 문경 오미자 터널에서 판매하는 오미자 와인도 제법 잘 팔린다고 했다. 이제는 눈을 감아도 여한이 없을 것 같았다. 성수는 아버지 두한을 떠올렸다.

"아버지, 아버지가 물려주신 황진양조장, 저와 철수가 잘 건사했습니다. 이제 민우가 그 뒤를 이었고 아마 민우 자식이 다시 대를 잇겠지요. 이제 아버지 만나도 저는 혼날 일 없습니다."

성수는 중얼거렸다.

흙과 불의 유산

 윤정은 딸 금란과 함께 할아버지 작업실을 찾았다. 이제는 돌아가시고 계시지 않지만 할아버지의 숨결이 느껴지는 듯했다.
 할아버지의 작업실은 아버지가 이어받았고 그 뒤 윤정이 이어받았으며 이제는 딸 금란이 이어갈 차례였다. 윤정은 30세가 된 딸 금란과 조선요(朝鮮窯) 작업실을 둘러보았다. 작업대 위에 놓인 흙덩이, 무심하게 걸린 도구들, 그리고 창밖으로 보이는 숲의 풍경까지, 모든 것이 살아생전 할아버지의 모습과 겹쳐졌다.
 "엄마, 증조할아버지 도자기 진짜 멋있어요. 그런데 증조할아버지는 어떻게 이 일을 하게 되셨어요? 그때는 도자기를 만드는 일이 그렇게 대우를 받지도 않았을 것 같은데요."

금란은 호기심 가득한 눈으로 질문했다.

윤정은 자리에 앉으며 차를 한 잔 따랐다.

"자, 너도 이리 와서 앉아. 차가 아주 맛있게 우려졌다."

녹차를 담은 다기가 유난히 아름다웠다.

"할아버지는 말이야, 이 흙 속에 담긴 수많은 이야기를 사랑하셨단다. 그리고 무엇보다 우리 집안의 자랑스러운 역사를 지키는 것을 인생의 가장 큰 소명으로 여기셨지."

"차 한 잔 마시고 밖으로 나가자꾸나. 너한테 보여줄 게 있다."

잠시 후 윤정은 딸을 데리고 작업실 뒤편에 있는 오래된 망댕이 가마가 있는 곳으로 향했다.

1843년에 만들어져 180년이 넘는 세월을 버텨온 이 가마는 이미 문화재로 지정되어 있었다.

"이 가마가 바로 할아버지의 평생 친구였단다. 일제 시대만 해도 이 주변에 35군데의 가마가 있었다는데, 지금은 다 사라지고 이 가마만 남았어. 할아버지는 이걸 얼마나 애지중지하셨는지 몰라. 망댕이 가마는 우리 문경의 흙으로 뭉친 아령 모양의 진흙 덩어리를 촘촘히 박아 만든 거야. 6칸으로 길게 이어져 있는데, 1,000도가 넘는 고열에도 끄떡없고 불길의 흐름을 부드럽게 해서 최고의 찻사발을 만들 수 있지."

금란은 필기라도 할 듯이 눈을 반짝이며 열심히 엄마의 이야기를 들었다.

"할아버지는 젊어서부터 이 가마에서 도자기를 구우셨어. 초등학교 때부터 심부름하고 허드렛일을 하면서 자연스럽게 흙을 익히셨다고 했지. 우리 집안이 9대째 도자기를 빚는 도예가문인 건 알고 있지? 할아버지는 그중에서도 장손이셨으니, 가업을 이어야 한다는 책임감이 남다르셨을 거야."

윤정은 할아버지의 작업실로 돌아와 벽에 걸린 낡은 사진들을 보여주었다. 그 속에는 땀으로 범벅이 된 채 가마 앞에서 활짝 웃고 있는 할아버지의 젊은 시절 모습이 담겨 있었다.

"할아버지는 2001년부터 대한민국전승공예대전 같은 큰 상도 받으셨고, 일본에서도 전시회를 여셨어. 특히 2010년에는 청와대에서 건배용 잔을 주문받아 납품하시기도 했단다. 할아버지는 도자기에 날개를 펼치고 날아가는 나비 문양을 주로 새기셨는데, 그 모습처럼 할아버지의 작품은 늘 남성답고 호방한 기운이 넘쳤지."

금란이는 사진 속 할아버지의 작품을 유심히 살펴보았다.

"증조할아버지 작품은 정말 힘이 느껴져요. 어떻게 그렇게 만드셨을까?"

"그건 할아버지의 정신력이 그만큼 강하셨기 때문이야. 할아버지는 '강한 체력과 정신력이 있어야 작업을 할 수 있다. 잠시라도 가마에서 눈을 뗄 수 없다'라고 늘 말씀하셨어. 흙과 불 앞에서 한순간도 긴장을 늦추지 않으셨지. 매번 불을 지필 때마다 가마의 상태와 흙의 변화를 온몸으로 느끼셨을 거야. 그게 바로 장인의 혼이란다."

"엄마, 그러면 증조할아버지는 힘들 때 포기하고 싶다는 생각은 안 해보셨을까요?"

금란이 조심스럽게 물었다.

"글쎄, 할아버지도 사람인데 왜 그런 생각을 안 하셨겠니. 하지만 할아버지는 '도자기를 만드는 데 완성은 없다. 집념과 끈기의 연속'이라고 늘 말하셨어. 그리고 '죽으나 사나 선대로부터 내려온 전통을 꿋꿋하게 지켜 후대에 물려줄 생각'이라고 하셨지. 그 말씀이 엄마한테도 큰 울림으로 다가왔단다. 그래서 엄마도 할아버지의 뒤를 이어 이 일을 하고 있는 거야."

윤정은 며칠 후 금란을 데리고 할아버지가 사비를 털어 지으신 망댕이요 박물관으로 향했다. 아름다운 전통 한옥의 멋을 뽐내는 박물관 안에는 할아버지의 작품들과 선조들의 유품, 그리고 가문의 역사를 담은 사진들이 전시되어 있었다.

"할아버지는 이곳이 인근 하늘재와 망댕이 가마터, 그리고 이 박물관을 연결해서 세계적인 도요 관광지가 될 수 있을 거라고 믿으셨어. 우리말은 물론 영어와 일본어로도 전시품을 소개해서 외국인들에게도 우리 문경 도예의 역사를 알리려고 애쓰셨지."

박물관을 둘러보는 금란의 눈빛은 점점 빛나고 있었다.

"할아버지는 당신의 두 아들 중 원하는 이가 가업을 잇기를 바라셨다. 그 가업을 아버지가 이어받으셨고 그다음에 내가 이어받았어. 그리고 이제 나는 너에게 가업을 물려주고 싶어. 네 책임이 얼마나 막중한 줄 알겠지?"

"금란아, 이 모든 것이 할아버지가 우리에게 남겨주신 소중한 유산이란다. 흙과 불로 빚어내는 삶의 아름다움을 너도 언젠가는 알게 될 거야."

윤정은 금란과 함께 박물관 창밖으로 펼쳐진 문경의 푸른 산을 바라보았다. 할아버지의 땀과 열정이 깃든 이 땅에서, 또 다른 세대가 흙과 불의 유산을 이어받아 새로운 역사를 써 내려가야 할 차례였다.

한지의 비밀

 오늘도 남찬호는 문경의 깊은 산자락, 닥나무 숲 사이로 난 오솔길을 따라 걸었다. 작업실 가까이 다가갈수록 닥나무 삶는 냄새와 흙냄새가 섞여 코끝을 간지럽혔다. 낡은 작업실 문을 열자, 아버지가 허리 한번 펴지 않고 닥 섬유를 두드리고 계셨다. 팔순을 바라보는 연세에도 아버지는 여전히 현역이셨다.
 "아버지, 오늘도 일찍 나오셨네요."
 남찬호가 인사를 하자 아버지는 고개를 들고 땀 맺힌 이마를 훔치셨다.
 "어서 와라. 닥이 오늘은 유난히 잘 먹는구나."

남찬호는 아버지 옆에 앉아 두드리고 남은 닥 섬유를 살폈다. 10살 때부터 한지를 시작해 올해로 70년째, 아버지는 당신의 삶을 통째로 한지에 바치셨다. 남찬호는 아버지의 고된 삶을 너무나 잘 알고 있었다. 일제 징용으로 끌려가 돌아가신 할아버지 대신, 어린 아버지의 어깨에 가족의 생계가 얹혔고, 한지는 그렇게 아버지의 숙명이 되었다.

"아버지, 얼마 전에 루브르 박물관에 우리 한지가 수출되었다는 기사 보셨어요? 아버지는 이제 세계적인 한지 장인이십니다."

찬호의 말에 아버지는 묵묵히 웃으셨다.

"허허, 뭐 세계적인 거창한 건 모르겠고, 그저 내 손으로 만든 종이가 외국에서도 쓰인다니 고맙지 뭐."

아버지는 늘 한지의 '고유함'과 '정성'을 강조하셨다. 루브르 박물관에서도 바로 그 점을 인정해 준 거라고 인터뷰 때 기자가 말했던 것이 기억났다. 찬호는 아버지에게 물었다.

"아버지, 유럽 사람들이 왜 그렇게 우리 한지를 찾았을까요? 일본 종이도 좋다고 하는데……."

아버지는 닥 섬유를 잠시 내려놓으시며 대답했다.

"찬호야, 종이는 말이지, 흙과 물과 불, 그리고 만드는 사람의 정성으로 태어나는 기다란 목숨 같은 게다. 서양 종이는 나무를 갈아 만들지만, 우리 한지는 닥나무 껍질을 쓰잖니. 그것도 그냥 쓰는 게 아니라, 겨울에 닥나무를 베서 여덟 시간 푹 찌고, 껍질을 벗겨내고, 칼로 하나하나 긁어내고, 잿물에 삶고, 방망이로 두드리고, 물에 풀고, 외발로 뜨고, 말리고……. 100가지 과정을 거쳐야 비로소 한지 한 장이 나오니까. 쉽지 않은 일이지."

아버지의 한지를 선택한 것은 탁월한 결정이었다. 남찬호는 루브르 박물관 관계자가 세 번이나 문경을 찾아와 한지 제작 과정을 직접 확인하고, 과학적인 검증까지 거친 후에야 한지를 선택하던 과정을 떠올렸다. 아버지의 손끝에서 시작된 땀과 노력이 세계를 움직인 것이다.

"게다가 우리 한지는 토종 닥나무를 쓰지. 내가 오래전부터 직접 닥나무를 심고 가꾸는 이유가 바로 그것이다. 좋은 닥나무가 없으면 아무리 애를 써도 좋은 종이가 나올 수 없어. 한 해에 고작 1만 5천 장밖에 못 만드는 것도 다 이 과정 때문이니까."

남찬호는 아버지의 말씀을 들으며 고민을 말했다.

"아버지, 저는 요즘 걱정이 많습니다. 전통 한지 만드는 분들 연세가 너무 많으세요. 오죽하면 제가 '한지계의 아이돌'이라고 불릴 정도니 말 다했죠. 그리고 닥나무 생산도 점점 줄어들고 있고요. 이대로 가다가는 한지의 맥이 끊어질까 봐 무섭습니다."

아버지는 내 어깨를 툭 치셨다.

"음…… 나도 그 생각은 늘 한다. 하지만 포기할 수는 없지. 우리 선조들이 수백 년간 지켜온 이 귀한 전통을 우리가 포기해서는 안 된다."

"그래서 제가 생각한 게 있습니다. 닥나무 식재를 국가 차원에서 지원하고, 전주 박물관처럼 경상북도에도 한지 보존 처리 전문 부서를 만들면 어떨까요? 그리고 젊은 사람들이 한지를 배울 수 있는 '전통 한지 학교' 같은 곳도 필요하고요. 무엇보다, 국가에서 '종이 뱅크' 같은 제도를 만들어서 미리 한지를 구매해 주는 시스템이 있다면, 우리 같은 장인들이 안정적으로 작업할 수 있고, 젊은이들도 이 길에 뛰어들 용기를 낼 수 있지 않을까요?"

남찬호는 자신의 생각을 조심스럽게 이야기했다. 아버지는 찬호의 말을 묵묵히 듣고는 고개를 끄덕였다.

"찬호야, 네 생각들이 참 기특하다. 내가 감으로, 경험으로만 해왔던 것을 너는 배우고 연구해서 과학적으로 풀어내려 하는구나. 내가 평생을 걸어온 이 한지의 길을, 네가 새로운 방식으로 열어가려 하는 모습이 참 대견하다."

아버지의 따뜻한 말에 남찬호는 가슴이 뭉클했다. 아버지가 아들에게 열정을 가지고 가르쳐주셨던 장인의 세계를 이제 찬호가 이어가야 한다는 현실이 솔직히 버거웠다.

닥나무 숲을 스쳐 가는 바람소리가 마치 두 부자의 이야기를 응원하는 듯했다.

2025년 문경에 불어오는 변화의 바람

　태열이 사과 농장에 나와 소일하고 있을 때 자동차가 먼지를 내며 농장 안으로 들어섰다.
　멀리서 보아도 성수의 차였다. 성수는 요즘 건강이 좋지 않아 자주 외출을 하지 않았다. 꼭 필요한 경우가 아니면 집에서 지냈다.
　"어서오게, 오랜만이네."
　태열은 일어나서 성수를 반겼다.
　"자네는 그래도 살만한가보이. 아직도 사과농장을 지키고 있나?"
　"별소릴, 이젠 내 한 몸 움직이는 것도 귀찮다네."
　"그런데 뭣하러 여기 나와 앉아 있어. 아이들 불편하게."

"우리 아이들은 날 불편해하지 않아."

태열이 손사레 치며 말했다.

"아직도 착각을 하는구먼, 이제는 아들, 손주들한테 맡기도 우리는 뒷방으로 물러나야지."

"물러나기야 진즉 물러났다네. 그런데 집에 있으면 뭐하겠나, 자네처럼 집에 마누라가 있는 것도 아니고."

태열은 먼저 떠난 아내 생각에 잠시 기분이 우울했다.

"나도 오늘은 오랜만에 공장에 다녀오는 길이라네."

"공장에는 왜?"

"그냥, 심심하기도 하고, 사회 돌아가는 것도 좀 알고 싶어서."

"뭐 달라진 거라도 있나?"

"있다마다. 요새 문경이 하도 변하고 빠르게 바뀌다 보니 정신이 없네, 정신이 없어!"

성수는 연신 고개를 젓더니 물었다.

"자네, 지난 1월 1일부터 문경 시내버스가 무료로 바뀌었다는 이야기 들었나?"

"그럼 듣고말고! 벌써 두 달도 넘지 않았는가. 덕분에 시장도 활기를 띠고, 관광객들도 늘었다던데? 시내버스 이용률이 두 배나 뛰었다고 하더군."

"허, 이 친구 뒷방 늙은인 줄 알았더니 들을 이야기는 다 듣고 있었군그래."

"그럼 심심하니 매일 듣는 게 뉴스 아닌가? 그리고 무엇보다 이제 문경은 내 고향이나 마찬가진데 돌아가는 내용을 알고 있어야 하지 않겠나?"

"암, 당연하지! 장날에는 하루 평균 방문객이 전년보다 2.5배나 늘었다는구먼. 우리 문경이 교통부터 확 바뀌는 거 아니겠나?"

성수는 뿌듯한 표정으로 덧붙였다.

"그뿐인가? 지난해 11월에 KTX 문경역이 개통했잖나. 판교에서 문경까지 90분이라니, 세상 참 좋아졌어. 덕분에 관광객도 엄청 늘고, 역세권 개발도 한창이라던데. 우리 젊은 친구들이 일자리도 많이 생길 테니 고무적인 일일세."

"자네 말 들으니 참 격세지감일세. 내가 막장에서 삽 들고 땀 흘리던 시절에는 상상도 하지 못할 일이지."

태열은 감회에 젖은 듯 말했고, 성수는 고개를 끄덕였다.

"문경새재 야간 경관 조명도 생긴다지 않나? 오는 12월이면 완공이라던데, 미디어아트에서 홀로그램까지 볼 수 있다니 밤에도 문경새재를 즐길 수 있겠어."

성수는 벌써부터 기대되는 듯 눈을 반짝였다.

"그때까지는 우리가 살아 있겠지?"

"뭐 자네나 나나 90까지는 끄떡없지 않겠나?"

"나는 지금까지 살아온 것만도 고맙게 생각한다네. 10년이나 탄광에서 일했는데 진폐증 걸리지 않고 이렇게 살아있는 게 얼마나 감사한 일인가?"

"그거야 자네가 사과농장을 했으니 자연과 벗하며 살아서겠지. 생각해 보면 자네가 사과농장을 시작한 것은 신의 한 수였네. 그리고 또 뭐라더라? 문경읍에는 52미터짜리 문경타워랑 보행교도 생긴다지? 아마도 우리 문경의 새로운 랜드마크가 될 거라더군."

성수는 문경의 최근 소식에 매우 밝았다.

"모전천 따라서 산책로도 만들고, 중앙공원도 거울 연못이랑 스카이워크로 예쁘게 꾸민다지? 모전공원에는 장미정원도 들어선다니, 시민들이 참 좋아할 거야."

성수는 동네 자랑이라도 하듯 신이 나서 이야기했다.

"문화의 거리도 '닻별 테마길'로 바뀐다네. 포차촌도 생긴다니, 젊은 친구들이 많이 찾아오겠어. 달빛 주막도 8월까지 생긴다던데, 영강보행교 출렁다리랑 이어서 관광객들이 많이 올 거야. 그리고 가은읍에는 구 서울역 30% 규모로 '서울역(경성역) 프로젝트'도 추진한대!"

성수의 말에 태열은 혀를 내둘렀다.

"이야, 정말 신기하네. 문경이 완전히 환골탈태를 하는구만."

"파크골프장도 엄청 많이 생겼어. 가은 청솔공원부터 산양, 영순, 영강체육공원까지. 우리 같은 노인네들이 건강하게 여가 생활 즐기기 딱이지."

"농축산업 보조금도 늘었다더군. 벼 육묘대 전액 지원에 감흥 사과랑 오미자도 지원 확대하고, 풀사료도 지원해 준다니 농가들 시름을 좀 덜겠어."

"그거야 말로 듣던 중 최고의 희소식일세. 그 정책은 자네나 나, 둘 다 해당하는 거 아닌가?"

"왜 아닌가? 진즉 했어야 할 일이지. 우리 손자들 좋아하겠구만."

"농업 근로자 기숙사도 짓고, 가은이랑 농암에 농업기계 임대 사업소도 생긴다더군. 일손 부족 문제 해결에 도움이 될 거야."

태열은 문경시청이 시민들의 삶을 구석구석 살피는 데 감탄했다.

"시청 주차타워도 6월까지 완공이라지? 시내 주차난이 좀 해소되겠어."

"정말 대단하지 않나? 문경시청에서 한국체육대학도 출범시키고, 숭실대 문경캠퍼스도 유치하고, 주흘산 케이블카도 추진하고 말이야."

성수는 진심으로 고마운 듯 열을 냈다.

"돈달산 공원화 사업도 하고, 도시가스도 조기 공급해 주고, 시내버스 무료화까지! 정말 우리 문경이 '제2의 문경 도약'으로 가고 있어. 앞으로 주흘산 케이블카랑 하늘길이 완성되면 세계 3대 명품 케이블카가 된다는군. 제5주차장도 만들고, 돌리네습지 사계절 꽃단지도 조성하고. 관광 테마열차도 운행해서 석탄박물관이랑 에코월드도 더 활성화 시킨다고 하고. 우리 문경의 감홍사과, 오미자, 약돌한우를 명품화해서 농업 경쟁력도 강화한다지?

점촌 원도심 활성화도 추진하고, 문화의 거리에는 박서진이랑 닻별거리, 포장마차 먹거리까지 조성한다니 정말 기대돼."

성수는 문경의 미래에 대한 희망에 가득 찬 목소리로 말했다.

"자네가 마치 문경시청 대변인인 것 같군."

태열이 웃으며 말했다.

"평생학습관으로 배움의 기회도 넓히고, 취약계층 일자리 지원도 늘려서 시민 모두가 행복한 도시가 된다는데 당연히 광고해야 하지 않겠나."

태열은 성수의 이야기를 들으며 따뜻한 미소를 지었다. 자신들이 피땀 흘려 지켜온 문경이 이렇게 밝은 미래를 향해 나아가고 있다는 사실이 가슴 벅차게 느껴졌다.

후계자들

 2025년, 따스한 봄볕이 내리쬐고 있었다. 지난 세월의 흔적이 아련하게 배어 있는 들판 위로 연둣빛 새싹이 돋아나고, 멀리 주흘산 능선은 연초록으로 물들었다. 기차가 덜컹거리며 스쳐 지나가던 과거의 풍경은 이제 고요한 평화 속에서, 젊은 활기와 오랜 전통이 어우러져 새로운 생명을 불어넣고 있었다.
 이태열의 사과 농장은 이제 이진우(59세)의 손에서 황금빛 결실을 맺고 있었다. 제대 후 고향으로 돌아와 아버지의 사과 농장을 물려받은 둘째 진우는, 사과를 키우는 것을 넘어 품종 개량에 매달렸다. 끈질긴 연구 끝에 그는 '감홍 사과'라는 기적을 만들어냈다. 그의 감홍 사과는 짙은 단맛과 아삭한 식감, 그리고 붉은빛 자태로 미식가들 사이에서 없어서 못 파는 귀한 존재가 되었다. 농장 사무실 전화는 쉴 새 없이 울렸고, 택배 차량들은 문전성시를 이루었다. 이태열(86세)은 사택으로 지어놓은 마당 평상에 앉아 아들과 손자의 바쁜 뒷모습을 흐뭇하게 바라보았다.

"이제야 제 물 만난 기러기 같구나."

그의 얼굴에는 지난 세월의 주름만큼이나 깊은 만족감이 새겨져 있었다.

황진양조장은 둘째 아들 김민우(59세)의 열정으로 화려한 부흥기를 맞고 있었다. 양조장 입구에는 오미자주, 복분자주, 사과막걸리 등 다채로운 과일막걸리 시음회가 한창이었다. 주말이면 도시에서 온 젊은이들이 줄지어 시음잔을 받아 들었고, 그들의 탄성과 미소는 양조장에 새로운 활기를 불어넣었다. 민우는 전통 방식을 고수하는 것을 넘어, 현대인의 입맛에 맞는 새로운 술을 개발하며 전통주의 지평을 넓혔다.

아버지 김성수와 작은아버지 김철수(84세)는 나란히 앉아 방문객들의 반응을 보며 즐겁게 소일했다.

한때 격렬했던 형제간의 갈등은 언제 그런 일이 있었느냐는 듯 화기애애했다.

"민우가 우리 가업을 제대로 이어받았어. 그것도 아주 근사하게 말이야."

성수의 말에 철수는 고개를 끄덕였다.

"너도 감옥에서, 탄광에서 고생 많았다."

"형님 아니었으면 내가 사람이 됐겠어? 탄광에서 일할 때 정말 철 많이 들었지. 그렇게 열심히 일하는 사람들도 있는데 나는 베짱이처럼 매일 놀기나 하고, 말썽이나 부리고, 사고나 치고 다니고, 지금도 돌아가신 아버지를 어떻게 뵐지 걱정이야."

"아버지도 이제는 다 용서하셨을 게다. 네가 돌아와서 나를 돕지 않았다면 나도 너도 지금처럼 편안한 마음으로 살 수 없었겠지. 그래도 그때가 좋았다. 젊었고, 힘도 있었고, 열정도 있었잖니……."

한차례의 봄바람이 불어오자 마당에 핀 벚꽃이 우수수 떨어졌다. 너무 아름다운 봄날이었다.

도예가 할아버지와 아버지를 둔 윤정(62세)은 이제 명실상부한 '조선요'의 계승자가 되었다. 대학 졸업 후 망설임 없이 고향으로 돌아와 할아버지의 흙 묻은 손을 잡았던 그녀는, 이제 그 손으로 투박하지만 깊이 있는 전통 도자기를 빚어냈다.

그녀의 작품은 그저 무언가를 담는 그릇이 아니라, 과거의 혼과 현대적인 미감이 조화롭게 어우러진 예술품으로 인정받았다. 도예 공방 한편에서는 윤정의 딸 금란(32세)이 흙을 만지고 있었다. 도자기학과를 전공한 딸은 어머니의 기술을 전수 받는 동시에, 새로운 형태와 색감을 실험하며 조선요의 미래를 모색하고 있었다.

윤정은 가끔 민수와의 엇갈린 인연을 떠올리곤 했다. 하지만 그 아련함은 이미 오래전부터 자신의 예술과, 그리고 곁에서 흙의 숨결을 배우는 딸에 대한 충만한 행복감으로 말끔히 잊은 지 오래였다. 그녀는 자신의 삶을 후회 없이 살아왔고 온전히 자신의 길을 걸어왔다는 자부심으로 차 있었다.

한지 장인 남상욱의 한지 공방은 여전히 닥나무의 향기가 그윽했다. 아들 남찬호(50대)는 아버지의 기술을 완벽하게 전수받아 명품 한지의 명맥을 굳건히 이어가고 있었다. 그리고 이제 그 옆에는 손자가 자라고 있었다.

젊은 그는 할아버지와 아버지의 기술을 바탕으로 한지를 현대 건축 자재, 디자인 소품, 심지어는 첨단 IT 기기의 친환경 소재로 활용하는 방안을 연구하며 한지의 새로운 가능성을 열고 있었다. 공방의 문은 활짝 열려 있었고, 외국인 바이어들과의 영상 통화 소리가 끊이지 않았다. 천년을 가는 종이, 그 숨결은 이제 세계를 향해 뻗어나가고 있었다.

소설가 이진희(62세)는 자신의 서재에서 막 원고 작업을 마쳤다. 그녀의 글은 고향의 역사와 사람들의 삶, 그리고 그 안에 담긴 사랑과 갈등을 깊이 있게 다루어 많은 독자들에게 사랑받았다.

저녁 무렵, 변호사 김민수(62세)가 퇴근 후 집으로 돌아왔다. 처남의 사과 농장을 둘러보고 온 민수는 피곤한 기색도 없이 아내에게 다가왔다. 그들의 삶은 과거의 삼각관계 그림자 없이 행복해 보였다.

며칠 후, 진희는 윤정을 만났다. 윤정의 개인 도예전 소식을 듣고 찾아간 자리였다. 수년 만에 만난 두 사람은 처음에는 어색했지만, 이내 서로의 안부를 물었다. 윤정의 손끝에서 빚어진 도자기를 감상하던 진희는 문득 과거의 기억에 잠겼다. 한 남자를 사랑했던 두 여인의 엇갈린 마음, 그리고 그로 인한 상처. 하지만 이제 그들은 각자의 길에서 빛나는 삶을 살고 있었다.

"그때는 참 어렸지, 우리."

진희가 나지막이 말했다.

윤정은 고개를 끄덕였다.

"그래. 하지만 지금은 좋아. 모든 것이 제자리를 찾은 것 같아."

두 여인은 서로의 눈을 마주 보며 진심으로 웃었다. 과거의 오해와 서운함은 따스한 봄볕 아래 눈 녹듯 사라졌다. 그들은 서로의 행복을 진심으로 축복하며, 삶이 선사하는 가장 아름다운 화해를 이루어냈다.

봄이 끝나가고 여름의 초입에 들어선 어느 날, 이태열의 사과 농장에서는 성대한 잔치가 열렸다. 사과나무들이 가지마다 꽃망울을 맺고 있었다. 진우는 풍성한 수확을 기원하며 마을 사람들과 가까운 지인들을 모두 초대했다.

농장 곳곳에는 진우의 감홍 사과로 만든 파이와 주스가 가득했고, 민우가 직접 가져온 오미자주와 과일막걸리가 간이 테이블에 즐비했다.

윤정은 자신이 빚은 도자기에 갖가지 전과 나물을 정갈하게 담아냈다. 한지 공방의 젊은 남찬호의 아들은 한지로 만든 아름다운 조명등과 장식품을 가져와 잔치 분위기를 더욱 돋우었다.

잔치에는 모든 세대가 함께했다. 이태열과 김성수, 김철수 같은 노년층은 벤치에 앉아 젊은이들의 활기 넘치는 모습을 흐뭇하게 바라보며 지난날의 고생담을 나누었다.

"허허, 김성수, 자네도 여기 있으니 감회가 새로운가?"

이태열이 먼저 입을 열었다.

"이 자리가, 옛 은성광업소 마당과도 가까운데. 그땐 정말 아비규환이었지, 아우성 속에 덜덜 떨며 살던 시절이었어."

김성수가 쓴웃음을 지었다.

"그렇고말고. 올해가 폐광된 지 꼭 21년째지? 하도 오래돼서 잊고 살았는데, 오늘 같은 날 그때를 생각하니 새삼스럽네. 그때는 여기가 황량한 폐허가 될 줄 알았지."

"그 폐허에, 지금은 박물관이 들어섰지."

이태열이 잔을 들어 건넸다.

"문경 석탄 박물관이라고, 1999년에 개관했는데 나도 손주들 데리고 여러 번 가봤어. 내가 그런 곳에서 일했다고 생각하니 기분이 묘하더구먼."

곁에 앉아 이야기를 듣고 있던 이진희가 고개를 끄덕였다.

"저도 민수 씨랑 같이 가봤어요. 1층에는 석탄이 어떻게 생겨 났는지 지구의 탄생부터 나오더라고요. 신기했어요."

김민수가 맞장구를 쳤다.

"2층 전시실은 정말 생생하더군요. 광부들의 생활 모습, 탄광 사무실, 굴진 채탄하는 모습들을 밀랍인형으로 재현해 놨는데……, 솔직히 저는 장인어른의 모습이 떠올랐습니다."

이태열이 나지막이 덧붙였다.

"제일 가슴 아팠던 건, 진폐증 환자의 폐를 직접 전시해 놓은 거였어. 우리 광부들이 평생을 바쳐 일하고 얻은 병인데… 그 역사가 거기 고스란히 담겨 있더군."

"맞아요, 아버지."

이진희가 아버지의 말을 받았다.

"박물관 하이라이트는 역시 갱도 체험관이죠. 실제 은성광업소에서 사용하던 갱도를 활용해서 갱내 사무실, 출갱하는 모습, 재래식 위경사 채탄 막장까지 다 볼 수 있더라고요. 캄캄한 갱도 안에서 안전등 불빛 하나에 의지해 탄을 캐던 아버지를 생각하니, 저는 눈물이 났어요…… 지금의 편안한 삶이 얼마나 감사한지 모릅니다."

이태열이 눈을 감았다.

"그 옛날엔 갱도에서 나오는 폐수 때문에 하천이 시커멨었지. 빈집도 늘어나서 을씨년스러웠고. 그런데 지금은 흔적도 찾아보기 힘들 정도로 깨끗해졌어. 탄광 사택촌도 옛 모습 그대로 재현해서 사람들이 광부들의 삶을 엿볼 수 있게 해놓았더군."

김성수가 옅은 미소를 지었다.

"그래, 폐광되면서 인구도 줄고 경기 침체로 죽을 맛이었지만, 결국 천혜의 자연 자원을 바탕으로 관광산업이 살아났어. 우리 오미자주도 그렇고, 없어서 못 파는 감홍 사과도 그렇고, 농업 분야에서도 빛을 보기 시작했지. 문경 사람들이 텃세가 적고 개방적이어서 타지 사람이라도 뿌리내리는 게 쉬웠어. 오히려 그런 기질 덕분에 외지 사람들도 쉽게 정착하고, 지금은 최고의 관광지로 발돋움했으니 말이야."

두 노인은 지는 해를 바라보며 한동안 말이 없었다. 그들의 눈에는 지난 세월의 고통과 상실감, 그리고 그럼에도 불구하고 솟아나는 희망의 불씨가 교차하고 있었다. 검은 땅이 남긴 상흔 위로, 젊은 세대의 노력으로 피어난 새로운 번영의 기운이 희미하게 피어올랐다.

잔치는 밤늦도록 이어졌다. 진우의 감홍 사과로 만든 음식들, 민우의 오미자주와 과일막걸리, 윤정의 도자기에 담긴 음식 등 각자의 '더 나은 제품'이 잔치를 더욱 풍성하게 만들었다.

사람들은 서로의 성공을 축하하고, 과거의 추억을 회상하며 미래를 이야기했다. 아이들은 사과나무 사이를 뛰어놀았고, 농장의 푸른 기운은 활기와 희망으로 가득 찼다.

석양이 붉게 물들며 사과 농장을 황금빛으로 물들였다. 한때 검은 땅이었고, 고통과 시련의 장소였던 이곳은 이제 풍요와 화합의 상징이 되어 있었다. 이진희는 남편 민수의 어깨에 기대어 저 멀리 펼쳐진 풍경을 바라보았다. 삶은 언제나 고난의 연속이지만, 그 고난 속에서 피어난 희망의 씨앗은 결국 이렇듯 아름다운 결실을 맺었다. 그들은 과거를 잊지 않고, 미래를 향해 나아가는, 진정한 의미의 '청년들의 귀환'을 이루어낸 것이었다.

▶ 해설

문경의 사계와 고난을 이기는 삶의 의지
― 전정희 소설 『복수초』에 붙여

김종회(문학평론가, 한국디지털문인협회 회장)

1. 전정희의 소설과 사통팔달의 강역

전정희는 '복수초'란 꽃의 이름을 이 소설의 제목으로 선택했다. 이 꽃은 원래 복福과 장수長壽 그리고 부유를 상징하는 꽃말의 의미를 가졌다. 이른 봄 산지에서 눈과 얼음 사이를 헤치고 꽃이 핀다고 하여, 얼음새꽃 또는 눈새기꽃이라고 부른다. 중부지방에서는 복풀이라고도 하고, 새해 들어 가장 먼저 꽃이 핀다고 하여 원일초元日草란 별호도 쓴다. 그러나 이 모든 세설細說에도 불구하고, 이 꽃은 엄혹한 고난 가운데서 희망을 잃지 않고 새 생명의 약동을 일깨우는 강력한 암시를 동반한다. 작가가 경북 문경을 소설의 무대로 설정하고, 이 고장에서 사람들이 살아온 이야기를 소재로 선택했을 때는 이미 확고한 방향성이 있다. 거기에는 문경의 척박한 환경 가운데서 새로운 미래의 꿈을 발굴한다는 의도가 전제되어 있는 것이다.

전정희는 작가이자 방송인이다. 그는 강원도 동해 출생으로, 자연경관이 풍성하고 아름다운 고장에서 감수성이 충일한 어린 시절을 보냈다. 그 영향인지는 모르나 성장한 이후에 소설가로 또 방송 진행자로 일하면서, 다양하고 활달한 여러 면모를 보여주었다. 이제껏 그가 펴낸 작품은 장편소설 『하얀 민들레』, 『두메꽃』, 『가시나무꽃이 필 때』가 있으며 창작집 『묵호댁』이 있다. 그러니 이번 책은 단행본으로 다섯 번째 소설이 되는 셈이다. 방송인으로서는 채널A와 MBN을 비롯한 여러 곳의 프로그램을 맡았고, 경북 문경시와 경기 양평군을 비롯하여 여러 지자체의 홍보대사를 맡고 있기도 하다. 그런가 하면 10년 세월의 적공積功으로 여러 차례 문학상을 수상한 경력이 있다.

이 소설은 미처 출간되기도 전에 드라마 제작사 아이엠티브이와 드라마화를 결정했으며, 이전의 소설 『묵호댁』 또한 드라마 제작사 코탑미디어와 드라마 영상화 판권 계약을 체결했다. 가히 문학과 방송 양면에 걸친 전방위적인 활동이라 할 만하다. 사정이 그러하니 이 소설 『복수초』의 출간과 공개에도 자연히 활력이 넘칠 수밖에 없다. 소설 속에는 경상북도의 오지라 여겨져 온 문경의 생활 환경과 탄광, 양조장, 도예, 한지 등 전통적인 산업 및 예술이 중심 소재로 등장한다. 그리고 이를 추동하는 등장인물들의 좌절과 희망, 시련과 극복, 공감과 감동, 전통과 계승 등의 파노라마가 소설 전편을 수놓고 있다. 문경을 알고 이해하자면 꼭 읽어야 할 소설의 결정판이라 할 만하다.

2. 밤도망과 막장을 넘어서는 인간애

이 소설의 서두는 1960년대 서울에서 밤도망을 친 이태열과 그 아내 지연의 이야기로 시작된다. 두 사람은 점촌으로 흘러 들어가 터를 잡는다. 문경시의 옛 도심이 점촌이다. 이곳에서 태열은 은성탄광의 광부로 일하게 되고, 지연은 미싱으로 옷 수선 일을 한다. 문경의 1호 탄광이 있는 곳인 만큼 기록될 만한 사건도 많다. 소설의 이야기는 탄광촌의 곤고한 작업과 금기 사항, 진폐증, 연탄 파동 등 1960년대에서 70년대에 걸친 현장 상황을 생생하고 실감있게 전달한다. 이를테면 태열은 이 척박한 생태계를 보여주기 위해 작가가 축조한 캐릭터인 셈이다. 그렇게 본다면 이 작가가 형상화 한 태열은 썩 잘 된 역할로 자기 소임을 다한 경우다.

> 태열에게도 막장은 단순한 작업 공간이 아니었다. 그것은 삶과 죽음이 교차하는 생명의 막장이었고, 동시에 인생의 막다른 골목에서 선택한 마지막 기회의 막장이었다. 이곳에서 그는 인간의 가장 원초적인 욕구인 생존을 위해 발버둥 쳐야 했다.
>
> 광부라는 이름이 주는 서러움은 깊었다. 광부들은 스스로를 '따라지 인생', '지옥 1번'이라고 불렀다. 혹자는 그들을 '인간 두더지', '검은 쥐'라고 부르기도 했다.
>
> 지하 수백 미터, 때로는 1,000미터 이상을 내려가야 하는 어두컴컴한 채탄 막장은 가로 3.9미터, 높이 2.7미터 안팎의 비좁은 공간이었다. 숨쉬기조차 힘들고 섭씨 30도를 넘는 지열과 습도로 광부의 땀방울은 끊임없이 쏟아져 내렸다. 이곳의 광부들은 '지옥에서 가장 가까운 곳에서 노동하는 사람', '노동의 전쟁터에서 최후까지 싸우는 병사'였다.
>
> 신문의 표현처럼 "새까만 지옥 같은 땅속에서 등불 하나에 목숨을 매달고 그 목숨을 이을 식량을 벌고 있는" 존재들이었다.
>
> 산업화가 진행된 이후에도 탄광의 현실은 크게 달라지지 않았다. 오히

려 진폐증으로 늙고 병든 광부들이 많아졌을 뿐이다.

  태열과 지연이 밤도망을 칠 수밖에 없었던 것은, 결혼 전에 딸 진희를 임신하고 이 사태를 지연의 새어머니에게 용납받을 수 없다는 절박감 때문이었다. 이들의 도피와 정착은, 그러므로 자의적인 선택을 할 수 있는 계제가 아니었다. 기실 이 탄광촌에까지 삶을 이끌고 온 누구인들 그만한 숨은 내력이 없지 않을 터였다. 탄광촌의 삶도 어렵지만 정말 고달픈 것은 막장에서의 일이었고, 어쩌면 생명을 걸어야 하는 절박함이 그 가운데 있었다. 그러나 그렇게 어려운 만큼 막장은 광부들에게 '숭고한 의미'를 지니고 있기도 했다. 작가는 이를 다음과 같은 매우 강력한 언표言表로 표현했다. "그들은 지상의 하늘과 막장의 하늘, 두 개의 하늘을 이고 살아갔다." 이러한 인식 속에는 막장의 광부들을 향한 작가의 인본주의적 눈길이 따뜻하게 개재介在해 있다.

3. 전통산업 양조장의 명암과 새 희망

  탄광에서의 삶이 전혀 보람이 없는 것은 아니었고 또 누군가는 지켜야 할 자리였으나, 태열에게는 너무 벅찬 형편이었다. 태열은 온 힘을 다해 일했으나 천장이 무너지는 붕괴사고 끝에 기적적인 생환으로 죽을 고비를 넘긴 후, 탄광을 하직하고 지역 특산물인 사과 농장에 도전한다. 미상불 사과 농장은 과거 문경을 대표하던 핵심어 '탄광'을 오늘에 와서 새롭게 대체하는 '사과'의 의미망과 그 부피를 불러왔다. 그러므로 태열의 사과 농장 접근은 문경에 있어서 시대의 변화를 예표하는 기능에 부합한다. 이 과정에서 태열이 만난 친구가 술도가를 하는 성수다. 태열의 아내 지연이 옷 수선을 맡기러 온 술도가집 며느리 은미와 친구가 되면서 자연스럽게 맺은 관계다. 이와 같은 관계성은 태열 가족이 문경에서 정착하는 과정을 서술하면서, 자연스럽게 이 지역의 전통적인 주류산업을 소설의 문면文面 위로 밀어 올리는 역할을 한다.

> 성수는 아버지의 곁을 지키며, 쇠약해진 아버지를 대신해 양조장 일을 배우기 시작했다. 처음에는 서툴고 어색했지만, 그는 아버지의 가르침을 떠올리며 묵묵히 술독을 닦고 누룩을 빚었다. 아버지의 손길이 닿았던 곳곳에는 그의 삶의 흔적이 고스란히 배어있었다.
> 시간이 흐르면서 성수는 술 빚는 일에 재미를 느끼기 시작했다. 누룩이 발효되는 미묘한 소리, 술 익어가는 향긋한 내음 속에서 그는 아버지의 숨결을 느낄 수 있었다. 그리고 무엇보다, 자신이 빚은 막걸리를 맛있게 마시는 사람들의 모습을 보며 그는 이전에는 느껴보지 못했던 뿌듯함을 느꼈다.
> 김두한은 병상에 누워서도 힘겹게 아들에게 술 빚는 비법을 하나하나 가르쳐주었다. 때로는 엄하게 꾸짖기도 했지만, 그의 눈빛은 늘 따뜻한 애정으로 가득 차 있었다. 아들이 자신의 뒤를 이어 황진양조장을 굳건히 지켜나갈 것이라는 믿음이 그의 쇠약한 몸에 희미한 활력을 불어넣어 주었다.
> 그렇게 성수는 아버지의 술과 인생을 배우며 어엿한 황진양조장의 후계자가 되었다.

성수의 황진양조장은 문경의 오랜 세월과 그 흔적을 고스란히 담고 있는 유서 깊은 곳이다. 성수는 이 가업家業을 온갖 고생 끝에 사업을 일군 아버지 김두한으로부터 물려받았다. 그 과정에는 동생 철수의 파란만장한 일화들이 걸쳐져 있다. 소설은 술을 빚고 술도가를 운영하는 것이 결코 만만한 일이 아니었음을 곡진하게 설명한다. 그것이 중요한 까닭은, 그 가운데 우리 앞 세대의 사유思惟 방식과 실제적 풍속도가 고스란히 살아있기 때문이다. 이 삽화의 말미에서 철수는 술도가에 약을 타는 부당한 일을 저질렀으나 형 성수의 용서를 받고 탄광으로 일하러 들어간다. 이러한 용서와 새로운 내일에의 다짐은, 그 외양대로 이 지역 주민에게 새 희망의 범례를 보여주는 행위가 된다.

4. 도예가와 한지 장인 또는 문경의 얼

문경에는 옛 지명 점촌의 빛나던 시간을 이어가는 도예 벽화거리가 있다. 이곳은 문경의 도예산업과 그 문화적 유산의 가치를 널리 알리고, 방문객에게는 생동감 있는 시각적 경험을 공여한다. 문경은 예로부터 자연 자원과 전통 기법의 결합으로 양질의 도예작품이 생산되어 왔다. 더불어 문경 여행 중에 도자기 체험을 할 수 있는 전통 창작 가마들도 여러 곳에 있다. 문경에서는 매해 봄이 되면 '찻사발 축제'를 연다. 그런가 하면 문경의 전통 한지는 2024년 유네스코 인류무형문화유산 대표 목록 지정신청이 이루어졌고, 아마도 2026년에는 한지가 세계유산으로 지정될 전망이다. 문경 전통 한지는 2017년 프랑스 루브르박물관에서 '내일을 위한 과거 종이, 수록지'라는 주제로 국제학술회의 대상이 되기도 했다. 이러한 현상을 두고 보면, 한지가 문경의 대표적인 특산이자 예술품임을 확인할 수 있다.

"응. 대한민국 문화예술상도 받고, 경상북도 무형문화재 사기장으로 지정받기도 했지만, 그걸 넘어서 우리 조선요가 대한민국을 대표하는 도자 문화로 인정받는 게 중요하다고 생각한다. 할아버지는 우리 문경 백자의 우수성을 알리려고 망댕이 가마 박물관도 짓고, 일본 등 국내외에서 전시회도 여러 번 열었다."

윤정은 할아버지의 눈빛에서 활활 타오르는 가마의 불꽃처럼 뜨거운 열정을 보았다.

"할아버지, 저도 할아버지처럼 멋진 도자기 만들어서 우리 조선요를 더 많이 알릴 수 있도록 노력할게요!"

할아버지는 윤정의 작은 손을 꼭 잡았다. 늦여름 햇살이 작업실을 가득 채우고, 망댕이 가마 너머 하늘재에는 고요한 평화가 감돌았다.

남상욱이 여전히 방망이질을 멈추지 못하는 이유는, 양잿물을 풀고 모터로 갈아 만든 한지보다는 자연 잿물을 쓰고 손으로 두드려 풀어 만든 그의 전통 한지가 훨씬 오래가고 좋은 종이라는 것을 누구보다 그 자신이 잘 알고 있기 때문이었다.

남상욱은 전통적인 한지 제조 공정을 고집스럽게 지키려는 태도가 다른 어떤 한지 장인에 비해서도 두드러지는 면이 있었다. 수년 전 국립문화재연구소에서 실험해 본 결과, 그의 한지는 다른 어떤 한지보다도 우리나라에서 가장 전통 한지의 특성을 잘 간직하고 있는 것으로 입증되었다.

세상이 알아주는 것은 중요치 않았다. 50년 동안 밭에서 종이를 만들어도 그는 매번 아쉬움이 남았고, 끊임없이 변화하는 종이를 고민하는 이유가 여기에 있었다.

태열이 사과 농장을 시작하면서 도예가 할아버지와 한지 장인의 이야기가 동시에 떠오른다. 도자기 장인은 태열의 딸 진희의 친구 윤정의 할아버지로, 문경의 전통 도예를 대표하는 인물이다. 한지 장인은 문경의 전통 한지 기술을 이어온 장인으로 남상욱이란 이름을 가졌으며, 그 아들 찬호에게로 기술을 이어가는 세대 계승의 범례를 보여준다. 작가는 여기에 '천년만년 가는 한지'라는 강력한 레토릭을 부여했다. 이러한 이야기들은 광산에서의 어둠에 대비되어, 문경 고유의 전통이 어떻게 다음 세대로 전승되는가를 보여주는 사뭇 의욕적인 서사 구성이다. 특히 다음 세대에의 전파를 공들여 이야기하는 작가는, 거기에 소중하고 귀한 문경의 얼이 담겨 있다고 주장하는 셈이다.

5. 차세대의 귀환과 지역사회의 미래

이 소설의 말미에 이르러 〈은성광업소 문을 닫다〉라는 소제목 아래 문경 지역의 탄광이 문을 닫기 시작하는 역사적 사건이 제시된다. 사실관계에 있어서는 1989년부터의 일이다. 에너지 유형의 변화에 비추어 보면, 석탄이 유일 산업이던 탄광촌의 폐허화는 불을 보듯 밝은 일이었다. 탄광의 폐광과 태열 및 그 아들 진우에게로 이어지는 사과밭의 생기生氣는 명징한 대조를 이루면서, 한 지역사회가 변모해 가는 내면의 실상을 드러낸다. 문경에서 가을의 사과 축제를 여는 것은 당연한 수순手順이 되었다. 오랜 세월의 족적足跡을 끌어안은 채 '문경에 불어오는 변화의 바람'은, 이제 지역사회가 시대의 흐름을 수용하면서 새로운 미래를 개척해 나가는 구체적 실상이 된다.

> 성수는 문경의 최근 소식에 매우 밝았다.
> "모전천 따라서 산책로도 만들고, 중앙공원도 거울 연못이랑 스카이워크로 예쁘게 꾸민다지? 모전공원에는 장미정원도 들어선다니, 시민들이 참 좋아할 거야."
> 성수는 동네 자랑이라도 하듯 신이 나서 이야기했다.
> "문화의 거리도 '닻별 테마길'로 바뀐다네. 포차촌도 생긴다니, 젊은 친구들이 많이 찾아오겠어. 달빛 주막도 8월까지 생긴다던데, 영강보행교 출렁다리랑 이어서 관광객들이 많이 올 거야. 그리고 가은읍에는 구 서울역 30% 규모로 '서울역(경성역) 프로젝트'도 추진한대!"
> 성수의 말에 태열은 혀를 내둘렀다.
> "이야, 정말 신기하네. 문경이 완전히 환골탈태를 하는구만."
> "파크골프장도 엄청 많이 생겼어. 가은 청솔공원부터 산양, 영순, 영강 체육공원까지. 우리 같은 노인네들이 건강하게 여가 생활 즐기기 딱이지."

이러한 지역의 구체적인 변모 양상과 함께, 작가가 힘주어 강조하고 있는 것은 차세대의 역동적인 대두다. 이는 광산 시대의 종말이 끝이 아니라 새로운 시작임을 천명하는 증빙이 된다. 소설의 등장인물 가운데 2·3세대에 해당하는 진희, 진우, 민수, 민우, 윤정, 찬호 등의 인물은 각기의 형식으로 문경과의 새로운 관계 설정에 들어간다. 농업의 혁신, 사과밭의 새바람, 전통 양조업의 현대화, 도예와 한지 기술의 현대적 재해석 등이 꿈과 희망을 불러오는 문경의 미래를 제시한다. 이 소설의 담화를 통해 알 수 있듯이, 이 지점까지 오기에 숱한 어려움과 힘겨운 경로를 거쳐와야 했다. 그중에서도 태열의 딸 진희가 소설가, 곧 기록자가 되었다는 것은 자못 의미심장하다.

우리가 지금까지 공들여 읽은 전정희의 전작 장편소설 『복수초』는, 경북 문경이라는 한 지역사회의 특징적 성격과 그 문물, 그리고 값있는 사람들의 이야기를 펼쳐 보였다. 한 지역을 기반으로 하고 있기에 서사의 범주가 한정된 감이 없지 않으나, 그러하기에 오히려 해당 공간에서의 삶과 애환을 한껏 설득력 있게 그려낼 수 있었다고 할 수 있다. 문경의 아름다운 사계절과 방점을 두어야 할 풍물, 그로 인한 간접 경험의 다채로운 형상들이 이 소설을 가치 있는 작품으로 받아들이게 한다. 이는 또한 지역사회의 여러 어려움에 침윤하지 않고 그 난관을 돌파하는, 건실한 삶의 의지를 동반한 하나의 모범이기도 하다. 그런 연유로 산뜻하고 좋은 소설 한 편을 읽은 후감後感이 기껍고 흔연하다.